इन लव विद डेथ

इन लव विद डेथ

•

जीवन में असीमित आनंद पाने की कला

•

सतीश मोदी

अनुवाद

पारिजात

हार्पर
हिन्दी

प्रथम प्रकाशन 2024
हार्पर हिन्दी
(हार्परकॉलिंस *पब्लिशर्स* इंडिया) द्वारा प्रकाशित
बिल्डिंग नं. 10, टावर A, 4th फ्लोर,
डीएलएफ साइबर सिटी, फेज II, गुरुग्राम 122002, भारत
www.harpercollins.co.in

P-ISBN: 978-93-6213-831-6
E-ISBN: 978-93-6213-926-9

टाइपसिटंग : हार्परकॉलिंस *पब्लिशर्स* इंडिया
मुद्रक : थॉम्सन प्रेस (इंडिया) लि.

विषय सूची

लेखक की टिप्पणी

जिंदगी के उतार-चढ़ावों में रास्ता तलाशते अपनी यात्रा के दौरान, मैं कई तरह के कामों में डूबा रहा जैसे कई कारोबारों, यात्राओं, लोकोपकारों, पारिवारिक जिम्मेदारियों और दूसरी तमाम चीजों में। धीरे-धीरे मुझे एहसास हुआ कि खुशी इस भौतिक जगत में नहीं है। खुशी भीतर से आती है। विशेषाधिकार और सफलता का आशीर्वाद मिलने के बावजूद, मैंने पाया कि खुशी धन का पर्याय नहीं है—और एक सार्थक जीवन का रहस्य मृत्यु की एक नई समझ के साथ शुरू होता है।

इस ज्ञान ने मुझे जीवन में ज्यादा बड़े मूल्य के लिए विनम्र प्रयास करने को प्रेरित किया। यह किताब, *इन लव विद डेथ*, इसी खोज का नतीजा थी। जैसा कि आप पढ़ेंगे, किताब इस बात की पड़ताल करती है कि कैसे मौत के बारे में जागरूकता हमारी जिंदगी को एक सकारात्मक दिशा में आकार दे सकती है। मौत की पुनर्व्याख्या हम सभी को जीवन को पूर्ण रूप से जीने में मदद कर सकती है।

इस जीवन में सबकुछ बीत जाएगा। सच्चा सुख धन या भौतिक संसार में नहीं है। मौत को एक अनदेखा या निषिद्ध विषय मानने के बजाय पूर्ण, सार्थक जीवन जीने के उत्प्रेरक के रूप में देखा जाना चाहिए। हमारी

वर्तमान यात्रा अनमोल है–तो क्यों नहीं अच्छे विचारों, शब्दों और कर्मों के साथ अपनी जिम्मेदारियों को पूरा करते हुए इसे अच्छाई, कृतज्ञता, विनम्रता और दया के साथ जिएं।

इन लव विद डेथ 2014 में ब्रिटेन के बिरलिन लिमिटेड से प्रकाशित हुई थी। इसके बाद, 2015 में इसे अमेरिका में प्रकाशित किया गया था। इसका थाई भाषा में भी अनुवाद हुआ है और दिसंबर 2017 में बैंकॉक में इसे रिलीज किया गया। 2018 में, यह किताब मेंडरिन में अनूदित और प्रकाशित हुई जिसे चीन के बीजिंग में रिलीज किया गया।

इन सालों में, *इन लव विथ डेथ* को दुनिया भर के पाठकों से जबरदस्त प्रतिक्रिया मिलती रही है। कई लोगों ने कहा है कि इस किताब ने उन्हें जरूरी दिशा, मार्गदर्शन, आराम और धैर्य दिया है, जिसकी वे लंबे समय से तलाश कर रहे थे। संयुक्त राज्य अमेरिका में दो प्रतिष्ठित पुरस्कारों की विजेता, यह कई अवसरों पर अमेज़न पर अपनी श्रेणी में बेस्टसेलर के रूप में प्रदर्शित हुई है।

फिलहाल यह किताब यूएसए, यूके, हांगकांग, सिंगापुर, मलेशिया, चीन और कई अन्य देशों में वितरित की जा रही है। भारत में किताब प्रकाशित करने के लिए पिछले पांच सालों में मुझे कई पत्र और ईमेल मिले। उपमहाद्वीप के पाठकों के पास केवल आयातित संस्करण तक पहुंच थी और कई लोगों ने स्थानीय संस्करण नहीं होने पर अपनी निराशा जाहिर की, जिसे वे अपने मित्रों और परिचितों को उपहार में दे सकते थे। तो पेश है–भारत और आसपास के पाठकों के लिए एक विशेष भारतीय संस्करण। मुझे पूरी उम्मीद है कि यह किताब आपके लिए बेहद जरूरी है। अगर इस किताब के विचार आपके खयालों से मेल खाते हैं और आप मुझे लिखना चाहते हैं, तो मेरा ईमेल पता है— ilwdbook@gmail.com

इस किताब के संदेशों के आधार पर, हमने लोगों के लिए आंतरिक खुशी लाने, मौत के डर को दूर करने, उन्हें सशक्त बनाने और उन्हें अच्छाई, प्रेम और करुणा के सार्थक जीवन जीने में सक्षम बनाने के लिए इनर हैप्पीनेस फाउंडेशन बनाया है। फाउंडेशन के बारे में ज्यादा जानकारी के लिए पाठक हमारी वेबसाइट www.innerhappinessfoundation.org पर जा सकते हैं।

इनर हैप्पीनेस फाउंडेशन उम्मीद करता है कि दुनिया भर के लोग उस दुनिया की सराहना करने में मदद करें, जिसमें वे रहते हैं। यह फाउंडेशन उन्हें अपने जीवन का अधिकतम लाभ उठाने के लिए प्रोत्साहित करता है। इंसानों में आंतरिक खुशी आखिरकार सार्वभौमिक प्रेम, शांति और सद्भाव की दिशा में योगदान देगी।

इनर हैप्पीनेस फाउंडेशन ने होनोलूलू, हवाई, यूएसए में 501 (सी) (3) गैर-लाभकारी निगम ईस्ट-वेस्ट फिलेंथ्रोफी फोरम (ईडब्ल्यूपीएफ) के साथ भागीदारी की है। हम दुनिया भर के विभिन्न देशों में इनर हैप्पीनेस फाउंडेशन की शाखाएं खोलने की उम्मीद करते हैं ताकि ज्यादा से ज्यादा लोगों तक शांति, आनंद और सद्भाव के संदेश पहुंचाए जा सकें।

फाउंडेशन की गतिविधियों में संगोष्ठी, वेबिनार, दार्शनिकों और आध्यात्मिक विशेषज्ञों की वार्ता, सांस्कृतिक कार्यक्रम, ध्यान शिविर और आंतरिक खुशी और मानसिक, आध्यात्मिक और शारीरिक कल्याण के लिए अन्य कार्यक्रम शामिल होंगे। फाउंडेशन प्रिंट, इलेक्ट्रॉनिक, टेलीविजन, फिल्मों और सोशल मीडिया के जरिए सार्वभौमिक खुशी, प्रेम और शांति के संदेशों को फैलाने में मदद करेगा।

अन्य गतिविधियों में युवा और वृद्ध दोनों के लिए आंतरिक खुशी पर ध्यान केंद्रित करने वाले विशेष प्रशिक्षण कार्यक्रम आयोजित करना, पुरस्कारों और सम्मान के जरिए आंतरिक खुशी और विश्व शांति के लिए

योगदान देने वाले व्यक्तियों और संगठनों को बढ़ावा देना; दुनिया भर में आंतरिक खुशी और शांति को बढ़ावा देने के लिए ठोस कार्यों को लेकर अन्य जन-हितैषियों और संस्थानों के साथ साझेदारी करना शामिल होगा।

परिचय

प्रिय पाठक,

आगे बढ़ने से पहले, कृपया निम्नलिखित विवरण भरें:

आपका नाम :

आपके मरने की तारीख :

यह कोई ग़लती से नहीं छपा है।

यह बहुत जरूरी है। अपनी मौत की अनुमानित तारीख जानने का प्रयास करें, या कम से कम एक अनुमान लगाने का जोखिम उठाएं। अपने माता-पिता, अपने रिश्तेदारों के जीवन का लेखा-जोखा लें। निराश मत होइए। हर इंसान जिसने यह किताब पढ़ी है (और हर वह इंसान जिसने इसे नहीं पढ़ा!) वह एक दिन मर जाएगा। हर कोई जो पैदा हुआ है उसे मरना है। अफसोस की बात है कि हममें से कोई भी इस बात पर ज्यादा ध्यान नहीं देता। हममें से बहुत से लोग मानते हैं कि हमारे पास मरने से पहले बहुत लंबा समय है; जबकि कुछ लोग सोचते हैं कि हम हमेशा जिंदा रहेंगे।

अब जब आपने अपने मरने की तारीख लिख ली है, तो देखें इस ग्रह पर आपके पास और कितने साल बचे हैं। यह बहुत ज्यादा समय नहीं है ना? खासकर जब आप पीछे मुड़कर देखते हैं और महसूस करते हैं कितनी तेज़ी से साल आपके सामने से गुजर गए हैं। हमारे पास बहुत सीमित क्रिसमस या दिवाली हैं।

तो, अब जब हम जानते हैं कि हमारा समय सीमित है, तो हमें जीवन को एक नये दृष्टिकोण से देखने की जरूरत है।

कुछ साल पहले, मैंने फैसला किया कि मुझे मरने के बारे में अपने विचारों को जितना मुमकिन हो खुलकर लिखना चाहिए। मैं कोई महान दार्शनिक नहीं हूं, न ही मैं ब्रह्माण्ड के किसी भी रहस्य का समाधान जानने का दिखावा करता हूं। आपकी ही तरह, मैं भी एक इंसान हूं जो जीवन और मौत के बारे में, उसके अर्थ के बारे में सोचता है। मैं अक्सर खुद को जिंदगी के बारे में बहुत ज्यादा सोचते हुए पाता हूं, इसलिए मैंने फ़ैसला किया कि जांच करने का एक अच्छा तरीका इसे लिख लेना होगा।

मैं बहुत यात्राएं करता हूं और जहां भी मैं जाता हूं लोगों से मौत के बारे में बात करना पसंद करता हूं। मरने के बाद हमारा क्या होगा? हम कहां जाएंगे? हमें क्या हो जाएगा? अक्सर, जब मैं दोस्तों या अपने सहयोगियों के साथ किसी कमरे में होता हूं तो मैं उनसे पूछता हूं कि वे क्या सोचते हैं कि मरने के बाद क्या होता है। इस सवाल का असर स्वाभाविक रूप से परेशान करने वाला होता है और अक्सर ही इस सवाल के बाद एक लंबी खामोशी छा जाती है। लेकिन एक अजीब बात होती है उन लोगों के लिए जो खुद को इस सवाल से जोड़ लेते हैं। अचानक से, वे फिर छोटी-छोटी बातों को छोड़–एक गंभीर विषय की तरफ चले जाते हैं। कुछ लोग मानते हैं कि वे मिट्टी से बने हैं और मिट्टी में मिल जाएंगे, कुछ दूसरे किसी बड़ी

ताकत में यकीन करते हैं; हालांकि, सभी को एक पल के लिए ही सही, इस सबसे बड़े और सबसे मुनासिब सवाल का सामना करना पड़ता है–वह सवाल जो हमें बेहतर जिंदगी जीने में मदद करेगा।

अपनी हर बातचीत में मेरी बातें सिर्फ मौत के बारे में ही नहीं होतीं, लेकिन इसका ख्याल मेरे दिमाग से कभी दूर भी नहीं होता। यह मौत को एक सकारात्मक शक्ति में बदलने के लिए इच्छाशक्ति का काम करता है – और कभी-कभी मुझे ऐसा महसूस होता है कि ज्यादातर लोगों ने इसे समझने की कोशिश ही नहीं की है।

मैंने जाना कि एक घड़ी है जो हमेशा मेरे साथ रहती है: मेरे सभी सूटों की जेबों में, जब मैं यात्रा कर रहा होता हूं तो होटल के कमरे या मेरे घर में बिस्तर के बगल की टेबल पर। यह रात में चमकती है। हम सभी के पास एक घड़ी है और आजकल मैं उसकी हर टिक-टिक सुन सकता हूं। मैं इस पर पूरा ध्यान देता हूं।

जो बात मुझे ज्यादा समझ में आई है, वह यह कि इन दिनों पैसा हर किसी की ऊर्जा को सबसे ज्यादा चूसता है यानी इन्हीं सबमें कि पैसा कैसे पाएं, इसे कहां खर्च करें, किसने कितना पाया है। जब मैंने यात्राएं की और लोगों से जीवन के हर क्षेत्र के बारे में बात की, तो मैंने हर जगह इसका असर देखा। मैंने इस बारे में भी सोचा कि जिनके पास पैसा है वे भी एक दिन मर जाएंगे। हर इंसान की तरह जो भी कभी जिंदा रहा, उनकी खुद की कीमत बेशक जीरो हो जाएगी। बात सिर्फ ये नहीं है कि आप अपने साथ पैसा नहीं ले जा सकते, इसमें तो कोई शक ही नहीं कि मरने के बाद वह किसी काम का नहीं होगा। कोई गारंटर नहीं, कोई गारंटी नहीं, कोई स्विस बैंक खाता नहीं, कोई कार और कोई पर्स नहीं। ये कोई नई बात नहीं लेकिन यह कुछ ऐसा है जो मेरे लिए जरूरी है और मुझे उम्मीद है इसे और ज्यादा खोजा जाए।

मेरी इस किताब का एक खास मकसद धैर्य और सहजता देना है। अपनी जिंदगी के सफर में मुझे कई चीज़ों ने खुशी दी, लेकिन दूसरों की जिंदगी में थोड़े से सुख की एक झलक जोड़ना तमाम सभी उपलब्धियों को छोटा कर देता है। हम जीवनभर के लिए भरपूर सुख कभी नहीं दे सकते, लेकिन मैं उम्मीद करता हूं कि यह किताब आपको इसके पन्नों से परे कुछ वक्त निकालने का मौका देगी और आप महसूस करेंगे कि आप अकेले नहीं हैं।

पिछले कुछ सालों में, मुझे कुछ ऐसे लोगों से सकारात्मक टिप्पणियां मिली हैं जिनके मन में मेरे विचार जगह बना पाए हैं। मैं अब बारीकी से जानता हूं कि किसी को एक विचार से कम्फर्ट देना कैसा होता है, भले ही वह बस इतना ही हो, कि आप 'अपने जीवन और समय के प्रति जागरूक रहें।'

मैं आभारी हूं कि उन्होंने मेरी बात सुनी। वे शायद आभारी होंगे कि मैंने किसी ज्यादा सार्थक चीज़ पर ध्यान देने के लिए मामूली बातों को छोड़ दिया। इस लेन-देन में कहीं न कहीं हमने एक-दूसरे को विचारशील जीवन जीने के महत्व से अवगत कराया है।

इस किताब का संबंध ज्ञान बघारने से नहीं है; बल्कि मुझे उम्मीद है कि मैंने इसे बहुत अंतरंगता और दोस्ताना ढंग से लिखा है। मुझे यकीन है कि जैसे-जैसे हम एक-एक करके इन जरूरी विषयों पर आगे बढ़ेंगे, आप मेरे लिए कुछ समय निकालेंगे।

किताब का दायरा बढ़ाने के लिए, मैं उन लोगों के प्रत्यक्ष अनुभवों की कहानियों को एक साथ लाया हूं जो मुझे दिलचस्प लगे। मैं जानता हूं कि मैं हमेशा के लिए जिंदा नहीं रहूंगा, यही वजह है कि मुझे पता था कि जीवन के इस खास समय पर इन मुद्दों की जांच करना और इन बातों को सुनना ज़रूरी है।

अगर आप कोई ऐसी योजना शुरू करते हैं जो बड़े सवालों की जांच करती हो, तो आपको विनम्रता के साथ ऐसा करना चाहिए। यह किताब मेरी निजी खोज का नतीजा है। ये ऐसे विचार हैं जिन्हें मैंने कई-कई बार अपने मन में दोहराया है। कोई भी आदमी, कभी भी इस बात का निश्चित जवाब नहीं दे सकता है कि हमें मौत, ज़िंदगी, प्रेम, विश्वास और दुःख से जुड़े मुद्दों से कैसे निपटना चाहिए, लेकिन मुझे उम्मीद है कि इस किताब में मैंने जो अनुभव और विचार पेश किए हैं, उनसे आपके खुद के विचार बेहतर बनेंगे। मैंने जो सुना उससे मैं बदल गया और मुझे उम्मीद है कि मेरे शब्दों का आप पर असर पड़ेगा और शायद ये आपको राहत और सुख दे सकेंगे, जिसकी हममें से कई लोगों को अपने जीवन की चुनौतियों से उबरने के लिए बहुत ज्यादा जरूरत है। मैं कुछ लोगों को जानता हूं जिन्हें इस तरह का दुख सहना पड़ा है जिसे समझ पाना मुश्किल है, जैसे किसी बच्चे या साथी की मौत का अनुभव। मैं नहीं जानता कि आप अपने जीवन में कहां खड़े हैं, लेकिन मुझे उम्मीद है कि यह किताब आपकी मदद करेगी।

अपने जीवन के प्रति सचेत रहें। जीवन अभी कायम है।

1

नमकदानी

जिंदगी में चिंता करने के लिए बहुत कुछ है। इसमें लगातार चुकाए जाने वाले बिल, झुर्रियों का दिखाई देना, यातायात की परेशानी, प्यार में धोखा, बालों का झड़ना और वजन बढ़ने की परेशानी, भाई-बहनों की निराशा, माता-पिता के ज्यादा फोन आना (और बच्चों का फोन न करना) शामिल हैं। जिंदगी की छोटी-छोटी कठिनाइयां हमें हमेशा परेशान करती रहती हैं। मैं इस तरह की चिंताओं की लिस्ट से दो किताबें भर सकता हूं। लेकिन जब हम उस बड़ी चिंता पर ध्यान लगाते हैं जिसे हम जिंदगी भर अपने साथ रखते हैं, तो इसकी तुलना में ये सबकुछ फीका पड़ जाता है। कभी-कभी यह छिपा हुआ या अस्पष्ट होता है, लेकिन डर हमेशा बना रहता है। हम मर रहे हैं।

किसी भी विरोधी गुट के दो सदस्यों को देख लें, चाहे वह एक-दूसरे के साथ युद्धरत दो देश हों, कड़ी प्रतिस्पर्धा से क्रिकेट खेलती दो टीमें हों या कभी सहमत नहीं होने वाले दो भाई हों, वे चाहे जो भी दावा करें और

हालांकि वे अलग होने का दिखावा करते हैं, लेकिन हर एक का अंत एक जैसा होता है।

कभी-कभी मैं अपनी बातों को स्पष्ट करने के लिए छुरी-कांटे का इस्तेमाल करता हूँ। हंसिए नहीं–यह बहुत प्रभावी होता है। मैंने देखा है कि यह धरती पर हमारी यात्रा को बहुत अच्छी तरह से दर्शाते हैं। तरकीब यह है कि एक चाकू और कांटा लें, फिर उनके बीच में कुछ जगह छोड़कर उन्हें अलग-अलग थोड़ी दूरी पर रख दें। एक जिंदगी की शुरुआत का प्रतीक है और दूसरा अंत का। चाकू कभी-कभी अंत के लिए ज्यादा असरदार प्रतीक होता है, हालांकि कुछ लोग कांटा पसंद करते हैं, केवल इसलिए क्योंकि वे चाकू से मरने की कल्पना नहीं करना चाहते, भले ही वह सिर्फ एक फल काटने वाला चाकू ही क्यों न हो। इन दो के बीच में मैं आमतौर पर एक नमकदानी रख देता हूं, जो कि किसी व्यक्ति को दर्शाता है। उदाहरण के लिए, एक बच्चा नमकदानी को जन्म के मतलब कांटे के करीब रखेगा, जबकि एक प्रौढ़ व्यक्ति आमतौर पर इसे आधे से आगे रखेगा। यह करना आसान है, लेकिन हमारी मौत का यह सजीव चित्रण अक्सर खाने पर आए मेरे परिचितों पर एक अजीब असर डालता है।

अभी कुछ समय पहले एक शाम, मैं एक शख्स के साथ खाना खा रहा था जिनकी उम्र 60 साल के करीब थी। रात के खाने के बाद मैंने अपना छूरी-कांटा सजाया और नमकदानी को उस जगह रख दिया जहां मैं सोचाता था कि ये उनकी नुमाइंदगी करने के लिए एक सही जगह होगी। वह अपनी उम्र के हिसाब से स्वस्थ थे, इसलिए मैंने नमकदानी को आधे से थोड़ा सा आगे रखा था।

'मुझे थोड़ा बाईं ओर रखो,' उस शख्स ने कांटे की ओर इशारा करते हुए कहा। जब मैंने नमकदानी को हटाया, तो उन्होंने फिर से उसकी ओर देखा। 'मुझे थोड़ा और बाईं ओर रखो। मुझे लगता है कि मैं

अभी जवान हूं। चाकू की तरफ देखकर मेरे दिल की धड़कन थोड़ी तेज़ हो जाती है। अचानक मुझे चिंता होने लगी है कि मैं मौत के करीब आ गया हूं।'

मैंने उनसे कहा, 'मैं आपको आपके जन्म तक वापस नहीं ले जा सकता। अपनी जिंदगी पर हमारा थोड़ा नियंत्रण होता है, लेकिन इतना भी नहीं।'

वास्तव में वह मरना नहीं चाहते थे। वह चाकू तक नहीं पहुंचना चाहते थे। मेजपोश पर रखे चाकू की मौजूदगी–उनकी मौत का पुख्ता सबूत–उनके दिल की धड़कन बढ़ाने के लिए काफी थी।

मैंने उन्हें समझाया, 'यह एक खेल है। चिंता मत करिए। आप सचमुच मर नहीं रहे हैं।'

वह नहीं मर रहे थे। कम से कम अभी तो नही, पर जैसे-जैसे हर दिन बीतते जा रहे हैं, हम सभी के पास ज्यादा वक्त नहीं है।

फिर भी जब इस तरह से समझा जाता है, तो नमकदानी और चाकू के बीच मेजपोश का वह हिस्सा महत्व लेना शुरू कर देता है। यह मेज पर छोटा सा दिखता है लेकिन हमारी जिंदगी में यह बड़ा और व्यापक होता है। जो समय बचा है उसका हम क्या करेंगे?

मौत का अनुमान अपने साथ आजादी की भावना और साथ ही जीवन की संक्षिप्तता की याद दिलाता है। विडंबना ही है कि हममें से ज्यादातर के भीतर उस वक्त की यादें हैं जब घंटे इतनी तेजी से नहीं गुज़रा करते थे, जब हम एक युवा थे, हम अपने दिन और सालों को गुजार रहे थे। बच्चे मौत के डर से अनजान होते हैं, उन्हें यकीन होता है कि उनका दौर हमेशा के लिए है कि इसके बाद हमेशा एक और गर्मी आएगी। हालांकि, जैसे-जैसे हम बड़े होते जाते हैं, हमें पता चलता है कि धरती पर हमारा

वक्त कितना कम है। मौत का किसी दूसरे से रिश्ता नहीं है–यह हमारी जिंदगी में ही गुंथी है।

तो निराश हुए बिना, आइए हम जीवन की संक्षिप्तता के लेकर सचेत रहें। इससे बड़ा संबल कोई नहीं है।

2

मौत के बारे में

मौत के बारे में पढ़ना राहत दे सकता है। मेरा मतलब मौत के उन भयानक मंजरों से नहीं है, बल्कि असल में होता क्या है–जिस्म किस दौर से गुजरता है–जब यह मौत के मुहाने पहुंचता है: जब हमारा जिस्म एसीटोन और एसिटिक एसिड छोड़ना शुरू करता है, जब बैक्टीरिया के चलते देह सड़ने लगती है और धूल बन जाती है।

द वे ऑफ ऑल फ्लेश में, डच लेखक मिडास डेकर्स लिखते हैं:

> उन सभी घोंसलों में पैदा हुए वे सारे पक्षी, वे सभी मक्खियां जो गर्मी की एक गर्म शाम आपके सिर के चारों ओर घूमती हैं, उन्हें जगह बनाने के लिए मरना होगा। समुद्र तट पर मौजूद सभी सीपियों ने अपना निजी मृत्यु-संघर्ष लड़ा है। प्रकृति में जीने से कहीं ज्यादा मरना होता है।

वह 'सभी' जीव-जंतुओं की जांच करने के लिए आगे बढ़ते हैं, जहां कीड़े और उनके छोटे बच्चे, 'ताबूतों की दरारों के बीच से अपना रास्ता बनाने के लिए बेचैन हो रहे हैं।'

डेकर्स आगे लिखते हैं: 'मौत के खयालों के बीच इत्मीनान से रह पाना आसान नहीं है, लेकिन मुझे यह जानकर तसल्ली होती है कि जब मेरा वक्त आएगा, तो मुझ बूढ़े की देह से कई खूबसूरत भौंरें और मक्खियाँ पैदा होंगी।' और हममें से उन लोगों का क्या होता होगा जो दाह संस्कार करवाना चुनते हैं? आखिर में हमारी तीन किलोग्राम धूल बचती है। आप क्या कुछ और उम्मीद कर रहे थे? क्या आपने सोचा था कि आप चार किलोग्राम के हो सकते हैं? हमारा सारा तजुर्बा–सारा प्यार जो हमने पाया, जो पैसा हमने चाहा, हमारा सामान, कारें, घड़ियां और जो कुछ भी है–धरा रह जाता है और बचती है महज तीन किलोग्राम धूल।

हम मुख्यता पानी से बने हैं–जाहिर तौर पर आप एक शरीर के अंदर मौजूद पानी से 66 केतली चाय बना सकते हैं–लेकिन यह जल्दी सूख जाता है और धूल ही बची रह जाती है। कुछ लोगों को यह बात निराश कर देती है। मुझे यह बात तसल्ली देती है–मौत के बारे में सोचना खौफनाक होता है, लेकिन यह सोचना कि हम हमेशा जिंदा रह सकते हैं और भी बुरा है।

डेकर्स लिखते हैं:

> इसे महसूस करना एक संजीदा ख्याल है कि आखिर में सबसे महान कवि, सबसे क्रूर तानाशाह, सबसे खूबसूरत औरत सभी धूल के छोटे से ढेर में सिमटकर रह जाएंगे। लेकिन ये तसल्ली भी है कि सबसे बड़े पेड़, सबसे जहरीले सांप, सबसे शानदार पर्वत श्रृंखलाएं भी धूल में मिल जाएंगी। वह धूल जिस पर आप चलते हैं,

जिस धूल में आप सांस लेते हैं और जिस धूल को आप सूरज की रोशनी में नाचते हुए देखते हैं।

तो हम सभी कभी न कभी सूरज की रोशनी में नाचने वाले हैं। इस बात से हमें बेहतर जिंदगी की होसलाअफजाई करनी चाहिए।

हालांकि, कुछ लोगों के लिए सूरज की रोशनी में नाचना ही काफी नहीं होता, जिनके पास साधन हैं वे ऐसे दिलचस्प तरीकों से जीते रहने की व्यवस्था करते हैं। आखिरकार, अमरता इतनी आकर्षक जो है। कुछ लोगों के नाम पर म्यूजियम हैं या उनके नाम पर ग्रांट्स और स्कॉलरशिप हैं, लेकिन कुछ के लिए, अमरता अतिरिक्त शर्तों के साथ आती है: जुआन पोटोमाची नाम के एक व्यक्ति की 1955 में मौत हो गई। वह एक स्थानीय थिएटर के लिए 25,000 पाउंड इस शर्त के साथ छोड़ गया कि जब भी वे *हैमलेट* का मंचन करेंगे तो उन्हें योरिक की खोपड़ी के रूप में उसकी खोपड़ी का इस्तेमाल करना होगा। एक प्रॉप के तौर पर जिंदा रहना, शायद यही सच्ची अमरता हो।

सदाबहार महान पियानोवादकों में से एक, व्लादिमीर होरोविट्ज़ ने न्यूयॉर्क के जूलियर्ड स्कूल ऑफ म्यूजिक को 300,000 डॉलर दिए। किस शर्त पर? कि उनके नाम पर कभी कोई प्रतियोगिता नहीं करवाई जाएगी।

3

वक्त के बारे में

मुझे हमेशा अच्छा लगता है जब कोई मुझसे कहता है, 'चिंता मत करो, मैंने तुम्हारे लिए कुछ वक्त निकाल लिया है।' क्या खोज है। कभी-कभी मैं उनके वक्त को खोज निकालने की कल्पना वहां करता हूं जहां उन्हें इसके मिलने की बहुत ही कम उम्मीद होती है—छिपा हुआ, जेब में या कागज के ढेर के नीचे दबा हुआ–और अब वे इसे एक तोहफे की तरह दे सकते हैं। मुझे शायद आपको यह बताने की ज़रूरत नहीं है कि वक्त एक तोहफा ही है।

यह भी एक अनोखी चीज है। हम किसी के लिए वक्त निकाल सकते हैं। हर कोई यह कर सकता है। इसके लिए इंजीनियरिंग की किसी डिग्री की जरूरत नहीं है, न ही किसी टूलकिट की। न ही यह कोई ऐसी मुश्किल चीज है जो महज कुछ चुनिंदा लोगों को ही मिल सकती है। हो सकता है कि हममें से कुछ ज़्यादा समय नहीं निकाल सकते हों—बड़े उद्योगपति इत्यादि–लेकिन हर कोई थोड़ा-थोड़ा वक्त कमा सकता है। और एक बार जब आप इसे किसी के लिए जमा कर लेते हैं, तो आप उस शख्स के साथ

इसे खर्च कर सकते हैं। आप कह सकते हैं कि इस वक्त का इससे बेहतर इस्तेमाल कुछ नहीं हो सकता था। अपनी जिंदगी के किसी खास पल में आप पलटकर यह देख सकते हैं कि आपके पास वक्त है। यह हमेशा के लिए नहीं रहेगा। यह वक्त आपको बिना किसी फीस के दिया गया है—फ्री टाइम, जैसे कि ये है–इसका समझदारी से इस्तेमाल किया जाना चाहिए। वक्त की बर्बादी बुरी है। वक्त देर तक नहीं टिकता। यह गायब हो जाता है। हाथ से निकल जाता है।

हम हमेशा वक्त को लेकर संवेदनशील नहीं होते। दरअसल, वक्त बर्बाद करना बहुत आसान है। हम ईमानदारी से मानते हैं कि हम ही वक्त को नुकसान पहुंचा रहे हैं, लेकिन जैसा कि नाटककार डायोन बौसीकॉल्ट ने कहा है: 'इंसान बातों में वक्त बर्बाद कर देता है, जबकि वक्त चुपचाप उन्हें खत्म देता है।' तब से इसे कई तरीकों से दोहराया गया है, लेकिन विचार वही है। मैं हर वक्त इस बारे में सोचता रहता हूं। हम इतना कुछ हासिल कर सकते हैं–हमें लगता है कि हम अपने वक्त पर काबू रख सकते हैं–लेकिन इस मामले में इसका कोई फायदा नहीं है।

कवि हेनरी ऑस्टिन डॉब्सन इस पर कहते हैं:

आप कहते हैं, वक्त बीत जाता है? आह, नहीं।
अफसोस, वक्त यहीं रहता है, हम गुज़र जाते हैं।

जब मैं अखबार पलट रहा होता हूं तो कभी-कभार मेरी नजर राशिफल पर पड़ जाती है। कुछ लोगों को यह बताने की जरूरत पड़ती है कि उन्हें अपना वक्त कैसे बिताना है और उनकी इस गुजारिश को पूरा करने के लिए आमतौर पर कोई ज्योतिषी होता है। (जिसका नाम आमतौर पर एम अक्षर से शुरू होता है : मिस्टिक मेग, मिस्टिक मारिया...) ज्योतिषियों का

माननना है कि ब्रह्मांड में अलग-अलग पिंडों की स्थिति पृथ्वी पर हमारे समय को प्रभावित करती है, हम जिस समय जहां पैदा हुए, वही हमारा भाग्य तय करता है। मुझे लगता है कि कुछ है जो हमारे भाग्य को तय करता है, लेकिन हमारे पैदा होने की तारीख, ये मुझे उनकी मनमानी लगती है। शायद हमारे सिर के उभार हमारी तकदीर की भविष्यवाणी करते हों। या शायद हमारे पैर की उंगलियों की गांठें। जो भी हो, हम किसी मार्गदर्शक की उंगली की तलाश को बेताब हैं, जबकि सितारे उस मार्गदर्शक की भूमिका निभाने के लिहाज से बहुत दूर होते हैं।

क्या वे हमें बता सकते हैं कि सुबह के वक्त कौन सी टाई सबसे अच्छी रहेगी या क्या हम प्यार में कामयाब रहेंगे या नहीं। यह अभी तक अज्ञात है और हमेशा अज्ञात भी रह सकता है, लेकिन ये हमारे बाबाओं और ज्योतिषियों को उनकी भविष्यवाणियां करने के लिए निश्चित चिह्न मुहैया करते हैं। इससे भी जरूरी बात यह है कि वही समय है। तारों की रोशनी अब तक जीवित रहने वाली सबसे उम्रदराज चीज है, 122 साल तक जीवित रहने वाली फ्रांसीसी महिला, जीन कैलमेंट से भी ज्यादा पुरानी। हर बार जब हम ऊपर देखते हैं–चाहे तारों के अर्थ समझने के लिए या बस मैदान में अपनी पीठ के बल लेटकर उन छोटे-छोटे उजले तारों का मजा लेने के लिए ही–पर वक्त हमें बताता है कि ये सब हमारे बाद भी यहीं रहेगा।

वक्त को 'गुज़र जाने' के लिए जाना जाता है। जैसा कि मैकबेथ का लोकप्रिय कथन था: 'वक्त दिन-ब-दिन इसी धीमी रफ्तार से रेंगता है।' एक 'अच्छा समय' क्या होता है? 'अच्छा दिन' किससे बनता है? जैसे ही मैं अपने गुजरे हुए सालों पर नजर डालता हूं, मैं देख सकता हूं कि सबसे अच्छे घंटे जरूरी नहीं कि वे थे जहां मैं सबसे ज्यादा काबिल या प्रोडक्टिव था।

कारोबार में वक्त बहुत मायने रखता है। 'टाइम इज़ मनी' की कहावत लाखों प्रेरक पोस्टरों पर छपी होती है। मैनेजर्स इसे कर्मचारियों पर उसी तरह से दोहराते हैं जैसे उंगली हिलाने वाले सीईओ दोहराते हैं। यह उपदेश देने वाली कई ईमेल्स की निर्णायक लाईन होती है। ये समय जरूरी है। दुनिया का काम असल समय में मौजूद होता है। अपने बचाए हुए वक्त के अलावा–कोई भी व्यापार या कोई भी काम समय पर करने की कोशिश करें–और आप समझ जाएंगे कि वक्त ही दौलत है। यह जीने के लिए, कामयाब होने के लिए एक ज़रूरी औजार है। लेकिन अब अपने छठे दशक में मुझे लगता है कि जो वक्त मेरे पास है, वह आधी रात को जब मेरा दिमाग ख़ाली होता है और मेरे खयालों के पास भटकने का मौका होता है, ये वो वक्त नहीं होता जब एयरलाइंस तैयार की गई, कारखाने बनाए गए, या योजनाएं बनाई गई थीं।

जीवन के बारे में *पीटर पैन* के लेखक जे.एम. बैरी की राय हमेशा फायदेमंद नहीं रही है, लेकिन वह कभी-कभार वक्त को बिना रुकावट गुजरने देने की अहमियत को समझा सकते थे: 'आपको अपने कीमती वक्त को हाथ से न जाने देने की चेतावनी दी गई होगी; लेकिन उनमें से कुछ केवल इसलिए कीमती थे क्योंकि हमने उन्हें जाने दिया था।'

क्या वक्त सब कुछ ठीक कर देता है? हां, लेकिन बस इसलिए कि वक्त बाकी दूसरी चीजें भी करता है। अजीब बात है कि हम वक्त को जिस तरह बर्बाद करते हैं, खत्म करते हैं, वक्त को हमसे कोई शिकायत नहीं है। फिर भी, वक्त आपका दोस्त नहीं है। वक्त के साथ सम्मानजनक कामकाजी रिश्ते रखना अच्छा है, जैसा कि आप किसी बहुत प्रतिभाशाली, प्रेरित करने वाले सहकर्मी के साथ रखते हैं। लेकिन यह कभी मत सोचिए कि सज-संवरकर, केमिकल पेस्ट लगाकर, हेल्दी लाइफस्टाइल अपनाकर या यहां तक कि तर्क से आप वक्त को धोखा देकर पीछे कर सकते हैं।

दार्शनिक होरेस ने कहा था: 'जैसे-जैसे साल बीतते जाते हैं वे हमसे एक के बाद एक चीज लूट ले जाते हैं।'

वक्त का यह बेरहम पहिया कोई ऐसी चीज नहीं है जो मर्द या औरत के लिए अलग हो। आपको लग सकता है कि मैंने यह पहले भी सुना है, पर हम सभी इसे पहले सुन चुके हैं। ये कोई नई सीख नहीं है। कुछ लोगों की याददाश्त कमाल की होती है और वे सालों पीछे जाकर उस पल की तलाश कर सकते हैं, जब उन्होंने मौत के बारे में जाना था: जिस पल में उन्होंने पानी पर तैरती मरी हुई सुनहरी मछली की नारंगी चमक देखी थी या सड़क से उठाई गई अपनी मरी हुई बिल्ली को देखा था। यह ऐसा पल था जिसके बारे में हमने पहले नहीं सुना था, तब उस वक्त ये नतीजे बहुत ताजे थे और खासतौर से बेरहम लगते थे। और भले ही, उस पल से, हम कुछ हद तक वक्त के गुजर जाने, वक्त की लूट के बारे में जानते हैं, पर इससे वक्त का असर कम नहीं होता है। जब अचानक असलियत से हमारा सामना होता है, तो मौत के बारे में हमारी सारी जानकारी, सारा तजुर्बा इस सदमे को कम नहीं कर सकता है।

अगर हम किस्मत वाले हुए और ऐसे परिवार का हिस्सा हैं, जिसे 'जीवन के सही क्रम' के अनुसार मौत का सामना करना पड़ा है, तो हमारे माता-पिता पहले मरते हैं। तब वक्त अपने भावशून्य तरीके से कहता है, 'बस इतना ही'। होरेस यह जानते थे। कुछ हद तक हम सभी इसे जानते हैं, लेकिन मैंने देखा है कि अगर मुझे इसे नई रवायत बतौर मानने के लिए मजबूर किया जाए, तो कभी-कभी मुझे इसके बारे में याद दिलाने की ज़रूरत पड़ जाती है।

कलाकार गौगैन वक्त को लेकर मुग्ध थे। उन्होंने लिखा, 'जिंदगी एक सेकंड के एक टुकड़े से ज्यादा नहीं है। खुद को अनंतकाल के लिए तैयार करने को कितना कम वक्त है।'

बहुत ही लोकतांत्रिक तरीके से भी अनंतकाल के सबसे सांत्वना देने वाले पहलुओं में से एक यह है कि किसी को धरती पर इसका अनुभव नहीं है। यहां तक कि अगर हमारे बीच कोई ऐसा व्यक्ति है जिसने अमरता का गुप्त झरना ढूंढ लिया है, जो शायद दक्षिण अमेरिकी किसी जंगल में या पैडिंगटन स्टेशन के पास किसी पार्क में या कहीं भी हो सकता है, उन्हें वक्त की किसी दूसरी कड़वी सच्चाई का सामना करना पड़ेगा। वक्त कभी रुकता नहीं है या कम से कम अभी तक तो नहीं रुका है।

रूसी लेखक अंतोन चेखव कहते हैं, 'मौत भयानक है। लेकिन यह जानना और भी भयावह होगा कि आप हमेशा जिंदा रहेंगे और कभी नहीं मरेंगे।'

वक्त की निष्ठुरता में भी निष्पक्षता है। किसी बिंदु पर, मौत को जान लेने के बाद भी, और शुक्र है कि हम जान ही लेते हैं, जो जिंदा हैं वह भी नहीं रहेंगे।

एक बार किसी रेस्टोरेंट में एक बैरा मेरी मेज के पास आया और मुझसे और मेरे मेहमानों से पूछा, 'आपका वक्त अच्छा गुजर रहा है?' यह मामूली लग सकता है, लेकिन केवल तब तक जब तक आप इस भावना की आगे जांच नहीं करते। क्या हम 'अच्छा वक्त' गुजार रहे हैं? क्या हम 'अच्छा वक्त' गुजार रहे हैं? अगर मैं केवल अनंतकाल के बारे में बताने का वादा कर सकता या बता सकता कि क्यों कुछ वक्त अच्छा और कुछ बुरा है, तो मैं इस किताब की एक प्रति दुनिया में हर किसी को बेच सकता हूं। यह हर होटल के हरेक कमरे में बाइबिल के साथ हो सकती है। हालांकि, जैसा कि हम पहले ही बता चुके हैं, हम एक किस्म की विनम्र बातचीत कर रहे हैं। मैंने एक विचार रखा है, आप भी इस पर विचार करें।

वक्त के साथ मेरा खुद का रिश्ता बदलता रहा है। मैं उस बदलाव का फायदा उठाने की कोशिश कर रहा हूं, भले ही यह मुश्किल है। कोई बच्चा

तहेदिल से यह यकीन कर सकता है कि धरती पर उसका वक्त हमेशा के लिए रहेगा, कोई नौजवान आत्मविश्वास और ढिठाई से वास्तविकताओं को अनदेखा कर सकता है, 30 या 40 साल के लोग अक्सर बाल-बच्चेदार होते हैं, छोटे बच्चे, जिनमें से हर एक युवा और जीवन शक्ति की एक ताज़ा याद दिलाता है। लेकिन इसके आगे वक्त के सबक ज्यादा तीखे और कठोर हो जाते हैं। मैं जानता हूं कि मेरे पास वक्त हमेशा के लिए नहीं है। मेरे भविष्य में एक ऐसी तारीख आएगी जब मैं सितारों के रहस्यों पर बात नहीं कर पाऊंगा या किसी रेस्टोरेंट में किसी बैरे से बात नहीं कर पाऊंगा। हम वक्त ढूंढते रहते हैं, हम वक्त बनाते हैं. . . एक दिन हम ऐसा नहीं कर पाते।

मैं अपना बचा हुआ वक्त समझदारी से बिताना चाहता हूं, इसे उन चीजों पर खर्च कर जो मेरे लिए कोई मायने रखती हैं।

रोल्ड डाल लिखते हैं, 'हमारे पास वक्त बहुत है और करने को बहुत कम। इसे समझें। इसे उलट दें।'

4

वक्त के बारे में: नीना की कहानी

युवावस्था में नीना ने बहुत सारी चिट्ठियां लिखीं। कई संस्थाओं के जरिए, उसका परिचय दुनियाभर के पेन-फ्रेंड से था। नीना जिम्मेदारी से उनसे संपर्क में रहती थी, उन्हें चिट्ठियां भेजती। ये चिट्ठियां उसके दिनभर किए कामों के बारे में, स्कूल के बाद की उसकी गतिविधियों के बारे में होती थीं। कभी-कभी वह अपने परिवार के बारे में, जो न केवल उसका करीबी परिवार होता बल्कि दादा-दादी, चाची-चाचा और चचेरे भाई-बहनों के बारे में भी लिखती। नीना एक बड़े परिवार से थी। बदले में, उसे भी दुनियाभर से खत मिलते थे। जापान से अक्सर उसे रंगीन कागज पर छपे कार्टून चरित्रों से सजी चिट्ठियां आती थीं। फ्रांस से ग्राफ़ पेपर पर लिखे खत आते। भारत से उसके पेन-फ्रेंड ने उसे मनमोहक खुशबू से सजे पत्र भेजे थे।

बूढ़ी हो जाने पर भी नीना ने खत लिखना जारी रखा। तब तक, उसके ज्यादातर पेन-फ्रेंड उसकी जिंदगी से दूर हो चुके थे, लेकिन, जब ईमेल ने दुनिया पर कब्ज़ा कर लिया, तब भी नीना कागज-कलम का इस्तेमाल

करती रही। उसे कागज पर खत लिखने और लिफाफे पर एक मोहर लगाने की अपनी आदत पसंद थी।

एक दिन उसे एक प्रोजेक्ट के बारे में बताया गया जिसमें व्यक्तिगत रूप से कैदियों को खत लिखने थे। वह तुरंत ही इसमें दिलचस्पी लेने लगी। नीना के लिए यह एक मनोरंजक काम था, इस अतिरिक्त फायदे के साथ कि कैदियों को लिखना भलाई का काम था।

जल्द ही उसका संपर्क एरिक नाम के एक लड़के से कराया गया। वह लगभग 20 साल का था और देश के दूर-दराज के हिस्से से था। उसे आर्म्ड रॉबरी के जुर्म में कैद किया गया था। एक तरह से वह खुश थी कि उसे डकैत को खत लिखने थे। नीना को समझ नहीं आ रहा था कि वह किसी हत्यारे को ख़त में क्या लिखेगी।

उसका पहला खत गर्मजोशी से भरा था लेकिन उसमें उसके जीवन के बारे में कुछ सरसरी जानकारियों से ज्यादा कुछ नहीं था। वह नहीं जानती थी कि बदले में क्या उम्मीद की जाए। लगभग एक हफ्ते बाद उसके लिए एक लिफाफा आया। यह भी एक अस्थायी पहला प्रयास ही था। एरिक ने यह नहीं बताया कि वह जेल में क्यों था–उसने मान लिया होगा कि वह पहले से ही जानती होगी, इसके बजाय, उसने उसे अपने बचपन के बारे में विस्तार से बताया। अगले दिन, काम से छुट्टी के दौरान नीना ने उसे जवाब लिखा। वह बताती है कि आगे क्या हुआ।

'मैं उसकी चिट्ठियों का इंतज़ार करने लगी। एरिक ने कभी भी एक-दो पन्नों से ज्यादा नहीं लिखा और न ही कभी उसने लच्छेदार, पेचीदा भाषा का इस्तेमाल किया। पहले कुछ खतों में उसने अपने जीवन की कहानी बताई, उस वक्त की जब वह छोटा था, जो समय उसने किशोर जेलों में बिताया और उसके बाद फॉस्टर घर, जिसमें उसे और उसके भाई को रखा गया था। वह जीवन में अपने चुने रास्ते को लेकर कभी भी गुस्से में नहीं दिखा।

उसकी कुछ चिट्ठियों में दुखद निवृत्ति का भाव था। उसका स्वर शांत था, जैसे कोई रोबोट हो जो मानव जीवन के तथ्य बता रहा हो।

'लेकिन एक दिन सब बदल गया। डाक से एक लंबा खत मिला। इसका लहजा अलग था। भाषा अलग थी। एरिक के जीवन में कुछ बदलाव आया था और शुक्र है कि ये जानने के लिए मुझे खत को बहुत ज्यादा नहीं पढ़ना पड़ा। जेल में अपना एक साल पूरा होने पर एरिक ने जश्न मनाया था, अगर यह सही शब्द है तो। और तब, उस रात मैंने सोचा कि उसने समय की प्रकृति को समझना शुरू कर दिया था। मुझे याद है उसने लिखा था: "मैंने एक साल खो दिया है।" उसकी बेवकूफी, गलत विकल्पों के चुनाव से, समाज की सीमाओं के भीतर रहने में उसकी असमर्थता के चलते, उसे जेल में वक्त बिताना पड़ रहा था। उसने बताया कि सजा को समझने के लिए ये एक साल का वक्त उसे अपने जीवन का सबसे लंबा साल प्रतीत हो रहा था।

'इसके तुरंत बाद एक और खत आया और अपने सामान्य, सीधे वाक्यों के बजाए, एरिक ने उन सभी चीजों की एक लिस्ट बनाई जो वह पिछले एक साल में कर सकता था। इससे मुझे पहली बार एहसास हुआ कि मछली पकड़ना उसकी ज़िंदगी में कितना जरूरी था। जिस तरह से उसने नदियों की लिस्ट बनाई थी, जहां पर वह जाना चाहता था और मछली पकड़ने की रॉड, जिनका इस्तेमाल वह अलग-अलग तरह की मछलियां पकड़ने के लिए करना चाहता था, इससे कम से कम मैं तो यही समझी थी। इस लिस्ट में और दूसरी कुछ सामान्य चीजें भी शामिल थीं जैसे कि सूरज डूबने के दौरान अपनी कार के बगल में एक फोल्डिंग कुर्सी पर बैठना और अपनी दादी से मिलना।

'लेकिन मछली पकड़ने की बात ने मेरी जिज्ञासा जगा दी। मैंने पहली बार, इस हथियारबंद डाकू की एक छवि बनाई, जिसमें शाम

को नदी किनारे एक आदमी खड़ा था, जो ढलती रोशनी में एक रॉड को आगे-पीछे कर रहा था, जिससे सीटी बजने की आवाज आ रही थी।

'हालांकि मुझे पता चला कि मैं गलत थी। जब मैंने एरिक को उसके मछली पकड़ने के बारे में बात करते हुए खत लिखा, तो उसने जवाब में लिखा कि वह वास्तव में कभी नदी के करीब गया ही नहीं था और केवल जेल की लाइब्रेरी में काम करते वक्त उसने ऐसे ही मेज पर पड़ी एक किताब उठा ली थी। और इसे पढ़ने के बाद उसने सोचा, "मैं यह करना चाहता हूं। मैं यह सीखना चाहता हूं। मुझे कभी पानी में जाने का मौका क्यों नहीं दिया गया?" बेशक, मैं इन सवालों का जवाब नहीं दे सकती।

'एरिक कोई दार्शनिक नहीं था। उसने बहुत सी किताबें नहीं पढ़ी थीं। उसने बताया, वह एक मैगजीन पढ़ता था। लेकिन ज्यादातर वह व्यस्त रहता था उसका जीवन व्यस्त था, जीवन तेजी से आगे बढ़ रहा था और सोचने के लिए ज्यादा समय नहीं था। उसने लिखा, "मैं एक तरह का कारोबारी हुआ करता था, लेकिन यह दुनिया का सबसे वैध कारोबार नहीं था। मैं जागा हुआ था, मैं पहले से ही दौड़ रहा था, पहले से ही दिन भर चल रहा था, क्योंकि मुझे यही करने के लिए मजबूर किया गया था। कुछ लोगों के पास बैठने और बस सोचने के लिए इतना वक्त होता है कि लगता है जैसे यह इंसान की कोई दूसरी प्रजाति है, लेकिन मैं उनमें से नहीं हूं। मुझे दौड़ना पड़ता था। मैं दौड़ने के लिए मजबूर था।''

'अपने जीवन में पहली बार एरिक सन्न था, उसके शब्दों में, "मेरी बेवकूफ़ियों और बंदूक तक मेरी पहुंच" की बदौलत। अचानक वह सोचना चाहता था। यह तुरंत स्पष्ट नहीं था, लेकिन कुछ खतों के दौरान एरिक ने जिंदगी के बारे में अपने विचारों को जांचना शुरू कर दिया था। लगभग पांचवें खत में, मैंने देखा कि वह वक्त के बारे में सोच रहा था।

'उसने लिखा, "जब मैं वह सब करने के लिए आजाद था, जो मुझे पसंद था, तो मुझे कभी-कभी एक पूरा दिन बीत जाने का पता भी नहीं चलता था। मैं देर से उठता। घर में रहता। मैं अपने कंप्यूटर, टीवी या फोन की स्क्रीन देखता रहता था और फिर कुछ खाना लेने के लिए घर से निकल जाता। इससे पहले कि मुझे पता चलता वह दिन बीत चुका होता और मुझे ये याद भी नहीं रहता। मुझे बस यही एहसास था कि जीवन मानो हमेशा के लिए था और हमें अंतहीन दिन दिए गए थे। मैं अब उनमें से एक दिन को पाने के लिए कुछ भी दे सकता हूं, बिल्कुल कुछ भी, क्योंकि मैं उस वक्त का अब इस्तेमाल करूंगा, और उसका पूरी तरह से इस्तेमाल करूंगा।"

'ऐसा लग रहा था कि एरिक वक्त को और करीब से जानना चाहता था और वास्तव में वह टिक-टिक करती घड़ी के असर को समझना चाहता था। उसके कुछ खत इस बारे में थे कि जेल में एक दिन कितनी धीमी गति से गुजरता है, जेल का एक-एक मिनट बहुत ही धीरे-धीरे गुजरता है। उसने परछाइयों को लंबा होते देखने के बारे में लिखा और मुझे लगा कि यह एरिक के नए मनोरंजनों में से एक था: वह बस शांत बैठा रहता और फर्श पर एक छाया को रेंगते हुए देखता रहता।

'उसने एक खत में लिखा, "यह मेरा वक्त है। मुझे लगता है कि जब मैं यहां आया था तो जो एक बात मुझे समझ नहीं आई थी, वह यही है। मैं फिर कभी किसी परछाई को उसी तरह से नहीं देख पाऊंगा। मुझे ये दिन दोबारा नहीं मिलेंगे; 14 अक्टूबर 2003 मेरे पास से गुजर गया और ऐसा कोई रास्ता नहीं है कि मैं इस दिन को दोबारा वापस पा सकूं। मैं अपना रास्ता निकालने में बहुत अच्छा हुआ करता था। मैं लोगों को अपने तरीके से देखने के लिए राजी करने में बहुत तेज था, लेकिन जेल में अकेले यह समझने में वक्त लगता है कि आप टिक-टिक करती घड़ी से बहस नहीं

कर सकते या उसे प्रभावित नहीं कर सकते। मैं अपनी जिंदगी बर्बाद कर रहा हूं, मैं अपना वक्त बर्बाद कर रहा हूं।"

'इस खत के तुरंत बाद हमारा पत्र-व्यवहार बंद हो गया। मुझे ज्यादा काम दे दिया गया था। तो मैं अब चिट्ठियां लिखने में समय नहीं दे सकती थी। मुझे एरिक या उसके काम के तरीकों में बदलाव का कोई अंदाजा नहीं था, लेकिन मैं अक्सर उन पंक्तियों के बारे में सोचती रहती हूं जिन्हें मैंने ऊपर दोहराया है।

'एक बार, अपने ऑफिस में काम करते समय मैं गुस्से से भर गई। मैंने कागज के एक टुकड़े पर ये दो वाक्य लिख दिए: "मैं अपनी जिंदगी बर्बाद कर रही हूं। मैं अपना वक्त बर्बाद कर रही हूं।" इसके कुछ समय बाद, मैं अपने मैनेजर के ऑफिस में गई और उन्हें अपना इस्तीफा सौंप दिया, क्योंकि वे शब्द–जेल में बंद एक आदमी के शब्द–हम सभी के लिए एक गंभीर चेतावनी हैं कि भले ही हम जेल में नहीं हैं, लेकिन हम अक्सर खुद को ऐसी स्थितियों में डाल देते हैं जो हमें कैद कर देती हैं और जिंदा महसूस करने की हमारी क्षमता का गला घोंट देती हैं। यह महसूस करने के लिए कि हमें महज कुछ तय दिन ही दिए गए हैं, एक अकेली कोठरी में बैठकर परछाइयों को लंबा होते देखने की ज़रूरत नहीं है। या शायद हमें बार-बार कुछ ऐसा करने की ज़रूरत है जो हमारे सोचने के नए तरीके को प्रेरित कर सके। शायद यही एकमात्र तरीका है जिससे हम बदल सकते हैं।

'कुछ साल बाद एक दिन एक पोस्टकार्ड मेरे दरवाजे पर आया। जिसमें आगे मछली पकड़ने का एक सामान्य सा चित्र बना हुआ था–एक लंबी, उफनती हुई नदी, जिसमें कुछ आदमी कूल्हे तक पानी में डूबे हुए थे और झाग बना रहे थे। यह जानने के लिए कि यह किसका था, मुझे इसे पलटने की ज़रूरत नहीं थी, लेकिन मैंने फिर भी ऐसा किया और तब एरिक की अजीब सी लिखावट ने मेरा अभिवादन किया। इसमें बहुत कुछ नहीं कहा

गया था। बीच में लिखा था, "मैंने एक दिन एक पकड़ी थी।" एरिक ने कार्ड के नीचे जो पता लिखा था, वह दूर जंगल में एक शहर का था, जिसका नाम मैंने पहले सुना हुआ था।

'मैंने कभी जवाब नहीं लिखा–इसलिए नहीं कि मैं अब उसके संपर्क में नहीं रहना चाहती थी, बल्कि इसलिए क्योंकि मुझे लगा कि मैंने वह सबक सीख लिया है, जो सिखाने के लिए एरिक मेरी जिंदगी में आया था।

'अपने ऑफिस की नौकरी छोड़ देने के बाद से मैंने अलग-अलग काम किए। मुझे काम करना पसंद है। मुझे तब भी अच्छा लगा जब थोड़े समय के लिए मैंने एक जूते की दुकान में काम किया। एरिक के साथ मेरे खतों के बाद से ही मुझे पता चला कि वक्त कैसे गुजर जाता है। यह सुनने में अजीब लग सकता है, लेकिन मैं जानती हूं कि वक्त कैसे मेरे हाथ से गुजर रहा है।

'मुझे लगता है कि वक्त उन नदियों की तरह है जहां अब एरिक जाया करता है। यह कभी स्थिर नहीं रहता।'

नीना की कहानी सुनने के बाद, मैंने भी वक्त के बीत जाने पर विचार किया। मुझे लगता है इस पर खूब विचार करना चाहिए। यह कभी भी वक्त की बर्बादी नहीं है।

5

संगीत के बारे में

चाहे कितनी भी सकारात्मक क्यों न हो लेकिन मौत के बारे में बात करने के बाद जीवन के उन पहलुओं को देखना अच्छा होता है जो आनंददायक, उत्साहपूर्ण और संगीतमय हो सकते हैं। मैं हर रात नियमित रूप से कोई म्यूजिक एल्बम लगाता हूं और सोते समय उसे सुनता हूं। इसकी लागत बहुत कम है, कोई ऑपरेशन नहीं करना है और बहुत आसान है। इतनी आसान कि आप ताज्जुब कर सकते हैं कि क्या किसी किताब में इस पर बात करना ठीक है। मजेदार बात यह है कि यह कारगर है। भगवान कृष्ण की बांसुरी की मधुर तान सुनकर लोग मीलों दूर से उनके पीछे चले आते थे। हम सभी संगीत के प्रति आकर्षित होते हैं, लेकिन कभी-कभी मुझे आश्चर्य होता है कि क्या हमें ठीक-ठीक अंदाजा भी है कि हमारे चारों ओर कितना संगीत है।

एक दृश्य की कल्पना करें: आप किसी गर्म दिन घर से बाहर निकलते हैं, सूरज चमक रहा है, लेकिन साथ ही पास से बादल उड़ते हुए आ रहे हैं और जल्द ही वे सूरज को ढकने के लिए काफी करीब आ जाते हैं।

इससे सूरज की किरणें धुंधली हो जाती हैं। भूरे भारी बादल, कुछ हद तक डरावने दिख रहे हैं, यह ऐसा है मानो कोई शक्तिशाली, अदृश्य शक्ति उन्हें आकाश में घुमा रही है। आप अपना कोट नहीं लाए। आप उम्मीद से, सूरज पर भरोसे के साथ घर से निकले थे इसलिए आपने बस हल्के कपड़े पहने हुए थे, जिन पर अब बारिश की बूंदें पड़ रही हैं। ये बूंदें पहले से ही बड़ी-बड़ी हैं: यह कोई हल्की बूंदा-बांदी नहीं है। अब जब बारिश की बौछार आती है तो हवा ठंडी हो जाती है। जब बारिश पेड़ों को चीरती हुई गिरती है तो उसकी एक चादर सी जमीन पर बिछ जाती है। आप भीगे हुए हैं। आप बचने के लिए दौड़ते हैं। आप चाहते हैं कि कुछ बूंदों से बचने के लिए आप पूरी ताकत लगाकर तेजी से आगे बढ़ें। घर पहुंचते-पहुंचते आप और ज्यादा गीले हो जाते हैं। जैसे ही आप घर के भीतर जाते हैं आप अपने जूते उतार देते हैं। आप गीले कपड़ों को उतार देते हैं। सूखे कपड़े पहन लेते हैं। अब आपका शरीर गर्म हो जाता है और तब कुछ अजीब घटित होता है। बारिश जो अब तक आफत थी, एक संगीत में बदल जाती है। आप कुछ भी शुरू करने से पहले, बारिश की आवाज़ को बाधित करने से पहले, प्लग खोलने से पहले और हमारे आधुनिक जीवन की बातचीत शुरू करने से पहले जरा बैठिए। आप हल्की रोशनी में बैठकर छत पर पड़ रही बारिश को सुनिए। यह सबसे शांत आवाजों में से एक होगी। इन क्षणों में आप सुरक्षित हैं, गर्म हैं, बारिश से दूर हैं और संगीत की उन सबसे महान धुनों में से एक को सुन रहे हैं जो कभी कागज पर नहीं लिखी गई।

मेरा मानना है कि दुनिया की सभी रचनाओं में से केवल संगीत ही हमारे अस्तित्व के मूल में प्रवेश करने की क्षमता रखता है। हमारी इंद्रियों पर लाखों उत्तेजनाएं काम करती हैं लेकिन केवल संगीत ही हमारी आत्मा तक पहुंचने की क्षमता रखता है। बेशक, संगीत का पारंपरिक महत्व है, जिसे हमने एक प्रजाति के रूप में पियानो के बटनों, गिटार के तारों और दूसरे

साजों पर बनाया है, जो पारलौकिक हो सकता है; लेकिन एक महत्व यह भी है कि सुखदायक शास्त्रीय संगीत हमें उठा सकता है या रुला सकता है, जबकि ऊंची आवाज वाला, तेज़ संगीत हमारे अंदर गुस्सा या आक्रामकता पैदा करता है। एक राग से दूसरे राग में परिवर्तन किसी भावना को बदल सकता है; यह ऐसा है मानो हमें उदासी या उम्मीद की धुन को पहचानने के लिए बनाया गया है। मैं संगीतकारों, बैंड्स, लोक गायकों और एकल कलाकारों की लिस्ट बना सकता हूं, और हम यह समझने में समय बिता सकते हैं कि क्यों कुछ गाने और धुनें हमारी आत्मा को झकझोर देती हैं जबकि दूसरी हमें निराश कर देती हैं। लेकिन इस किताब के खातिर मैं वापस तूफानी बारिश पर लौटना चाहूंगा। वास्तव में, न केवल तूफ़ानी बारिश पर बल्कि हमारे आस-पास के संगीत के दूसरे उदाहरणों पर भी, जिन पर हम बहुत कम ध्यान देते हैं, जैसे-जैसे हमारी नमकदानी चाकू के करीब बढ़ती जाती है, वैसे-वैसे हम अपने प्राकृतिक अंत के करीब आते जाते हैं।

दुनिया के संगीत को लेकर जागरूक और जीवित रहने का स्वाथ्यवर्धक प्रभाव पड़ता है। मैं एक काम और करता हूं जिससे मुझे मदद मिलती है। कोई ऐसी जगह ढूंढें जहां आप पत्तों को सुन सकें–कोई पार्क, कोई बेंच, यहां तक कि किसी का बगीचा भी चलेगा। आपको हरे-भरे अच्छे पेड़ों की जरूरत होगी–और जो लोग प्राकृतिक दुनिया से नाता खो चुके हैं उनके लिए सर्दियों के अंत में बाहर जाने का कोई फायदा नहीं हैं। पत्तियां यहां आपके फायदे के लिए हैं और अगर आप किस्मतवाले हैं, तो आप एक ऐसा दिन देखेंगे जब हवा भी साथ देगी: एक अच्छे चालक की तरह, यह ध्वनि को प्रेरित करती है। बहुत सारे अलग-अलग, झनझनाते स्वर सुनाई देंगे और कभी-कभी, जब हवा खासकर तेज़ होगी, तो एक तेज झोंका एक साथ सभी पत्तियों को झकझोर देगा, एक बड़ी तेज आवाज,

एक सिम्फनी जिसे एक पेड़ ने पकड़ लिया है। कभी-कभी, संगीतकार के स्टैंड से फिसलने वाले पन्नों की तरह, पेड़ से पत्तियां खुद ही गिर जाती हैं; अगर आप एकदम शांत रहे, तो उनके गिरते ही आप अंतिम स्वर सुनेंगे।

अगर दौड़ते-भागते, बैठकों से भरे अपने दिन, अपने मोबाइल फोन की बेसुध कॉलों का जवाब देते हुए, जीवन की भागदौड़ और चिलचिलाहट को अपने ऊपर हावी होने देंगे तो आप ये सब नहीं देख पाएंगे।

अगर पत्तियों की अपनी आवाज है, तो उसके बाद पानी आता है। हमने देखा है कि असंबद्ध गति से आते आंधी-बारिश के स्थिर स्वरों में संगीत है, लेकिन जब मेरा वक्त बीत जाएगा तो मुझे दूसरे खूबसूरत संगीत की याद आएगी, जैसे कि लहरों की आवाज़–एक और सिम्फनी, हमारे परिवेश के संगीत की एक और याद।

6

संगीत को लेकर: डोरीन की कहानी

'**मेरी** उम्र 80 से ज्यादा है, लेकिन आप किसी महिला से उसकी उम्र नहीं पूछ सकते, आपको अब तक यह मालूम होना चाहिए।

'लोग मुझसे कहते हैं, "तुम्हारी आवाज एकदम जवानों जैसी है।" यह वाकई सच है। मुझे नहीं पता कि मेरी आवाज इतनी जवान क्यों लगती है। शायद यह मन का आईना है क्योंकि मुझे लगता है कि मेरी आत्मा भी जवान है। अभी एक दिन, और मैं डींगें नहीं मार रही हूं, एक आदमी ने मुझे फोन किया और मेरी मां के बारे में पूछने लगा। उसे यकीन नहीं हो रहा था कि वह मुझसे ही बात करना चाह रहा था। उसे यकीन नहीं हो रहा था कि मेरी आवाज इतनी युवा लग रही थी। यह एक अच्छी मानसिकता रखने की ताकत है। जीवन को देखने का मेरा नजरिया हमेशा अच्छा रहा है और यही मुझे युवा बनाए रखता है।

'कुछ लोग ऐसे परिवारों में बड़े होते हैं, जिनका केंद्र टेलीविजन होता है। यही वह जगह होती है जहां वे आमतौर पर एक साथ होते हैं। वहां लिविंग रूम में वे सभी एक ही दिशा में मुंह करके बैठे रहते हैं। वे घंटों तक केवल यही कहते हैं, "प्लीज, क्या आप चैनल बदल सकते हैं।"

'मेरे पिता एक अच्छे वक्ता थे—वह हाज़िरजवाब थे और बातें शुरू करने में माहिर थे। जो भी उनकी दुकान में आता, वह उसे छेड़ते। यह हंसी-मजाक उनका एक हुनर था। वह अपने हिस्से के दर्द और परेशानी से गुजर चुके थे। जिस चीज ने उन्हें बुरे वक्त से बचाया, वह था उनका बात करने, हंसने और धीरे से लोगों को परेशान करने का हुनर। इसे ही उन्होंने किसी का मजाक उड़ाना, खुशामद करना कहा।

'उन्हें घोषणाएं करने का शौक था और एक दिन दुकान से घर आने के बाद उन्होंने हमारे सामने वाले कमरे में रखे एकदम नए टेलीविजन की ओर इशारा किया। उन्होंने कहा, "मैं चाहता हूं कि इस चीज को कोठरी में रख दिया जाए। हम जब चाहें तब इसे ला सकते हैं। यह इस कमरे में एक मेहमान की तरह रहेगा। मैं नहीं चाहता कि ये यहां रहकर हम सभी को निकम्मा होना सिखाए।"

'इसके अलावा, हमारे सामने वाले कमरे में पहले से ही कुछ था: हमारा 1920 के दशक का एक पुश्तैनी बड़ा काला स्टीनवे पियानो, जिसे बचाकर रखा गया था और जो किसी घर के बने क्लीनर से पॉलिश किया गया था। यूनिवर्सिटी के म्यूजिक डिपार्टमेंट से एक खास दिखने वाला व्यक्ति इस पियानो को ठीक करने के लिए आया और यह जल्द ही हमारे घर का केंद्र बन गया। किसी-किसी शनिवार की रात, पूरा पड़ोस गाने के लिए इसके चारों ओर इकट्ठा हो जाता था। बूढ़े विवाहित जोड़े हमारे सोफे के किनारे पर बैठे होते थे। युवा लोग पियानो की ओर झुके हुए। मैं इसे बजा सकती थी और मेरी बहन शॉपन की कुछ बहुत अच्छी प्रस्तुतियां सुनाती थी।

किसी रिकॉर्डिंग से इसकी तुलना ही नहीं थी। लेकिन उन शामों को, जब हम सब सामने वाले कमरे में जुटते थे, चाहे दो लोग हों या बीस लोग, वह पियानो मेरे पिता का होता था। वह तकनीकी तौर पर कोई प्रतिभाशाली पियानोवादक नहीं थे और उनके पास पियानो सीखने का कोई इतिहास भी नहीं था। (बात यह है कि उन्होंने पियानो सीखना तब छोड़ दिया था, जब उनके भयानक बूढ़े शिक्षक ने उन्हें एक रूलर से बुरी तरह पीटा था।) लेकिन मेरे पिता के पास विशाल बायां हाथ था जो ताल को बनाए रखता था, ये उछलते हुए बूगी-वूगी की धुन को बैठा लेता था और हमारे लिविंग रूम में जुटे जोड़े इसके चारों ओर नाचा करते। कभी मेरे पिता एक दुखी आदमी थे–जैसा कि मैंने कहा, जीवन हमेशा उनके प्रति दयालु नहीं था (बचपन में पोलियो की बीमारी के चलते उन्हें हमेशा छड़ी का इस्तेमाल करना पड़ा)–लेकिन उन्हें लकड़ी के उस पियानो स्टूल पर बिठाते ही आप एक बदलाव के गवाह बनते।

'आप इन सात सुरों की ताकत के बारे में जानना चाहते हैं? मैं आपको बताती हूं ये क्या है। उन सात सुरों में जादुई मंत्रों की किसी भी किताब की तुलना में ज्यादा ताकत है। संगीत सुनना अच्छा है। मैंने अपना जीवन संगीत सुनते हुए बिताया और अब यह जानने में मेरी उम्र गुजर गई कि किस तरह का संगीत मुझे किस मूड में पसंद आता है, कौन सा संगीतकार मुझे दुखी या खुश या बेचैन महसूस कराएगा। मुझे पता है कि एल्विस को सुनने और उस वक्त के जुनून, उन कमर मटकाने की यादें ताजा करने का वक्त कब है और मुझे पता है कि बीटल्स के साफ सुरों को सुनने का वक्त कब है। मैं इनके लिए बहुत बूढ़ी नहीं हुई। इन्होंने हमें सिखाया कि जब हमें लोगों का साथ नहीं मिलता, तब भी तालमेल बनाना मुमकिन है।

'मैं नसीब वाली हूं कि अपनी जिंदगी में मैं बहुत घूमी। भारत में वक्त बिताने के बाद जब मैं वापस लौटी तो भांगड़ा और डांडिया को अपने दिल

में लेकर लौटी। मैं जानती हूं कि टाइम ट्रेवल को मुमकिन होने में अभी जितना वक्त लगेगा, तब तक मैं अपने माता-पिता के बगल वाली किसी कब्र में काफी लंबा वक्त बिता चुकी होंगी, लेकिन मेरे लिए संगीत एक टाइम ट्रेवल मशीन की तरह काम करता है। जब मैं भारतीय संगीत सुनती हूं, तो मैं अपने दिमाग में उस वक्त और उस जगह की यात्रा कर रही होती हूं। मैं उस वक्त की यात्रा कर रही होती हूं, जब मेरा बदन मजबूत था और मेरी जुबान मसाले के लिए तरसती थी, उस भारत में जो अब अस्तित्व में नहीं है। मुझे वे लोग याद आते हैं जो अब जिंदा नहीं हैं, उन कस्बों की याद आती है, जो अब तक शहरों में जा मिले होंगे। यही संगीत की ताकत है, इसकी मीठी साफ जाहिर ताकत।

'मुझे यकीन है कि एक दिन वैज्ञानिक यह पता लगा लेंगे कि सात सुर इतनी सारी यादों को कैसे समेटकर रख सकते हैं। हालांकि मुझे विज्ञान में ज्यादा दिलचस्पी नहीं है: यह मेरे लिए एक रहस्यमयी प्रक्रिया है, जिसका इस्तेमाल मैं हर बार अपने पुराने टर्नटेबल पर रिकॉर्ड डालते समय कर सकती हूं। (मेरा एक नौजवान दोस्त है जो यह देखता रहता है कि मेरा टर्नटेबल अभी भी ठीक से काम करे।)

'तो, संगीत सुनना मेरे रोजमर्रा का हिस्सा रहेगा। मेरे कुछ दोस्त अब संगीत नहीं सुन सकते क्योंकि इससे उनके सुनने की मशीनों में रुकावट आती है। मैं इससे ज्यादा त्रासदी की कल्पना नहीं कर सकती। यह ब्रह्मांड की धड़कन को सुनने जैसा है। लेकिन संगीत बजाना... हमारे पास जीने के लिए केवल इतना ही वक्त है और हममें से ज्यादातर हर इंस्ट्रूमेंट में महारत हासिल नहीं कर सकते या हजारों लोगों के सामने इसे नहीं बजा सकते, लेकिन हमें इसे बजाना सीखने के लिए अपने वक्त का एक छोटा सा हिस्सा निकालना चाहिए। मैं ईमानदारी से मानती हूं कि यह आत्मा का विस्तार करता है। इसे सुनना मुझे खुश करता है और मुझे आराम देता है

लेकिन जब मैं अपने पियानो पर कोई नया गाना बजाना सीखती हूं, जब मैं कोई पूरी धुन एक साथ बजा लेजी हूं, तो मैं होने के मूल में कुछ महसूस करती हूं। इस थोड़े से वक्त में, मैंने एक खूबसूरत पल बनाया है। मैं खुद को किसी नई तकनीक से रिकॉर्ड कर सकती हूं, लेकिन यह वैसा नहीं होगा। संगीत को अपने सामने आते और फिर गायब होते देखना कुछ अनोखा और असीम है। यह एक औपचारिक पल है और यह मुझे याद दिलाता है कि जिंदगी एक छोटा सा लम्हा है। जिंदगी बस एक गीत है जिसे या तो आप अच्छे से बजाना सीख सकते हैं या फिर बिना किसी ताल के इसे गड्ड-मड्ड कर सकते हैं।

'मैं अक्सर अपने पिता के बारे में सोचती हूं। उन्होंने जिंदगी के दोनों पहलू बखूबी निभाए। वह एक बातूनी इंसान थे, एक सामाजिक व्यक्ति, एक ऐसा शख्स जो अपने समाज और दोस्तों के साथ बातचीत के भरोसे ही था। उनके गीत में कई अलग-अलग धुनें थीं: वह मज़ाक करते थे, वह चिढ़ाते थे, वह अपनी दुकान पर कदम रखने वाले किसी भी इंसान का दुखड़ा सुनते थे, वह कहानियां सुनाते थे और इन्हें सुनाने में बहुत रस लेते थे। आस-पड़ोस की छोटी से छोटी घटना भी उनके लिए एक उपन्यास बन जाती थी। और फिर उनका संगीत था और उसके साथ वह समझ थी जो उनकी हड्डियों की मज्जा में समा गई थी। अगर आप संगीत पैदा करते हैं, तो आप आनंद भी देते हैं। उनकी जिंदगी के ये दो पहलू ताल मिलाते साथ-साथ वजूद में थे। वह जानते थे कि गाना हमेशा के लिए नहीं चलेगा; वह जानते थे कि जिंदगी थोड़ी है–जब भगवान ने उन्हें पियानो पर अपनी उंगलियां फिराने को दीं तो उनका इरादा सबसे मीठी धुन बजाने का था।'

7

गलियारे के बारे में

मैं जीवन में बहुत सारे गलियारों में घूमा हूं। जब आप यात्रा करते हैं, तो आपको होटल के सभी गलियारे एक ही तरह के दिखते हैं, इससे कभी-कभी दुनिया के डरावनेपन का पता चलता है। आप कारोबारी हुए, तो बैंकों और दूसरे मुख्यालयों के सन्नाटे भरे गलियारों के बारे में भी आपको पता होता है।

गलियारे कभी-कभी मरने की जगह की तरह लगते हैं, क्योंकि वे न तो यहां हैं और न ही वहां; वे एक कमरे से दूसरे कमरे तक जाने का रास्ता हैं। लोग इन्हें संजीदा बनाने के लिए इनमें पेंटिंग टांगते हैं। लेकिन कभी-कभी गलियारों में गैर मामूली वाक्यात हो सकते हैं, हालांकि मेरा मतलब शादी के रिश्ते या बाहरी रूप से भव्यता के पैमाने से नहीं है।

हमारी खुशी किसी हवाले पर टिकी होती है: एक अमीर आदमी अपनी जायदाद को तवज्जो देता है। वह खुद से ज्यादा अमीरों की सोहबत में रहकर खुद को दुखी कर लेता है; कोई खूबसूरत औरत अपने दिखावे में अपना सबकुछ निछावर करके खुद को दुखी करती है लेकिन फिर उन

छवियों के कारण उस पर सवाल उठते हैं, जिनसे वह पूरे दिन घिरी रहती है। इंसान अपने हालात पर निर्भर होता है, चाहे वह कितना भी कामयाब क्यों न हो। इस तरह के सभी लोग, और कई दूसरे अपने संदर्भ में अटके हुए हैं।

तो, चलिए गलियारों पर वापस चलते हैं।

एक दिन दोपहर के खाने के बाद, मैं खुशी और दुख जैसे सवालों पर सोच रहा था। मैं सोच रहा था कि मैं खुद को ऐसे लोगों से घिरा क्यों पाता हूं जो खासकर उन सभी चीजों की सराहना करने में असमर्थ हैं, जो उनके पास हैं। मैंने अपने फ्लैट्स के ब्लॉक के सामने वाले दरवाजे तक जाने का सोचा। यह कोई वीरतापूर्ण यात्रा नहीं थी। मैं बर्फ से ढकी चोटी पर नहीं चढ़ रहा था या मैराथन के टिमटिमाते रिबन की ओर आखरी कदम नहीं उठा रहा था; मैं बस आलीशान कारपेट पर चल रहा था।

एक प्रयोग के रूप में, कल्पना में मैंने किसी ऐसे व्यक्ति के साथ चेतना बदल दी, जो चल-फिर नहीं सकता। अपने मन की आंखों से, मैंने एक व्यक्ति को व्हीलचेयर पर देखा। मैंने तय किया कि वह दुखी नहीं था। उसने भरपूर जीवन जिया था। उसने व्हीलचेयर से ही बास्केटबॉल भी खेला था–लेकिन उसके पैर सूखे, बेजान और चैक वाली चादर से ढके हुए थे। जब दरवाजा खुला, तो मैं लिफ्ट से बाहर निकला और अपनी कल्पना के इस छोटे से काम में लग गया। मैंने हर कदम को महसूस करने की कोशिश की: धरती पर मेरे तलवों का भार; मेरे टखने की हड्डियों का हिलना (अपने आप में बहुत जटिल काम) मेरे पैर की उंगलियों का धक्का, परिचलन तंत्र जो कि पैर का बड़ा अंगूठा है; और मेरे घुटने का उठना मेरे घुटने के पेंचों की डिज़ाइन, मेरे कूल्हे के जोड़ और पैर की सभी तरंगित मांसपेशियों के साथ इस तरह के सधे तालमेल में काम कर रही है। सभी अच्छी तरह से आजमाई हुई सटीकता के साथ काम कर रहे थे। वह मेरे दिमाग के एक

आदेश से हरकत में आ गए थे, जिसके बारे में मुझे सोचने की भी जरूरत नहीं थी। ये कमाल का काम था।

यह सिर्फ एक कदम था। यह वसंत के दिन दोपहर के खाने के तुरंत बाद एक साधारण से जूते से एक चमकीले गुलाबी कालीन पर चला गया एक कदम था — दुनिया के इतिहास में एक बेहद छोटा पल: वास्तव में, एक छोटा सा कदम। और फिर भी, बहुत ही सीमित तरीके से, जब मैं अपना यह प्रयोग कर रहा था, यह कल्पना करने की कोशिश कर रहा था कि व्हीलचेयर पर बैठे एक आदमी के लिए यह एक कदम कैसा होगा, जिसे बताया गया था कि वह फिर कभी नहीं चल पाएगा। संवेदनाओं का यह सरल संग्रह उसे कैसा लगेगा? एक बार जब मेरे मन में यह खयाल आया, तो मैं खुशी से भर गया: एक उलझे हुए हवाले की खुशी, जो हमारे जीवन के ताने-बाने से एकदम सामान्य और बार-बार दोहराई जाने वाली सिलाई एक जादू, एक आश्चर्य, एक उपहार के रूप में खुलता है जिसे हम बहुत हल्के में लेते हैं। मैं खुशनसीब था, मुझे एहसास हुआ। मैं यह कर सका, जबकि बहुत से ऐसा नहीं कर सकते।

स्वाभाविक रूप से, मैं रुक गया।

दरवाजे के पास, दरबान ने उत्सुकता से मेरी ओर देखा। हालांकि, इस तरह के मन-बदलने वाले प्रयोगों के बीच में, कोई हमेशा दूसरों की राय पर विचार नहीं कर सकता है और कि 'मैं चल सकता हूं!' मुझे यह चिल्लाने की जरूरत महसूस नहीं होती। मुझे यकीन है कि उसने इसे उस तरह से नहीं लिया होगा, जिस तरह से लिया जाना चाहिए था। इसके बजाय, मैं संदर्भ से बहुत जागरूक और प्रभावित होकर उस गलियारे से सामने के दरवाजे तक चलता रहा।

कोई भी इस स्तर पर हमेशा के लिए नहीं रह सकता। कोई भी व्यक्ति जीवन के हर पल, हर सांस और हर कदम पर आश्चर्य महसूस करते हुए

नहीं गुजर सकता। अगर किसी ने ऐसा किया हो, तो वह कोई दंभी होगा: दुनिया के सबसे बेकार डिनर का साथी, जो हर कौर के साथ स्वाद पर कोई टिप्पणी करता है।

फिर भी जिस तरह से हमारी नज़र काम करती है या हमारे कान की छोटी हड्डियां हमें सुनने में मदद करती हैं, जिंदगी के इन लम्हों को हैरानी से लेना कारगर होगा।

क्या यह बचकाना लगता है? किसे परवाह है।

8

भरोसे के बारे में

अक्सर जब कभी किसी वजह से मैं दुनिया पर अपना भरोसा खोने लगता हूं तो एक अमेरिकी चित्रकार, वाल्टर एंडरसन का एक उद्धरण दोहराता हूं। 'किसी पर भरोसा करने पर हम कमजोर तो हो जाते हैं, लेकिन दूसरी तरफ अगर हम भरोसा नहीं कर सकते, तो हम प्यार या खुशी भी नहीं पा सकते।'

इसे कागज के एक टुकड़े पर लिखकर अपने डेस्क के ऊपर रखना ठीक है। यह एक ऐसा कदम है जो हमें अपनी जिंदगी में जरूर उठाना चाहिए। भरोसे के बिना जीना इंसानी तजुर्बे की एक फीकी नकल करना है। लेकिन जैसा कि एंडरसन कहते हैं, खुद को उन जगहों से बाहर करना मुश्किल है जो सुरक्षित हैं और जोखिम से बाहर हैं, खासकर अगर हमें पहले भी चोट लगी हो, अगर किसी ने भरोसा तोड़ा हो।

भरोसा तोड़ना एक भयानक बात है, है ना? इसमें कोई शक नहीं है कि हमारे जीवन में कई बार ऐसा होता है जब हमने कोई अमूर्त, लेकिन फिर भी कीमती चीज किसी और के हाथों में सौंप दी होती है। यह आसान

नहीं है। कभी-कभी हमारे दिल या दिमाग में आवाजें आती हैं जो हमें ऐसा न करने के लिए कहती हैं, लेकिन हम ऐसा करना चाहते हैं, क्योंकि भरोसा रखना एक इज़हार है। हम कह रहे हैं कि हमें भरोसा है कि यह शख्स ऐसा कर सकता है।

'ब्रीच' (उल्लंघन) एक ख़राब शब्द है। इसे ज़ोर से कहें और यह आपके चेहरे को उदास कर देता है, जबकि यह लगभग 'चीज़' (मुस्कुराहट) के लिए था, लेकिन पूरी तरह से नहीं। इसकी परिभाषा है 'किसी कानून, समझौते या आचार संहिता को तोड़ने या उसका पालन करने में असफल होना। यह एक टूट का प्रभाव लाता है, और मुझे लगता है कि जिसने भी भरोसा टूटने का सामना किया है वह जानता है कि ये टूट लगभग शारीरिक महसूस होती है। असली दर्द होता है। इस टूटन की यादें अक्सर हमें पीछे हटने के लिए उकसाती हैं और हम अपना भरोसा फिर से ना टूटने देने के लिए निरुत्साहित हो जाते हैं। ऐसा तब तक है जब तक हम एंडरसन के शब्दों को याद नहीं करते: 'अगर हम भरोसा नहीं कर सकते, तो हम प्यार या खुशी भी नहीं पा सकते।' और सिवाय इसके कि हम जीवनभर एकांत में बिता लें, हम किसी समय फिर से जीवन में प्रवेश करते हैं और ये चक्र दोबारा शुरू हो जाता है। हम उम्मीद करते हैं कि इस बार हमारे भरोसे को बेहतर तरीके से रखा जाएगा; हम उम्मीद करते हैं कि इसे एक मजबूत, दयालु हाथ थामेगा – हालांकि हमारा एक मन जानता है कि एक और ब्रीच की गुंजाइश हमेशा बनी रहती है।

आइए इसे याद रखें, हम उन पतियों पर कोई ज़ोर नहीं डाल सकते जो अपनी पत्नियों का भरोसा तोड़ते हैं, या इसके उलट भी और न ही उन बच्चों पर हमारा कोई जोर चलता है जो अपने माता-पिता को धोखा देते हैं (ऐसा होता ही है), मंत्री जो अपने राजा को धोखा देते हैं, रक्षक जो संरक्षित लोगों को धोखा देते हैं, या वास्तव में संरक्षित जो उन लोगों को धोखा देते हैं

जिनका वे नेतृत्व करते हैं। ये सब हमारे वश से बाहर है। हालांकि, अक्सर भरोसा हमारे सबसे करीबी लोग ही तोड़ सकते हैं। उल्लंघन करना एक बड़ा कारण बन सकता है तर्क, कलह, यहां तक कि युद्ध का भी। पुराने समय में, जैसा कि हमारे धर्मग्रंथ हमें सिखाते हैं, लोग अपने शब्दों को महत्व देते थे। कहा जाता था, *प्राण जाए पर वचन न जाए* – हम जान दे सकते हैं लेकिन अपनी बात से नहीं हटेंगे। दुर्भाग्य से अब इस बात को ज्यादा महत्व नहीं दिया जाता। अब ऐसा कहा जाता है कि जीभ में कोई हड्डी नहीं होती, इसलिए यह बार-बार फिसल जाती है। उस प्यार का क्या होता है जो कभी था? कोई इंसान लालची, हिसाब-किताब करने वाला राक्षस क्यों बन जाता है? किसी की पीठ में छुरा घोंपने से पहले वह पलक क्यों नहीं झपकाता?

मुझे लगता है कि भरोसा तोड़ना सबसे दुखद अपराधों में से एक है, फिर भी यह हर समय होता रहता है। वे लोग और भी बुरे होते हैं जो दूसरे का भरोसा तोड़ते हैं और अपने अपराध के लिए खुद को दोषी भी महसूस नहीं करते। हम लोगों पर भरोसा किए बिना नहीं रह सकते, लेकिन भरोसे की शुरुआत हमारे अपने फैसले से होनी चाहिए न कि किसी के धोखे या छल की वजह से।

यह आसान लगता है, है ना? 'मैं धोखा नहीं दूंगा' कोई मंत्र नहीं है जिसे आप हर दिन दांत साफ करते वक्त दोहराते फिरें। इसे याद रखना होता है ठीक उस तरह जैसे आप अपने कुत्ते को टहलाना याद रखते हैं। लेकिन शायद यह एक ऐसी बात है जिसे हमें परीक्षा और कमजोरी के वक्त के लिए तैयार रहते हुए अपने दिमाग में सबसे आगे रखना चाहिए। एक सांत्वना देने वाला विचार जिसे हम अपने पास रखते हैं। जब इसका इस्तेमाल किया जाता है–जब मैं किसी स्थिति को देखता हूं और समझता हूं कि मैंने सही काम किया, कोई धोखा नहीं दिया या विश्वासघात नहीं

किया–तो मुझे बहुत संतुष्टि मिलती है। ऐसी संतुष्टि ही हमारा लक्ष्य होना चाहिए। दूसरों ने हम पर जो भरोसा किया है, उसे हमें कायम रखना चाहिए और उसे कभी टूटने नहीं देना चाहिए। यह लगभग एक नई कहावत की तरह लगता है, है ना? जब हम किसी के भरोसे का ख्याल रखते हैं तो हम अपने अंतिम लक्ष्य की ओर बढ़ जाते हैं।

9

भरोसे के बारे में: जेपी की कहानी

'**आइए** भरोसे के सभी रूपों के बारे में बात करें। भरोसा मेरे लिए बहुत ज़रूरी है। मैं इस पर निर्भर करता हूं। बतौर एक फायरफाइटर, अगर आपने भरोसा तोड़ दिया तो आपके पास ये व्यवहारिक पेशा नहीं रहेगा। हमारा काम एक तरह के पक्के, गहरे भरोसे पर टिका होता है जिसे केवल वक्त के साथ ही हासिल किया जा सकता है। आप अपनी जिंदगी किसी के हाथों में सौंप देते हैं। यह कहावत एक घिसी-पिटी बात बन गई है, लेकिन मेरा मतलब एकदम यही है। मेरी जिंदगी, उनके हाथ, यह इतना ही आसान है।

'मुझे उस शहर का नाम बताने की ज़रूरत नहीं है जिसमें मैं काम करता हूं। यह किसी भी दूसरे शहर की तरह ही एक शहर है, जहां के लोग लाइटर का इस्तेमाल करते हैं और जहां तारों के बढ़ते बोझ से इमारतों में आग लगती है। चीजें भड़क उठती हैं, आग लग जाती है, लोग खतरे में पड़ जाते हैं और अक्सर तभी हमें कॉल आती है। यह एक दिलचस्प क्षण होता है जब हम अपनी वर्दी पहनते हैं और ट्रकों की ओर बढ़ते हैं। मैं

अपने सहकर्मियों को, जिनमें औरतें भी हैं और मर्द भी, सालों से जानता हूं। मैं जानता हूं कि वे किस तरह चलते हैं, किस तरह से बोलते हैं, उनकी भाषा क्या है, उनके बात करने का लहजा जो हैरानी और डर को अलग करते हैं, और मैं जानता हूं कि वे कब मुसीबत में होते हैं। कभी हमें यूं ही भी बुला लिया जाता है। हमें कभी-कभी पेड़ों से बिल्ली के बच्चे उतारने के लिए बुला लिया जाता है। लेकिन जब हम आग की ओर जा रहे होते हैं, एक असली आग, तो मुझे मालूम है कि मेरे उपकरणों के अलावा और भी बहुत कुछ है जो मेरी रक्षा कर रहा है।

'मैं इसे समझाता हूं। जब आप गिरते हैं, तो आप अपना हाथ बाहर निकाल देते हैं। जब आप बच्चे होते हैं और गिरते हैं, तो आप उम्मीद करते हैं कि आपके माता-पिता आगे बढ़कर आपको थाम लेंगे और आपको गोद में उठा लेंगे। जैसे-जैसे आप बड़े होते हैं, आपको एहसास होता है कि लोग खुद से आपको पकड़ने वाले नहीं हैं। सड़क पर गिर जाने पर जरूरी नहीं कि वहां मदद करने वाला कोई मजबूत हाथ हो। किसी चिंतित अजनबी से सरसरी मदद मिल सकती है, लेकिन इससे ज़्यादा कुछ नहीं। इसलिए, एक वयस्क के रूप में, जीवन का सबसे जरूरी काम उन खास लोगों को ढूंढना है जिन पर आप भरोसा कर सकते हैं और जो आप पर भरोसा कर सकें।

'मुझे बात करने में मजा आता है। मुझे दोस्तों के साथ बैठना और बातें करना अच्छा लगता है। जब आप लंबे समय तक फायर स्टेशन में हों, तो बात करना ध्यान भटकाने में आपकी मदद कर सकता है। शुक्र है, मैं कुछ ऐसे फायरफाइटर्स के साथ काम करता हूं जो खूब बातूनी हैं। मैंने उनसे कुछ कहानियां इतनी बार सुनी हैं कि मैं उन्हें उनके ही शब्दों में सुना सकता हूं।

'ये सारी बातचीत मुझे बोलने और करने के बीच अंतर के बारे में सोचने पर मजबूर करती है। हम एक नया फायर फाइटर तैनात करते हैं और वह

कहता है, "आप मुझ पर भरोसा कर सकते हैं" या "आप मुझ पर यकीन रखिए" या ऐसा ही कुछ और। हालांकि भरोसे को शब्दों में बयां किया जा सकता है, लेकिन इसे परखा केवल व्यवहार में ही जा सकता है। यह हर एक काम के लिए सच है, लेकिन यहां गलत साबित होने पर इसके नतीजे गंभीर हो सकते हैं: शायद कोई कहे कि वो दरवाजा तोड़ देगा और आप अभी भी इंतजार कर रहे हैं जबकि धुआं बढ़ता जा रहा है। इसलिए मैं हर किसी से यही कहूंगा कि भरोसे के बारे में बात करना अच्छा है, चाहे रिश्ते में हो या कार्यस्थल पर, केवल वक्त और कार्रवाई ही इसे साबित करती है। जैसा कि कहा जाता है, प्यार पाना अच्छा है, लेकिन भरोसा किया जाना उससे बेहतर है।

'मुझे नहीं लगता कि जो लोग भरोसा तोड़ते हैं वे हमेशा इसे गलत मानते हैं। कुछ लोग सीक्रेट्स और झूठ के साथ जी सकते हैं। मेरा मानना है कि हममें से ज्यादातर, कुछ हद तक, किसी न किसी स्तर पर ऐसा करते हैं। लेकिन भरोसा तोड़ना एक गंभीर बात है। यह आग की तरह तेजी से फैल सकता है और यह सालों से बनी चीजों को खत्म कर सकता है। किसी दूसरे आदमी के साथ भरोसा कायम करने में बहुत वक्त लगता है और कभी-कभी उस भरोसे को ख़त्म होने में केवल कुछ सेकंड ही लगते हैं।

'अगर आपको कभी धोखा मिला है, तो आप जानते हैं कि यह कितना दर्दनाक होता है। सालों का भरोसा कैसे ख़त्म हो जाता है। मेरी कहानी कोई खास नहीं है; यह किसी के साथ भी हो सकता है और कईयों के साथ हुआ भी है।

'जब मेरी शादी हुई थी, मुझे याद है कि उस वक्त मेरी भावनाएं साफ थीं। मुझे लगा कि मैं अपनी नई नवेली दुल्हन को बहुत अच्छे तरीके से जानता हूं, इस हद तक कि मुझे यकीन था कि उसके वजूद का कोई भी हिस्सा ऐसा नहीं था जिसे मैं समझता नहीं था।

'शादी से पहले, हम अक्सर लॉन्ग ड्राइव पर जाते थे। हालांकि कार में रेडियो था, लेकिन मुझे नहीं लगता कि हमने कभी इसे चलाया हो। बातें करने के लिए बहुत कुछ था। जैसे ही मैं अब पीछे मुड़कर देखता हूं, मैं देख सकता हूं कि जब हम गाड़ी चला रहे थे तो हम एक-दूसरे के मूल्यों और नैतिकता की जांच कर रहे थे। मैं हमेशा बातूनी आदमी नहीं रहा हूं, लेकिन उसके सुनने के ढंग में कुछ था या हमारे सामने फैली उन लंबी सड़कों में, जिसने मुझे जीवन के बारे में बात करने के लिए प्रेरित किया। बचपन की उन शुरुआती यादों से लेकर पिछले हफ्ते ही फायरहाउस में जो कुछ भी मैंने सीखा या देखा था, वह बिल्कुल ताजा था। यह सब उमड़कर सामने आ गया। उसने बीच में नहीं टोका। उसने मुझे बोलने दिया। और जब मैं बोलना बंद कर देता, तो वह समंदर किनारे के अपने बचपन की लंबी कहानियां सुनाती। मैं सड़क पर ध्यान देने की कोशिश करता रहता, हर वक्त खुद को यह सोचने से रोकने की कोशिश करता कि 'मुझे इस औरत से फौरन शादी करनी होगी।' जो, वास्तव में, मैंने लगभग एक साल बाद एक छोटे से समारोह में की। वह मेरी कल्पना से भी अधिक सुंदर लग रही थी। वो पल, वो दिन, अभी भी चमकता हुआ महसूस होता है। यही यादों की ताकत है।

'जाहिर है, हमने भरोसे के बारे में बात की थी। और मेरे लिए किसी ऐसे आदमी को ढूंढ पाना रोमांचक था जो मेरी ही तरह सोचता था और भरोसे को उतनी ही तरजीह देता हो जितनी मैं देता था। बात तो बात ही होती है, लेकिन शादी के उन पहले पांच सालों में बातचीत अमल में उतरी और अमल ने भरोसा कायम किया। मैंने कड़ी मेहनत की और उसने और भी ज्यादा मेहनत की। उसने अपनी नौकरी के सिलसिले में देशभर में यात्रा की, लेकिन मुझे हमेशा लगता था कि हम एक लंबी कड़ी से जुड़े हुए थे। मेरे दिमाग में, एक चांदी की चेन की तस्वीर उभरती थी। यह एक ऐसी

तस्वीर थी जिसने मेरी मदद की थी। अगर वह किसी रात फोन नहीं करती तो मैं घबरा नहीं जाता था और मैं उसे अपने हर काम के बारे में बताने के लिए खुद को मजबूर नहीं पाता था। एक्शन फिल्मों में, आपको कभी-कभी मोटी गर्दन और बहुत सारे टैटू वाले ऐसे लोग दिखते हैं, जो कहते हैं, 'मैं तुम्हारा साथ दूंगा।' ऐसा लगता जैसे किसी ने मेरी पीठ पर हाथ रख दिया हो। मुझे ऐसा लगाता है जैसे मैं किसी के साथ साझेदारी में हूं।

'वक्त के साथ रिश्ते बदलते हैं और जो कोई भी आपको इससे अलग बताता है, वह उस कबूतर जितना ही मूर्ख है, जो बिल्ली को देखकर आंखें बंद कर लेता है। हमारा रिश्ता बदल गया था। कुछ मायनों में यह और गहरा हो गया था और मुझे लगा कि मैं उसे बहुत ही अच्छे से जानता हूं, लेकिन दूसरी तरफ वह मुझसे उतना करीब नहीं थी। मुझे याद है कि एक रात मैं सोफे पर उसके बगल में बैठा था। हम दोनों अपनी-अपनी दुनिया में थे। वो एक क्रॉसवर्ड की और मैं एक उपन्यास की। एक बार उसने नज़र घुमाई और मुझे वहां बैठा देखकर चौंक गई। "ओह," उसने कहा। "ये तुम हो।" शायद एक छोटा सा पल था, लेकिन जब मैं पीछे मुड़कर देखाता हूं तो मैं अभी भी उसकी हैरानी पर हैरान हो जाता हूं। शायद उसने यह मान लिया था कि मैं हमेशा वहीं सोफ़े पर उसके बगल में बैठा रहूंगा। या शायद वह इससे कुछ ज्यादा चाहती थी।

'मुझे उसके अफेयर के बारे में तब पता चला जब एक सुबह मैं जॉगिंग करके घर लौटा। एक ऐसे नाम वाली ईमेल मेरा इंतजार कर रही थी, जिसे मैं पहचानता नहीं था। सब्जेक्ट वाली जगह पर मेरी पत्नी का नाम लिखा था। पहले तो मुझे लगा कि वह किसी व्यावसायिक यात्रा में घायल हो गई थी। हालांकि मैंने अपने दिमाग को कुछ बुरा सोचने से रोकने की कोशिश की। इसलिए जब मैंने देखा कि ईमेल किसी भयानक कार दुर्घटना के बारे में नहीं था, तो मुझे राहत मिली। लेकिन इसे पूरा पढ़ने के बाद वह राहत

खत्म हो गई। मुझे याद है कि ऐसा लगा जैसे मेरी पूरी दुनिया "अफेयर" शब्द में सिमट गई थी। जैसा कि यह स्क्रीन पर दिखाई देता था। ईमेल में लिखा था, ''मेरा आपकी पत्नी के साथ अफेयर चल रहा है।'' मुझे लगता है कि एक आदमी के लिए ऐसा करना बहादुरी का काम था। अगर मैं इस बारे में बात करना चाहूं तो उसने ईमेल के नीचे एक फ़ोन नंबर भी दिया था। लेकिन मैंने कभी फोन नहीं किया।

'भरोसा टूटना, दिल पर चोट होती है।'

10

धरती की सुंदरता के बारे में: टिम की कहानी

टिम एक पशुपालक हैं। वह अपनी 8,500 एकड़ धरती पर खेती करते हैं, जो ज़्यादातर घुमावदार पहाड़ियों पर है। उनकी जमीन, जिसमें जिक्र करने लायक कोई पेड़ नहीं है, उत्तरी अमेरिकी घास के मैदानों के ज्यादा मुश्किल इलाकों में फैली हुई है। यह एकदम सपाट है। यहां कहावत है कि अगर आपका घोड़ा आपको छोड़ देता है, तो आप उसे कई दिनों तक दौड़ते हुए देख सकते हैं। टिम को हमेशा जमीन से प्यार रहा है और वह अपने काउबॉय जूते और काउबॉय टोपी के साथ इस हिस्से पर खेती करता है। कुदरती तौर पर, वह शहर में जिंदगी की कल्पना नहीं कर सकता।

'जब आप खेत में काम करते हैं तो जिंदगी में एक लय बनी रहती है। मौसम बदलते हैं और जीवन-चक्र चलता रहता है। मुझे लगता है कि मैं जिंदगी को लेकर ज्यादा होश में हूं क्योंकि मैं ऋतुओं को लेकर सचेत हूं। ऋतुओं के संग्रह के अलावा जीवन क्या है? हमारे पास अपना वसंत है,

हमारे पास ग्रीष्म ऋतु है, हमारे पास पतझड़ है जब हमारी हड्डियां चरमराने लगती हैं और हमारे बाल पेड़ से पत्तों की तरह गिरने लगते हैं (ऐसा नहीं है कि मेरे यहां बहुत सारे पेड़ हैं)। और फिर आख़िरकार सर्दी आती है। ऋतुओं पर कोई बस नहीं चलता। आप कभी भी दिखावे के लिए सर्दियों के बारे में बात नहीं करेंगे। कुछ देशों में, मौसम शुष्क और गीला होता है। आप दुनिया में कहीं भी हों, अगर आपका काम मौसमों की लय से करीब से जुड़ा हुआ है, तो आप अपनी जिंदगी को और बेहतर समझते हैं। मैं आदमियों और औरतों को देखता हूं, जो अपनी जिंदगी की सर्दियों में थोड़ा वसंत लाने की उम्मीद में, अपने दिमाग से जहर को निकाल रहे हैं, उन्हें शुभकामनाएं। सर्दी बेपरवाह होकर हर किसी के लिए आती है, चाहे वह कुछ भी हो। मैं कहता हूं कि आपको जो चेहरा दिया गया है उसे पहनें। और अपनी जिंदगी को इसमें झलकने दें।

'इन इलाकों में सबकुछ मौसम पर टिका है। बारिश एक बड़ा जरिया है। पानी कोई ऐसी चीज़ नहीं है जिसे आप किराने की दुकान से बोतलों में खरीद सकें। हम पानी के रहने और गायब होने को हल्के में नहीं लेते हैं। हम इसे खर्च नहीं करते। इन दिनों उपभोग नियंत्रण से बाहर हो गया है। एक वक्त ऐसा आता है जब कोई आदमी पर्याप्त खरीद करता है और अचानक खुशी से भर जाता है, जैसे कि खरीदारी उस तरह की संतुष्टि दे सकती है जिसकी हम इच्छा करते हैं। बिलकुल ठीक! यहां खपत जरूरत पर आधारित है। अगर हमें सचमुच किसी चीज की जरूरत होती है तो हम उसे खरीद लेते हैं। अगर नहीं, तो हम इसे दूसरे के लिए दराज पर ही छोड़ देंगे। मुझे खुशी है कि मैंने कभी भी अपनी ख़ुशी को उपभोग यानी पैसा, पैसा, पैसा तक सीमित नहीं रखा। उधार पर खरीदारी करने के बजाय, मैं हर दिन अपनी जरूरतों को तोलता हूं। अगर मुझे इसकी जरूरत नहीं है, तो इसे मेरे पास नहीं होना चाहिए। आपको इस तरह बनने के लिए खुद

को प्रशिक्षित करना होता है। अगर आप अपने उपभोग को नियंत्रण से बाहर जाने देते हैं, अगर आप सोचते हैं कि पैसे से आपको ख़ुशी मिलेगी, तो यह न केवल आपके लिए खतरनाक है, बल्कि यह दुनिया के लिए भी नुकसानदेह है। आपको वास्तव में खाने-पानी की जरूरत होती है। और आश्रय–यह तब मददगार होता है जब सर्दियां शुरू हो जाती हैं और तापमान शून्य से तीस डिग्री नीचे तक पहुंचना शुरू हो जाता है। मैंने सालों से केवल वही लेने की कोशिश की है, जिसकी मुझे बहुत जरूरत होती है।

'संतुष्टि यह जानने से मिलती है कि आपने सही काम किया है और अपने आसपास की जिंदगी को बेहतर बनाया है। हम खेत की हालत का जायजा उन पशु-पक्षियों की संख्या के आधार पर लेते हैं जिन्हें हम देखते हैं। अगर खेत अच्छा है, तो पक्षी और बाज़ जमीन का इस्तेमाल अपना घोंसले बनाने के लिए करेंगे। अगर हम उन्हें एक अच्छा आवास देते हैं, तो बुलबुल हमारे सिर के पास मंडराएंगी, हमारे पास ज्यादा संख्या में हिरण होंगे और बहुत ज्यादा सियार नहीं होंगे। इन तरीकों से आप जान सकते हैं कि जीवन में सुधार हो रहा है। हमारे चारों ओर दस साल पहले की तुलना में ज्यादा जीवन है। विविधता कहीं ज्यादा है। कुछ लोग इस विशाल समतल भूमि पर आएंगे और सोचेंगे कि यह उबाऊ है या यहां कोई पशु जीवन नहीं है। "करीब से देखो," मैं हमेशा इन लोगों से कहता हूं। "और करीब से देखो।" अगर आप जमीन से जुड़े हैं, तो इस बात को नज़रअंदाज़ करना नामुमकिन है कि सभी प्राणी किस तरह आपस में जुड़े हुए होते हैं। ज्यादा पक्षियों का मतलब है कम कीड़े, कम परजीवी। हर बार जब मैं किसी बुलबुल को अपने लजीज खाने के लिए आसमान से नीचे उतरते हुए देखता हूं, तो मुझे पता चलता है कि जीवन का प्रवाह सही क्रम में है। यह खुद को नियमित कर रहा है। हम मनुष्य सोचते हैं कि हम जीवन के इस क्रम से ऊपर हैं। लेकिन ऐसा है नहीं। बेशक, हम एक

विशेषाधिकार प्राप्त स्थिति में हो सकते हैं या उसकी कल्पना करने में सक्षम हैं, लेकिन हमें एक विनम्र भूमिका निभानी होगी।

'कुछ लोग कहते हैं कि किसान मिट्टी से खनिज निकाल लेता है। एक पशुपालक पर्यावरण के साथ जुड़ा है। हम उगाने के बजाय उन्हें खुद ब खुद होने देते हैं। कुछ भी हो, हम घास काटते हैं। हम स्वस्थ रूट सिस्टम यानी जड़-तंत्र कायम रखते हैं। खनिजों और बारिश का इस्तेमाल करते हैं। मैं प्राकृतिक व्यवस्था से जुड़ा हूं। मैं यहां हूं। मैं देखता हूं कि क्या चल रहा है और मैं तैयार हूं, ये इतनी बड़ी व्यवस्था के ऊपर खड़े होकर आदेश देने की कोशिश से थोड़ा अलग है।

'मैं जमीन का मालिक नहीं बल्कि उसका प्रबंधक हूं। मुझे ये शब्द पसंद है क्योंकि यह मुझे जीवन और मौत के बारे में एक अलग तरीके से सोचने में मदद करता है। मेरे जीवन में कई बार ऐसा हुआ है जब मैं कुछ बड़े मुद्दों के बारे में बहुत चिंतित रहा हूं–जब हम मरते हैं तो क्या होता है, इस तरह की बात। लेकिन जितना ज्यादा मैं इस खास हिस्से पर काम करता हूं, उतना ही ज्यादा मैं अपनी तकदीर को मानता चला जाता हूं, जो वहां मौजूद कुछ लोगों की तुलना में बहुत ही बढ़िया है। जब तक मैं कर सकता हूं तब तक मैं भूमि का प्रबंधक रहूंगा। मैं इसे उस वक्त की तुलना में बेहतर स्थिति में छोड़ने की कोशिश करूंगा जब मैं एक युवा था और पहली बार जींस पहनकर यहां आया था। मैं आपको बता सकता हूं कि ये एक अच्छा सौदा रहा है।

'यह जमीन यहीं रहेगी। मैं आगे नहीं रहूंगा, लेकिन यह जमीन यहीं रहेगी और शायद यही हम सभी के लिए सबसे बड़ा सबक है। यह न सोचें कि आपका जीवन ही सबकुछ है और इसके बाद सबकुछ खत्म हो जाएगा। ओह, बेशक ये आपके लिए है लेकिन ये धरती, वो आकाश, वो ढलती पहाड़ियां इनका वजूद ज्यादा जरूरी है: जो यही रहेंगी।

'मुझे इस धरती में बहुत ज्यादा आध्यात्मिक शांति मिली है। मैं ईश्वर में यकीन करता हूं, लेकिन ईश्वर सिर्फ चर्च में ही नहीं रहता। मैं जिस यीशु को जानता हूं वह एक जगह पर रुका हुआ नहीं है। मैं कभी-कभी रात में बड़े और चमकीले तारों की छांव में निकलता हूं तो ऐसा लगता है कि वे मुझे दबा देंगे। मैं दूर पहाड़ियों की रेखा देख सकता हूं। मैं अपने चेहरे पर मैदानी हवा महसूस कर सकता हूं। यही मेरे लिए चर्च है और मुझे लगता है कि वो हवा पवित्र आत्मा है। मैं जानता हूं कि मैं इस जगह ठीक हूं और मैं जानता हूं कि धरती खुद ब खुद ठीक हो जाएगी, खुद को फिर से संजीदा कर लेगी। यह एक दिलकश नजारा है।

'मुझे लगता है कि आखरी बात जो मुझे कहनी चाहिए वह ये है कि कुछ लोग इसे देखेंगे और उन्हें बंजर जमीन दिखेगी। वे चमकीली जगह पसंद कर सकते हैं, लेकिन मैं किसी को भी चुनौती दूंगा कि वह इसकी अहमियत को नज़रअंदाज कर दें। यह ऐसी चीज़ है जिसे तस्वीर में जाहिर नहीं किया जा सकता। न ही इसे घेर कर के देखा जा सकता है, न इंसानियत के निशानों से अलग करके ही देखा जा सकता है। यह समझना कि किसी बड़ी और ज्यादा पेचीदा चीज़ का एक छोटा सा हिस्सा होना कैसा होता है, ईश्वर की रचना के सामने विनम्रता का अनुभव करना है। यह जटिल है, लेकिन सरल है। मैं इस व्यवस्था में एक शांत पर्यवेक्षक हूं।'

11

पैसे के बारे में

पैसा पेचीदा चीज है। पैसा कमाना मुश्किल है, लेकिन पैसे के बिना जीना और भी मुश्किल है। यह खुशियों की चाबी नहीं है, लेकिन इसे गंवाना, ज्यादा निराशा में डाल देता है। यह दुखों का जाल है। क्या किसी आदमी के बैंक खाते में कभी काफी पैसा होता है? नहीं, मैं एक भी ऐसे आदमी से नहीं मिला जो अपने हाथ बांध के बैठ जाए, 'अब मेरे पास भरपूर पैसा है। बस बहुत हो गया।'

यह कहना मूर्खता होगी कि पैसा मायने नहीं रखता, या यह हमारी जिंदगी में असर नहीं डालता। डब्ल्यू. समरसेट मॉम *ऑफ ह्यूमन बॉन्डेज* में लिखते हैं, 'पैसा छठी इंद्री की तरह है, जिसके बिना आप बाकी पांच का पूरा इस्तेमाल नहीं कर सकते।' और यह सही है।

अपने आम रूप में, पैसा स्वाद बढ़ा सकता है। वस्तुतः, हम एक पेशेवर की विशेषज्ञता के लिए भुगतान कर सकते हैं, चाहे वह मिशेलिन के चहेते रेस्तरां की रसोई में काम करने वाला शेफ हो या मसालेदार स्ट्रीटफूड तैयार करने वाला। हम खाना बनाना सीख सकते हैं, लेकिन हम दुनिया के हर

व्यंजन में महारत हासिल नहीं कर सकते। पैसा हमें दूसरों के हुनर और उन जायकों तक पहुंच देता है, जो हमारे लिए पराए ही बने रहते अगर हमारे पास उनकी कीमत चुकाने का जरिया न हो तो।

पैसा हमें दुनिया को देखने, नई संस्कृतियों और देशों की आवाज़ और गंध लेने में समर्थ बनाता है। यह हमें आगे बढ़ने, खुद को एक जगह से दूसरी जगह तक ले जाने की गुंजाइश देता है। यह हमें दुनिया की बेहतरीन जगहों पर ले जाता है और वहां के हमारे अनुभवों के लिए भुगतान करता है। यात्रा अनिवार्य रूप से कुछ शिकायतों के साथ होती ही है, खासकर हममें से उन लोगों के लिए जो शिकायत करने के आदी हैं, लेकिन अच्छे यात्री जानते हैं कि उनका पैसा डिजिटल कैमरे पर खूब सारी तस्वीरें लेने से कहीं ज्यादा पर खर्च हो रहा है। हजारों मील दूर कहीं, किसी शहर में एक वास्तुशिल्प पर चमकते सूरज को देख कर अचंभे में पड़ जाना एकदम अद्भुत है और ये ऐसा अनुभव है जिसे केवल पैसे से ही खरीदा जा सकता है।

अगर किसी के पास पैसे हैं तो उसके प्रभाव का विश्लेषण करना आसान दिखता है? हां बिल्कुल। गेराल्ड ब्रेनन ने *थॉट्स इन ए ड्राई सीज़न* में लिखा, 'जिनके पास पैसा है वे सोचते हैं कि दुनिया में सबसे जरूरी चीज़ प्यार है। गरीब जानते हैं कि सबसे जरूरी पैसा है।' यह सच है।

पैसा आपकी समझ को बढ़ा देता है और आपको जांचने के लिए वक्त भी देता है। ऐसा कोई तरीका नहीं है जिससे मैं दिखावा कर सकूं कि यह सच नहीं है। पैसा हममें से कुछ लोगों को वह सब छोड़ देने की गुंजाइश देता है, जो दूसरों को हर दिन करना पड़ता है और इसलिए मैं इसे महत्व देता हूं। मैं हर दिन यह सोचकर जागता हूं कि मैं सुरक्षित हूं। दुनिया के बेरहम खतरों से सुरक्षित हूं, जिंदगी के बारे में सोच सकता हूं और ये सुरक्षा घेरा पैसे की वजह से है। बिलकुल, ऐसे लोग भी हैं, जो हमेशा और ज्यादा

की तलाश में रहते हैं। उनके लिए, कोई सुरक्षित राशि नहीं है, कोई राशि नहीं है जो उन्हें यह सोचने दे कि पैसा क्या है या यह क्या कर सकता है। कुछ लोगों के लिए, यहां तक कि सबसे अमीर लोगों की भी, केवल और ज्यादा पैसा कमाने की चाहत होती है।

मैं खुद को ऊंचा नहीं उठाना चाहता, लेकिन मैं चाहता हूं कि आप मेरी स्थिति को समझें कि मुझे इस खोज के लिए किस चीज ने प्रेरित किया है। मुझे पता है पैसा क्या है। मैंने अपनी पूरी जिंदगी इसकी मौजूदगी महसूस की है, लेकिन इस समय यह मुझे अपने वश में नहीं करता है। मैं इसे दूर रखकर जिंदगी के दूसरे सवालों पर नजर डालना चाहता हूं। गरीबी भयानक नतीजा लाती है और आखिरकार जीवन प्रत्याशा को कम कर देती है। पैसे से डॉक्टर और इलाज खरीदा जा सकता है, लेकिन मेरे लिए यह समझना जरूरी हो गया है कि पैसा मुझे क्या नहीं दे सकता। पैसा अंत में अकेला कर देता है।

अकेलापन एक ऐसा शब्द है जिसे पैसा दोबारा से आकार देता है। कल्पना करें कि ज्यादातार लोगों के लिए अकेलेपन का क्या अर्थ है: एक आदमी जो अकेले ही पहाड़ियों पर भटक रहा है; शहर की एक महिला, जो जीवन से घिरी हुई है लेकिन हर शाम अपने छोटे से फ्लैट में अकेली लौट आती है। अमीरों का अकेलापन अलग होता है। यहां आप एक ऐसे आदमी की कल्पना कर सकते हैं जो दूसरों से घिरा हुआ है, बातचीत में लगा हुआ है, उसकी देखभाल की जा रही है और उसे महत्वपूर्ण महसूस कराया जा रहा है, लेकिन वह हर बातचीत पर शक जताए बिना नहीं रह सकता क्योंकि हर बार जब उसका परिचय कराया जाता है या उसका जिक्र किया जाता है, तो वहां पैसा होता है। पैसे वाला आदमी दूसरों के इरादों पर शक किए बिना नहीं रहता। ये दोस्ती दागदार होती है। कॉमेडियन स्पाइक

मिलिगन कहते हैं, 'पैसे से दोस्त नहीं खरीदे जा सकते, लेकिन आपको बेहतर दर्जे के दुश्मन मिल जाते हैं।'

क्या गरीबी में रहने की तुलना में यह एक छोटी शिकायत है? बेशक, लेकिन मैं ये शिकायत करता रहूंगा, क्योंकि यह मेरे लिए जरूरी है। पैसा और दोस्ती आपस में जुड़े हुए हैं, लेकिन जरूरी यह है कि पैसा दोस्ती को खराब न कर दे। मैंने बहुत प्रभावशाली और अमीर लोगों से सुना है कि उनका कोई सच्चा दोस्त नहीं है। जिन लोगों ने इतना कुछ हासिल किया है, उनके मुंह से ऐसी दुखद बातों के बारे में सोचना मुश्किल होता है। अब 60 की उम्र में, मैं देख सकता हूं कि पैसा दोस्ती करने की मेरी क्षमता पर असर डालता है। मैं समझ सकता हूं कि लोग केवल पैसे के लिए मिलना चाहते हैं। कभी मुझे हैरानी होती है कि अगर मैं केवल मैं होता, सिर्फ मैं, जिसके साथ कोई पैसा नहीं जुड़ा होता, मेरे चारों ओर नकदी का कोई कफन नहीं होता तो लोग क्या प्रतिक्रिया देते। क्या इससे कोई फर्क पड़ता?

बेशक, सबसे महान मानवीय लक्ष्यों में से एक यह है कि जो हमारे भीतर है, जो हमें रोशन करता है, हम जो हैं उससे प्यार किया जाए। ऐसे रिश्ते सबसे अहम होते हैं। वे जिंदगी के लिए मासपेशियां हैं। वे हमें आगे बढ़ने और हमें आकार देने में मदद करते हैं। मैं जो हूं मुझे वैसे ही स्वीकार किया जाए। जब कोई कहता 'मैं करूंगा', तब एक सच्चा नाता बन जाता है।

इस लेन-देन में पैसा क्या कुछ जोड़ता है? यह इसे धुंधला कर देता है। अमीर हमेशा शोर-शराबे, एक पागलपन और बातों से घिरे रह सकते हैं। उनके पास हमेशा रात की महफिलों में जाने के लिए साथी होते हैं। लेकिन इस शोर के बीच एक सवाल उठता है। क्या आप मुझे वैसे ही स्वीकार करेंगे जैसा मैं वास्तव में हूं? हम सभी के जीवन का लक्ष्य ऐसे संगी-साथी तलाशना है जो इस सवाल का जवाब 'हां' में दें।

अगर आप धन से समृद्ध या अभिशप्त हैं, तो यह और अधिक जटिल हो जाता है। यह आपको मानव स्वभाव का अध्ययन करने के लिए मजबूर करता है। यह आपको सावधान, शंकालु और कभी-कभी जंगल में भटक रहे आदमी की तरह अकेला बना देता है। आपके दिमाग में एक हल्की सी आवाज बार-बार गूंजती रहती है 'यह आदमी क्या चाहता है?' यह मान लेना आसान हो जाता है कि दोस्ती नामुमकिन और पहुंच से बाहर है, या शायद यह पैसे और उसके प्रभावों के लिए एक चुनौती है, यह जानने के लिए कि पैसा किस से जलन करता है, क्या है जो पैसे से नहीं खरीदा जा सकता।

कहावत है, 'पैसे से आप खुशियां नहीं खरीद सकते, जबकि आप सुख-सुविधाओं के बीच भी दुखी हो सकते हैं।' आइए अपना जीवन दयनीय सुविधाओं में न जिएं। मौत से प्यार करने का मतलब जीवन को गले लगाना है, न कि अच्छी सिल्क से सजीधजी एक आरामदायक लेकिन दयनीय कब्र को गले लगाना। बल्कि वास्तव में यह शिकायती दृश्यों की लंबी कतार के लिए तैयार किया गया एक मंच मात्र है। एक आरामदायक दुर्भाग्य याद रखें, इसमें पैसा अंतर्निहित होता है। हर तरह से पैसे को बाहर निकालना चाहिए, इसका इस्तेमाल करें, इसे दान में दें, इसके बढ़ने की निगरानी करें, इसे बचाकर रखें, अपने जीवन में कम से कम एक बार ऐसा खाना खाएं जिसकी कीमत बहुत ज्यादा और स्वाद शानदार हो। लेकिन पैसे के बारे में समझें, जानें कि इसमें दोस्ती तोड़ने और सच्चाई को विकृत करने की क्षमता होती है। हम अपने समय के महान नैतिकता वाले नाटकों में लॉटरी विजेताओं के जीवन को देखते हैं। पैसा और परेशानी से तो छल और विश्वासघात भी दूर नहीं होता।

1937 में मॉस हार्ट और जॉर्ज एस. कॉफमैन ने अपने नाटक को शीर्षक दिया *यू कांट टेक इट विद यू* (साथ में कुछ नहीं जाएगा) लेकिन,

जैसा कि आप कल्पना कर सकते हैं, यह कहावत बहुत लंबे समय से हम सुन रहे हैं। लेकिन असल में ये बातें मरने के विचार के साथ ही ध्यान आती हैं। यह एक और सच्चाई है जिसे हम जानते तो हैं लेकिन अक्सर उस पर सोचा नहीं करते। हमें याद दिलाने की जरूरत है। मरने के बाद हमारे साथ चाहे कुछ भी हो, पर एक बात तय है, पैसा यहीं छूट जाता है।

12

पैसे के बारे में: फ्रैंक की कहानी

कारोबारी कहता है, 'ये क्या हो गया। आखिर मेरे साथ कैसे हो गया।'

'यह वह पल है जिसे आप कभी नहीं भूलते। जब आपको ये खबर मिलती है तो आप कभी नहीं भूलते। मेरे मामले में मेरे बैंक के एक कर्मचारी ने मुझे बताया था। एक ऐसा आदमी जिसके साथ मैं महीनों से काम कर रहा था। मैंने इस आदमी को कई रूपों में देखा है। मैं उससे नाराज था। जब भी मुझे किन्हीं वित्तीय परेशानियों का सामना करना पड़ता तो मैं उसे कोई नया हल निकालने के लिए मजबूर करता। अब जब वह मेरी नाकामियों के बारे में विस्तार से बता रहा था, तो मैं उदास सा उसके सामने बैठा था। मुझे लगता है कि मैं उसके सामने रोया भी था। मैं निश्चित ही हंसा भी था, लेकिन जिस दिन उसने मुझे अंतिम सूचना देने के लिए बुलाया, तो मेरी हंसी में एक कड़वाहट थी। एक ऐसे आदमी की हंसी जिसके पास खोने के लिए कुछ भी न बचा हो। मुझे चिंता थी कि मेरी हंसी पागलपन लगेगी और मैं किसी ऐसे इंसान की तरह हंसने लग सकता हूं जिसे अस्पताल में बंद कर दिया जाना चाहिए। उस दिन मुझे ऐसा ही महसूस हो रहा था,

मानो मेरा वजूद, वह सब जो मैं जानता था और जिसे प्यार करता था, अब खतरे में था।

'बैंक मैनेजर भी मेरे साथ हंसा, लेकिन उसकी हंसी दुखभरी थी। मुझे पता था कि वह मेरी या मेरी गलतियों की या मेरे हालात का मज़ाक नहीं उड़ा रहा था, कि मैं एक वक्त काफी ताकतवर व्यक्ति था और अब मैं यहां, एक उपनगरीय बैंक प्रबंधक के कार्यालय में बैठा था, एक ऐसा सूखा और बेजान कमरा कि मैं सोचने लगा कि वह यहां पूरा दिन या महीना या साल या वास्तव में अपना पूरा करियर तो छोड़ ही दें, एक घंटा भी कैसे बिता सकता है।

'मुझे उसका चेहरा याद है, जो सज्जनता से भरा रहता था और अक्सर शर्म से उसका चेहरा लाल हो जाता था। वह एक लंबा-तगड़ा आदमी था और बोलना खत्म करने के बाद धड़ाम से अपनी कुर्सी पर वापस गिर जाता था। मैं जानता हूं कि उसे मेरी भी याद थी, क्योंकि कुछ साल बाद मैं बैंक वापस गया, तो वह बाहर आया और मुझसे बात भी की। एकदम अचानक बेतकल्लुफी से उसने कहा कि मैं अच्छा लग रहा था। असल में, मैं बिल्कुल अलग आदमी जैसा दिख रहा था। मेरी त्वचा बेहतर हो गई थी और अब मेरी आंखों के नीचे वे गहरे काले धब्बे नहीं थे। उसने कहा कि मैं नया आदमी लग रहा था, बल्कि मैं खुद से आगे निकल गया था।

'पैसा मेरे जीवन में हमेशा जरूरी था। इस तरह से मेरा परिवार अपना प्यार दिखाता था। मेरे जन्मदिन पर, मुझे अपने पिता से पैसे मिलते थे और कभी-कभार वे मजबूती से मेरे साथ हाथ मिला देते थे, लेकिन गले मिलने जैसा कभी कुछ नहीं होता। (कौन आदमी एक बच्चे से हाथ मिलाता है? जवाब है मेरे पिता।) और मुझे हमेशा याद आता है कि मेरे हाथ में पैसे आते ही कितनी जल्दी वह खर्च हो जाते थे।

'जहां तक मुझे याद है, शायद अगले ही दिन मुझे मेरे गांव के बैंक ले जाया गया, जो पत्थरों से बनी एक डरावनी इमारत थी। जब मेरी मां ने उसका दरवाजा खोला, तो अंदर चल रहे वयस्क जीवन को देखकर मैं चौंक गया था। वहां जो लोग थे उन्हें मैं जानता था। वे इत्मीनान से लाइन में खड़े थे। उनमें से कुछ का मेरी मां हमेशा गर्मजोशी से स्वागत करती थीं। बैंक के कैशियर कुशलता से काम करते थे। वे अपनी मुहरों से बड़ी जोर की आवाज़ निकालते थे और कभी-कभी मुझे बिलों को गिनते हुए झटकने या धातु की ट्रे पर सिक्कों के गिरने की आवाज सुनाई देती। कैशियर के पीछे तारीख लिखी थी। एक बच्चे की तरह मुझे सच में यकीन था कि उस दिन इससे ज्यादा जरूरी कुछ और नहीं था।

'इस पूरी जगह का महत्व दिख रहा था। यह असरदार था। जिन चर्चों में हम गए थे बेशक उनमें से किसी भी चर्च की तुलना में यह ज्यादा असरदार था। यहां कोई भी कभी भी गाना गाने लिए खड़ा नहीं होता था। यहां शांति थी, यहां काम किया जा रहा था, हर किसी के पास करने के लिए काम था और मुझे अपनी पासबुक के साथ लाईन में खड़ा होना बहुत अच्छा लग रहा था। कभी-कभी दफ्तर का एक दरवाजा खुलता और प्रबंधकों में से कोई, जो हमेशा अच्छा सा सूट, चमचमाते जूते और टाई क्लिप, रोटरी का बिल्ला और फैशनेबल चश्मा पहने और करीने से कढ़े बालों में किसी ग्राहक के साथ बाहर निकलता था।

'मुझे याद है कि मैं बचपन से ही, यहां तक कि किशोरावस्था तक भी, अपने गांव के एक खास बैंक मैनेजर से प्रभावित हुआ करता था। वह मुझे धरती पर सबसे दयालु आदमी लगता था। वह हमेशा मुस्कुराता रहता था। वह जानता था कि किस ग्राहक के साथ किस तरह का बर्ताव करना है, चाहे वह उन उम्रदराज औरतों से आहिस्ता-आहिस्ता मीठी (लेकिन जोर से) बात कर रहा हो जो चर्च के लिए तैयार होकर आतीं और मजबूती से

उसकी बांह पकड़कर सामने के दरवाजे तक ले जा रही होती थीं, या गैराज के लंबे तगड़े, असभ्य सह-मालिक से, वह एक ही तरह सहज रहता भले ही कभी वो गंदा कपड़ा पहनकर भी आया हो। लेकिन बैंक मैनेजर हमेशा बेदाग रहता था।

'तब मैं इस बात पर खुद को बहुत सुरक्षित महसूस करता था कि मेरे पास पैसे हैं। मुझे पैसे देकर मेरे पिता को ख़ुशी हुई थी, लेकिन जब मैं बैंक से लौटा और उन्हें बताया कि मैंने पैसे अपने खाते में जमा कर दिए हैं, तो उन्हें और भी ख़ुशी हुई। शायद रात को खाने के बाद उन्होंने कहा भी, ''बहुत बढ़िया''। मैंने जाना था कि मैं दो तरीकों से उनको खुश कर सकता हूं: पहला, रात के खाने में अपनी सारी सब्जियां खाकर और दूसरा, अपने पैसे बचाकर।

'मैंने उनसे यह भी सीखा कि पैसे पर नज़र रखनी चाहिए, कि आप पैसे से अपनी नज़रें नहीं हटा सकते, कि यह सुनिश्चित करने का एक तरीका है कि आपको पता हो कि आपका पैसा क्या कर रहा है। अखबार में खेल के पन्नों को छोड़कर इसके बजाय उन छोटी संख्याओं और स्टॉक रिपोर्ट पर नज़र डालनी चाहिए। उनके पास एक खास कुर्सी थी जिस पर वे रात को खाना खाने के बाद बैठते थे। मुझे याद है कि उनके पैरों में चप्पलें होती थीं और कुर्सी की बांह पर ऊपर तक राख़ से भरी एक ऐशट्रे रखी हुई होती थी। उस पर लटकन वाले लैंप से पीली रोशनी पड़ रही होती और उनके चेहरे के सामने अखबार फैला हुआ होता था। वे किसी जापानी ओरिगामी विशेषज्ञ की तरह कागज को संभालना जानते थे।

'मेरे पिता के लिए, शेयर बाज़ार ऐसी संस्था नहीं थी जो न्यूयॉर्क और लंदन जैसे दूर-दराज की जगहों में थी। बाज़ार की जांच हमारे लिविंग रूम में होती थी और इसी तरह मैंने पहली बार पैसे के बारे में जाना था। मैं कमरे के दूसरी तरफ से शेयर की कीमत पर अपने पिता की प्रतिक्रियाओं

को सुनता था। जब उनके बेचे गए स्टॉक की कीमत में गिरावट शुरू हुई तो उन्हें हल्की हंसी आई। अगर किसी नई खरीद की कीमत बढ़ गयी होती तो वह कहते, "आहा," और अखबार पर अपनी उंगली दबा देते। कभी-कभी अख़बार के पीछे से एक अजीब "ह्म्म" की आवाज आती। मेरे पिता व्यवस्थित, अनुशासित और बहुत रूढ़िवादी तरीके से पूंजीवाद के नियमों का पता लगा रहे होते थे।

'मेरे पिता पैसे के दीवाने थे लेकिन वे इससे सावधान भी थे। वो इसे मेरी बहन, मेरी मां और मुझे देना चाहते थे, लेकिन इसके पीछे उनके दिमाग में महामंदी से मिले सबक थे। खासकर भयानक गुरुत्वाकर्षण हीन गिरावट की अनुभूति से वह अच्छी तरह से यह जानते थे कि नीचे कोई सुरक्षा जाल नहीं, सिर्फ गर्म, रूखी, कठोर धरती है। (मेरे पिता एक खेत में पले-बढ़े थे, जिसे उनके माता-पिता ने मंदी के दौरान गंवा दिया था।) उन्हें खरीदने और बेचने, जानकारी लेने, दुनिया कैसी हो सकती है इसका अनुमान लगाने का रोमांच पसंद था। उन्होंने कारोबार की उठा-पठक का मजा लिया। उन्हें शेयर पसंद थे, यहां तक कि उनकी भौतिकता, वे उभरे हुए कागज़ भी, जिस पर हर शेयर को दर्ज किया जाता था। उन्हें यह सब बहुत पसंद था। जीने के लिए, नई चप्पलें खरीदने के लिए, अपनी पुरानी कुर्सी को ठीक रखने के लिए उनको पैसे की जरूरत थी।

'हालांकि मेरे पिता भावनाओं को जाहिर करने वाले व्यक्ति नहीं थे, फिर भी उन्होंने हमारी परवाह की और अपने जाने के बाद हमें एक स्थायी घर और विरासत देकर इसे जाहिर करने की कोशिश की। किसी वजह से, मेरे पिता लालच से अछूते थे। यह शायद उनकी धार्मिक परवरिश से बना स्वभाव था। वह अक्सर चर्च नहीं जाते थे और बेशक घर को भी क्रॉस और दूसरी छोटी-मोटी धार्मिक चीजों से नहीं सजाते थे। लेकिन मेरे पिता एक ऐसे ईश्वर में यकीन करते थे जिसने उनके मन के ज्वार को कुछ शांत

किया। एक ऐसा ईश्वर जिसने उन्हें यह याद दिलाया कि वह पैसा नहीं है जो उन्हें खुशी की ओर ले गया क्योंकि खुशी का अपना एक रास्ता था जिसके लिए वह खुद जिम्मेदार थे। पीछे मुड़कर देखने पर, मुमकिन है यही वह सबक था जो मुझे उनसे सीखना चाहिए था। इसके बजाए, मैंने उनसे सीखा कि शेयर बाज़ार से कैसे उत्साहित हुआ जा सकता है।

'मुझे अपनी इस कहानी पर, इसकी शुरुआत पर लौटना चाहिए। मैं उस बदकिस्मत दिन में अपने दिवालिया हो जाने की चर्चा करने के लिए अपने बैंक मैनेजर से मिला। मैंने सबकुछ खो दिया था। कभी-कभी लोग कहते हैं, "मैंने सब कुछ खो दिया" और फिर बिना गिरवी रखे अपने घर में लौट आते हैं या अगले साल फिर से भरपूर पैसे वाले हो जाते हैं। लेकिन मैंने *सबकुछ* खो दिया था।

'मैंने देखा है कि उगाही करने वाली एजेंसी कितनी तेजी से काम कर सकती है और वे इसे किस निष्पक्ष तरीके से करती हैं। मैंने अपनी कार को खींचकर ले जाते हुए देखा है। मैंने लॉन में काले प्लास्टिक के थैले देखे हैं, जो मेरी बेटियों के कपड़ों से भरे हुए थे। मेरे ऐसे भी दिन थे जब मैं लड़कियों को स्कूल पहुंचाने के लिए (उधार की कार में) सड़क के किनारे गाड़ी चलाने से पहले, कभी-कभी व्यस्त सड़क पर कारों की घरघराहट में, खुद को रोक नहीं पता और तब तक रोता रहता जब तक मेरे शरीर में दर्द न हो जाए। एक दिन मैंने निराशा, क्रोध और उदासी से स्टीयरिंग व्हील को तब तक मारा जब तक कि मेरी मुट्ठियां दुखने नहीं लगीं। मैंने उन सभी चीजों के बारे में सोचा जो मेरे पास हुआ करती थीं: बड़े से गैरेज में रखी कारें, नया घर यानी उपभोग की सरासर मात्रा जिसे मैं जरूरी समझता था।

'मेरी पत्नी की मौत तब हो गई थी जब मेरी सबसे छोटी बेटी दो साल की थी। अब मुझे एहसास होता है कि अपनी बेटियों से प्यार के इजहार का एकमात्र तरीका जो मैं जानता था वह था उनके लिए चीजें खरीदना।

हमेशा कुछ न कुछ खरीदना चाहे उन्हें इनकी जरूरत हो या नहीं। पैसा दुख को जन्म देता है। आपके पास कभी भी पर्याप्त पैसा नहीं हो सकता।

'मैंने देखा कि मेरा बैंक खाता बढ़ता गया, खूब फला-फूला, जितना मैंने सोचा था उससे कहीं ज्यादा बढ़ गया। मैंने कल्पना की कि किस तरह से मैंने खुद को पैसे से पैसा बनाने के काबिल बनाया है। मैंने बहुत ही कम वक्त में पैसा बना लिया था। मैंने जो भी जोखिम उठाया उसका क्या फल मिला–हालांकि दूसरों की तुलना में कुछ ज्यादा ही मिला, इससे मेरे पिता कितने प्रभावित हुए होंगे। मुझे लगने लगा कि मैंने उस चीज़ में महारत हासिल कर ली है जिसे मेरे पिता केवल पढ़ सकते थे। मैंने सोचा कि पैसा न केवल मुझे खुशियां देगा, बल्कि जीवनभर मेरे साथ भी रहेगा।

'जैसे-जैसे मेरी बेटियां बड़ी हुईं, वे मुझे पैसे की नजर से ही देखने लगीं। उन्होंने मुझे कभी किसी और चीज़ के रूप में नहीं देखा था। मैंने उन्हें समर कैंप और छुट्टियों पर जाने के लिए पैसे दिए, लेकिन मैं उनके साथ नहीं गया। हमेशा कुछ न कुछ काम होता था: बाज़ार पर ध्यान देना था और मैं अपने से नीचे के किसी ऐसे आदमी को ये ज़िम्मेदारी सौंपने के लिए तैयार नहीं था जो इस दुनिया की अनियमितताओं को मेरी तरह नहीं समझ सकता था।

'जिन किसी खास मौकों पर मैं अपनी बेटियों के साथ कहीं दूर जाने में कामयाब हुआ, मुझे लगा कि मेरा दिमाग चकरा रहा है। हालांकि मैं एक अलग देश में धूप वाले बरामदे में किसी प्लास्टिक की मेज पर उनके साथ बैठा होता था। हालांकि मैं उन्हें देख सकता था, उनकी हंसी सुन सकता था और देख सकता था कि सूरज उनकी त्वचा पर कैसे पड़ रहा है, पर मेरा दूसरा हिस्सा वहां बिल्कुल भी नहीं था। वह हजारों मील दूर था। बेचैन, सोचते हुए, इधर-उधर भटक रहा था। मैं अपने इस हिस्से को बंद करने, अपने दिमाग के दो हिस्सों को एक साथ मिलाने में असमर्थ था।

अब इस मुश्किल वक्त में उन यादों को देख रहा हूं, जब मेरी बेटियां छोटी थीं और अपने टूटे हुए दांतों से पूरे दिन हंसती रहती थीं। मैं वहां उनके साथ हो सकता था। मैं पूरी तरह से वहीं हो सकता था। लेकिन इसके बजाए मेरे दिमाग का एक हिस्सा हमेशा पैसे के बारे में, ब्याज के बारे में, कभी न खत्म होने वाले इन उतार-चढ़ाव के बारे में सोचता था जो वित्त की मशीनरी को घुमाते रहते हैं।

'मैं पार्टियों में जाता और जब लोगों से बात करता तो मुझे हैरानी होती कि उन्होंने कितना पैसा कमा लिया है और क्या उन्हें पता है कि मैंने कितना कमाया है। अगर मुझे लगता कि उन्हें नहीं मालूम है, तो मैं बातचीत में इसका कुछ जिक्र शामिल करने की कोशिश करता, ताकि उनके पास अगर कोई सटीक आंकड़ा न हो तो एक अंदाजा तो हो ही जाए। मैं अपने बारे में संख्याओं में, एक संख्या के रूप में, शुद्ध कीमत के रूप में सोचता। एक बार जब मैंने एक परिचित को यह कहते हुए सुना कि मैं उस आदमी के करीब हूं जिसे मैं अपने लायक मानता था, तो मुझे अचानक गर्व महसूस हुआ, इस तरह का गर्व जो अपने बच्चों की उपलब्धियों के लिए होना चाहिए।

'मैंने तब सोचा था, लोग जानते हैं कि मैं कौन हूं। लेकिन मैं कौन था? पैसा आपको मौका देता है ताकि आप अपने दिनों को चिंताओं और गतिविधियों से भर दें, जो खुद के बारे में सोचने की आपकी किसी भी कोशिश को नाकाम कर देता है। जब आपको खरीदारी करनी हो, जब उपभोग का जीवन आपका इंतजार कर रहा हो, तो इस बात की चिंता क्यों करें कि आप वास्तव में कौन हैं? मैंने कभी भी बाथरूम के शीशे में इतनी देर तक नहीं देखा कि मैं अपनी आँखों को देख सकूं क्योंकि मैं हमेशा अपनी दाढ़ी बनवाने के लिए किसी नाई को पैसे देता था। मैं कभी भी चर्च में शांति से नहीं बैठा क्योंकि मैं दो गली दूरी पर अपनी हैसियत को दिखाने वाली घड़ियों को देखने में बहुत व्यस्त होता था, मानो जीवन में अपनी

जगह दिखाने के लिए आपको बस अपनी कमीज का बाजू ऊपर करना है और इस चमक को दिखाना है। मैं कभी भी अकेला नहीं बैठता था क्योंकि मेरे पास हमेशा एक स्क्रीन होती थी, जिस पर मैं अपनी तिरछी नजरों से शेयर की कभी न खत्म होने वाली लाइनों को देखता था।

'मैंने कभी दोबारा शादी नहीं की, क्योंकि जिन समझदार और खूबसूरत औरतों से मैंने प्रेम किया, उन्होंने मेरे साथ वक्त बिताने के बाद जाना कि मैं पूरी तरह से वहां नहीं होता था, कि मैं जाने के लिए इंतजार नहीं कर सकता था। कभी-कभी वे मुझे पैसे के लिए देर रात किसी लैपटॉप के सामने बैठे हुए पाती थीं। इन दिनों मैं कल्पना करने की कोशिश करता हूं कि उन्होंने क्या देखा होगा: एक आदमी गर्म बिस्तर से, एक महिला के प्यार से दूर, ब्लूमबर्ग की नई रिपोर्टों के लिए नीली चमक का मजा लेते हुए रेंग रहा है। मुझे उस आदमी के लिए बहुत अफ़सोस है। मैं कभी-कभी चाहता हूं कि मैं उसके कान में फुसफुसाऊं, "कंप्यूटर बंद कर दो। अपना जीवन अपने आस-पास के लोगों से पूरी तरह से जुड़कर जियो।"

'मैंने कभी दुनिया की ओर नहीं देखा, जब तक कि इसकी कीमत नहीं समझी। कला मेरे लिए कभी कला नहीं थी। यह आत्मा को निखारने या किसी भावना को उकेरने के लिए नहीं थी। मैंने कभी भी कला को अपनी भावनाओं के करीब नहीं आने दिया। मैंने कभी किसी खास चीज की सुंदरता को खुद पर असर नहीं डालने दिया या खुद को उसके जादू में फंसने नहीं दिया। मेरे लिए कला महज़ एक पेचीदा काम था जिसमें किसी भी दूसरे काम की तरह महारत हासिल करने की ज़रूरत थी। मैं उन सुंदर, उत्कृष्ट और बेहतरीन चित्रों और मूर्तियों को ले रहा था और उन्हें एक जगह से दूसरी जगह रख रहा था, खरीद रहा था और बेच रहा था, जैसे कि एक बैरल तेल से ज्यादा उनका कुछ मतलब नहीं था।

'अब मेरे पास कोई कलाकृति नहीं है, लेकिन कुछ समय पहले एक दिन मैं एक संग्रहालय में गया और एक छोटी सी पेंटिंग देखी जो मेरी हुआ करती थी। कलाकार का नाम मेरे लिए कोई मायने नहीं रखता, लेकिन यह कई साल पहले मायने रखता था जब मैं कला की परवाह केवल उसकी कीमत के लिए करता था। जब मैं जींस, टी-शर्ट पहनकर एक भीड़ भरे संग्रहालय में इस तस्वीर के सामने खड़ा था, तो मैं लगभग माफी मांगना चाहता था। कहने को ये मेरा था, लेकिन ढाई साल तक मैंने इसे स्टोर में रखा हुआ था, जैसे कोई सोने की ईंट को नज़र से छिपाकर रखता है। यहां आखिरकार इसे एक सफेद दीवार पर टांग दिया गया था। उस पर एक स्पॉटलाइट पड़ रही थी, जो गहराई से नीले, सुनहरे और भूरे रंग को सामने लाती थी और गाढ़े रंगों को और भी समृद्ध बनावट देती थी। मैं लगभग पौना घंटे तक सांस रोके वहां खड़ा रहा और कला के इस नमूने को देखता रहा। मैंने इसे मुझ पर अपना जादू चलाने दिया, अपने विचारों को उठने दिया है। मेरे मन में और कुछ नहीं था। मैंने पेंटिंग पर पूरा ध्यान दिया और इसने एक तरह से ऐसी अनुभूति दी कि केवल एक अच्छी कला ही अपने दर्शकों को आकर्षित कर सकती है। जैसे ही मैं वहां से चला, कला के युवा छात्रों का एक समूह मेरी जगह लेने आया और पेंटिंग का खाका तैयार किया। अब मैं इसे नहीं खरीद सकता था, लेकिन यह अद्भुत थी।

'तो जब बैंक मैनेजर ने मुझे बताया कि मैं दिवालिया हो गया हूं, तो मुझे दुख हुआ। चोट कई स्तरों में आई। जब मैंने उसकी ओर देखा तो मुझे एक एक ज़ोरदार थप्पड़ का एहसास हुआ जैसे उसने मेरा अपमान किया हो। (एक तरह से, उसने ऐसा किया था।) लेकिन फिर मेरा बर्ताव अच्छा हो गया और हमारी बाकी मुलाकात कायदे से हो गई। दूसरा चरण धीरे-धीरे आया, जब मेरा जीवन नष्ट हो गया और जो कुछ मैंने सोचा था वह धीरे-धीरे गायब हो गया। नाव, घर, गाड़ियां... फिर अनगिनत दूसरे

हिस्से जुड़ गए, दफ्तर के फर्नीचर से लेकर पहले संस्करण की किताबों के संग्रह तक, जिन्हें मैंने कभी नहीं पढ़ा था। यह सब चलता रहा और प्रक्रिया के अंत तक मैंने कल्पना की कि मुझे भी, उगाही एजेंसी वाले ले जाएंगे। मैंने सोचा था कि वे मेरे शरीर को पैक कर देंगे और मेरी आत्मा को वहीं तैरते हुए छोड़ देंगे, जो किसी चीज़ से बंधी नहीं होगी, जो कुछ भी काम करने या आवाज़ करने में असमर्थ होगी।

'यह दिलचस्प है कि जब आप सबसे निचले पायदान पर पहुंच जाते हैं तो आपका दिमाग क्या सपने देखता है। मैं घिसी-पिटी बातों का सहारा नहीं लेना चाहता था। मैं कभी भी बहुत ज्यादा शराब पीने वाला नहीं था, लेकिन एक दिन मैंने खुद को बार में अकेला पाया। मैं काउंटर के पीछे ड्रिंक्स को घूर रहा था। मैंने सोचा, "ठीक है, जब लोग इस हद पर पहुंचते हैं तो उन्हें यही करना चाहिए। उन्हें पीना चाहिए, है ना? वे फिल्मों में यही करते हैं, किताबों में यही करते हैं।" मैंने सोचा कि मैं भी इसे आजमाऊंगा, इसलिए मैंने एक व्हिस्की का ऑर्डर दिया। काउंटर के पीछे की लड़की ने बर्फ के ऊपर व्हिस्की डाली और मेरे सामने रख दी लेकिन जैसे ही उसने अपना हाथ हटाया तो गलती से गिलास टूट गया। बर्फ और व्हिस्की बार के ऊपर गिर गई। "मैं आपके लिए दूसरा बना दूंगी," उसने कहा। "सच में, रहने दो," मैंने जवाब दिया और बार से बाहर चला गया। मेरा मानना है कि आप इसे आत्मा की पुकार कह सकते हैं।

'मुझे सदमे के इस दूसरे चरण के दौरान एक और क्षण याद है। शुक्र है, मेरी बेटियों ने विश्वविद्यालय की पढ़ाई पूरी कर ली थी और हम उस घर से कुछ ही दूरी पर एक कैफे में मिले जहां वे पली-बढ़ी थीं। किसी कारण से, मैंने मुलाकात के लिए एक सूट पहना, जैसे कि अपनी बेटियों से मिलने के बजाए किसी बड़े दर्जे की नौकरी के लिए मेरा इंटरव्यू लिया जा रहा हूँ। मैंने अपने बालों में कंघी की और यहां तक कि अपने डफ़ल बैग में

कफलिंग की एक पुरानी जोड़ी भी ढूंढी। कफ़लिंग? मैं क्या सोच रहा था? कैफे की ओर चलते हुए मैं बहुत घबरा रहा था, इस दौरान मैं गुजरती हुई दुकानों की खिड़कियों में अपनी झलक देखता रहा। फिर जब लगभग आधे रास्ते में पहुंचा तो मैं मुड़ा और वापस उस मोटल की ओर चलने लगा जिसमें मैं रह रहा था। मुझे जो शर्मिंदगी महसूस हुई उसे छुपाने के लिए कफ़लिंग से कुछ ज्यादा की जरूरत थी। मैं सज-धज कर तैयार हो सकता था, लेकिन जब मैं उनके सामने बैठता तो मैं कभी भी अपने इस नाटक को बरकरार नहीं रख पाता। मैंने अपना सबकुछ खो दिया था और मेरे कई पुराने दोस्तों ने मुझे छोड़ दिया था जिससे मुझे लगा कि मेरी बेटियां भी ऐसा ही करने वाली थीं। लेकिन मैंने अपना मन बदल लिया और कैफ़े में लौट आया।

'जब मैं अंदर गया तो मैं उनके अलावा किसी और चीज़ के बारे में नहीं सोच रहा था। मैं अपने भविष्य के बारे में नहीं सोच रहा था या कोई योजना नहीं बना रहा था या कोई बहाना बनाने की कोशिश नहीं कर रहा था। पहली बार, मैं उस पल वहां था। उन्होंने मुझे भीड़ भरे कैफ़े में अंदर आते नहीं देखा, इसलिए मैं एक या दो मिनट तक खड़ा रहा और उन्हें देखता रहा। मुझे नहीं पता था कि वे इतनी रोशन और आकर्षक इंसान कैसे बन गईं। मुझे लगता है कि उन्हें यह अपनी मां से मिला है। जब एलेनोर ने मुझे वहां मुफ्त अखबारों के ढेर के पास भौचक खड़ा देखा, तो वह मेरी ओर दौड़ी। मुझे गले लगाया और मुझे पकड़ लिया, जबकि मैंने उसे पीछे से गले लगाने की पूरी कोशिश की। भले ही मुझे लगा कि मैं फिसल रहा हूं। जेनिफर हमारे साथ शामिल हुईं—यह शांत नजारा था—और फिर हम तीनों बैठ गए। मैं उनके सामने शांत बैठकर उन्हें घूर रहा था, उनके चेहरे पर चिंता के भावों को देख रहा था और सोच रहा था, "यह वही है जो मेरे पास अभी भी बचा हुआ है।"

'हमने पैसे, भविष्य के बारे में बात की और तब जेनिफर ने एक योजना के बारे में बताते हुए कागज का टुकड़ा निकाला। तब लिस्ट के स्टेप्स कठिन लग रहे थे; वास्तव में उनमें से कई कठिन भी थे। लेकिन मेरी दो मजबूत दोस्त, मेरी बेटियों ने मेरा बोझ कम करने में मेरी मदद की।

'जब वेट्रेस हमारा बिल लेकर आई, तो मुझे होश आया मैंने ध्यान से अपने बटुए की ओर हाथ बढ़ाया, जो पैसा खत्म होने पर तुड़ा-मुड़ा सा दिखता था: यह ढीला था जहां मैं अपने सभी क्रेडिट कार्ड और सदस्यता कार्ड रखता था, प्लास्टिक के वे आयताकार टुकड़े जिन्होंने मेरी पहचान बनाई थी। मेरे बटुए में कुछ खुले बिल थे, लेकिन एलेनोर के मजबूत हाथ ने मुझे दूर धकेल दिया और उसने कहा, "हमारे पास है।"

'मैं हर दिन पैसे का इस्तेमाल करता हूं, बेशक मैं इससे नफरत नहीं करता। कभी-कभी मैं अपने हाथ में सिक्के देखता हूं और मन ही मन सोचता हूं, "मैंने अपना इतना वक्त इस चीज़ के लिए कैसे कुर्बान किया?" मेरा जीवन पूरी तरह से ध्वस्त हो गया, लेकिन मैंने इसे दोबारा उसी तरह से खड़ा नहीं किया। जब मैं एक जगह किराए पर ले सकता था, तो मैंने उसे न्यूनतम तरीके से सजाया। मैंने इसे सामान से नहीं भरा। मैंने सादा खाना बनाना सीखा। मैंने खुद के साथ रहना सीखा और मैं खुशी से एक नए रास्ते पर चल पड़ा।

'पैसे से वो चीज़ें खरीदी जाती हैं जो ख़ुशी जैसी दिखती हैं, लेकिन असली रास्ता पैसे से दूर जाता है। मैं अभी तक वहां नहीं हूं। जैसा कि मेरी बेटियां मुझे याद दिलाती हैं, मेरे जीवन में कुछ नकारात्मक क्षण हैं, लेकिन आमतौर पर मैं एक नया और भार मुक्त जीवन जी रहा हूं। मेरे पास एक बैंक खाता है और मुझे यह कहते हुए खुशी हो रही है कि अपने बैंक मैनेजर के साथ मेरे काफी अच्छे रिश्ते हैं: वही आदमी जिसने सालों पहले मुझे इतनी बुरी खबरें दी थीं।'

13

बीमा के बारे में

कभी-कभार, मैं उन लोगों के साथ कुछ वक्त बिताता हूं जो बीमा की दुनिया से जुड़े हैं – और यह कमाल की दुनिया है! मैं आमतौर पर यात्रा, जीवन, घर, कार, आर्थिक जिम्मेदारियों (लिस्ट लंबी है)... के बारे में मौजूद सभी बीमाओं के बारे में पूरी तरह से जानकारी रखता हूं।

एक दिन मैंने पूछा, 'अपने जीवन का बीमा कराना हमारे लिए इतना जरूरी क्यों हैं?'

अगर आप किसी बीमा बेचने वाले से यह पूछें तो वे आपसे अवसर, जोखिम के इंतजाम, हालात और अनिश्चित हानि के बारे में बात करते हैं। बीमा बेचने वाला आदमी इस वादे के बदले में थोड़ा पैसा देता है कि अगर कुछ गलत होता है, तो बीमाकर्ता (जिसका प्रतिनिधि हमेशा मुस्कुराता हुआ दिखता है) उसे मुआवजा देगा। 'शायद जरूरत पड़े' एक ऐसी कहावत है जो अक्सर ऐसी बातचीत से निकलकर आती है। यह एक गंभीर विचार है।

यात्रा की योजना बनाते वक्त ज्यादातर यात्री कम से कम एक पल के लिए, आपदा की कल्पना करते हैं – स्की करते हुए ढलान पर टूटी स्की की,

किसी रेस्टोरेंट में फ़ूड पाइजन की। 'जरूरत पड़ गई तो' इतना प्रभावशाली उत्प्रेरक है। आप इसे हवाईअड्डे पर यात्रियों के चेहरों पर देख सकते हैं जो हवाई जहाज में चढ़ने से पहले, अपने लैपटॉप के पास बैठे उड़ान भरने से ठीक पहले बीमा खरीदने की बेतहाशा कोशिश कर रहे होते हैं।

अपने जीवन में, मुझे यह सोचना अच्छा लगता है कि मैं किसी बीमा पॉलिसी की किस्त का भुगतान कर रहा हूं। हर महीने कुछ देना कोई बड़ी रकम नहीं है। मेरा खयाल है – क्यों न अपने जीवन में अच्छे कामों की किस्त अदा की जाए। कौन जानता है कि आगे क्या हो 'शायद इसकी जरूरत पड़ जाए'।

जब मैंने आस-पास पूछा, तो मुझे लगभग 40 साल का सतनाम नाम का एक आदमी मिला, जिनका इस मुद्दे पर अपना एक नजरिया था। उनका अनुभव एक सपने से शुरू हुआ।

उन्होंने कहा, 'मैं बहुत यात्रा करता हूं, इसलिए मैं अक्सर खुद को पासपोर्ट नियंत्रण की लाईन में खड़ा पाता हूं। आमतौर पर यह कोई समस्या नहीं है, लेकिन एक बार, न्यूयॉर्क में उड़ान भरने के बाद, डेस्क के पीछे खड़े आदमी ने मुझसे काफी देर तक पूछताछ की। मैं उसे कभी भूल नहीं सकता। वह कम से कम सात फीट लंबा रहा होगा क्योंकि जब वह नीचे बैठा हुआ था तब भी वह मुझसे लंबा लग रहा था। उसका चेहरा लंबा, दुबला-पतला था और उसकी त्वचा लगभग रंगहीन थी, मानो कि हर दिन काम शुरू करने से पहले उसका एक काम अपने शरीर से खून निकाल लेना होता हो, ताकि वह पूरे दिन अपनी डरावनी भूतिया आंखों से सबको घूर सके।

'जब मैंने उसे अपना पासपोर्ट दिया, तो उसने इसे लंबी, हड्ड़ियों वाली उंगलियों से पकड़ लिया, जैसा किसी पेशेवर गिटारवादक या शायद एक प्रतिभाशाली सितार वादक के हाथ ही पकड़ सकते हैं। मेरे पासपोर्ट

को देखने में उसे बहुत वक्त लगा। मुझे यह वक्त सालों जैसा लगा और फिर उसने मुझसे ऐसी आवाज़ में पूछना शुरू किया जो किसी अंधेरी रात में भूतों की कहानियां बताने के लिए बिल्कुल ठीक रहेगी। सवालों की एक पूरी लिस्ट, जो पूरी तरह से मुझे यहां से बाहर निकालने के लिए बनाई गई होगी। मैं अमेरिका में क्या देखने की उम्मीद करता हूं? मैं अपनी आजीविका के लिए क्या करता हूं? क्या मैं पहले कभी पीली टैक्सी में गया हूं? हालांकि वह दोस्ताना व्यवहार करने की कोशिश कर रहा था। वह भी एक विकल्प ही था। उसकी समस्या उसका स्वभाव था जो किसी भुतिया गलियारे में किसी प्रेतात्मा को ही अच्छा लग सकता था। आख़िरकार, अपनी घिनौनी आंखों से मेरे चेहरे और पासपोर्ट को एक बार फिर देखने के बाद, उसने मुझे न्यूयॉर्क जाने का इशारा किया।

'समस्या यह है कि उस दिन के बाद से वह मेरे सपनों में आता है। या बल्कि मुझे कहना चाहिए कि वह बार-बार मेरे सपने में आता है। सब कुछ स्वर्ग जैसा है, जैसा अक्सर फिल्मों और कार्टूनों में दिखाई देता है। मैं ठीक से नहीं जानता कि ऐसा क्यों है। मुझे यकीन है कि आप रोएंदार बादलों, वीणाओं और पंख वाले स्वर्गदूतों से परिचित हैं। ये मेरी कल्पना का स्वर्ग नहीं है, लेकिन ऐसा लगता है कि मेरे अवचेतन ने इसे ऐसा मान लिया है। मेरे सपने में, हवाईअड्डे वाला आदमी सामने वाले गेट पर होता है। उसके चारों ओर सबकुछ चमक रहा है। बादलों के बीच से रोशनी चमकती है, उसके पीछे का आसमान चमकीला नीला है। मैं अपनी पसंदीदा, भिंडी के पकने की महक महसूस कर सकता हूं। (यह मेरा अब तक का एकमात्र सपना है जिसमें गंध भी शामिल है।) इस पूरे परिदृश्य पर एकमात्र धब्बा न्यूयॉर्क के पासपोर्ट वाले व्यक्ति के पीछे का दरवाजा है, जो एक कालकोठरी से लाया गया लगता है। यह जंग लगे तालों से ढका हुआ है।

'दूसरी रात यही सपना इस तरह सामने आया: मैं डेस्क पर बैठे आदमी के पास गया और उसने अपने लंबे हाथ फैलाए और अपनी उंगलियां चटकाईं। ये आवाज इतनी तेज़ थी कि बाद में मुझे लगा कि यह मेरे अवचेतन में बादलों की गड़गड़ाहट की व्याख्या हो सकती है। फिर उसने अपना हाथ बढ़ाया और मैंने अपना पासपोर्ट निकालने के लिए अपनी जेब में हाथ डाला। लेकिन पासपोर्ट नहीं था। हर ओर देखने के बाद, मैंने पाया कि मेरी जेबें पासपोर्ट के बजाए कागज के छोटे-छोटे टुकड़ों से भरी हुई थीं। मैंने एक कागज को देखा। यह नीला था और इसमें कुछ लाइन्स लिखी थीं जो इतनी छोटी थी कि यह किसी भी भाषा की हो सकती थी। सहज रूप से, मैंने अपने दोनों हाथ जेबों में वापस डाले और कागज के सभी बचे हुए टुकड़ों को इकट्ठा कर लिया। फिर उन्हें उस लंबे आदमी के सामने रख दिया। तब मैंने देखा कि कागज सिर्फ नीले ही नहीं थे। कुछ लाल, कुछ सुनहरे, कुछ हरे भी थे। लंबे आदमी को ठीक-ठीक पता था कि उनके साथ क्या करना था। उसने उन्हें तरतीब से सजाया और फिर अपनी आंखें छोटी करते हुए उसकी लिखावट को पढ़ा। उसकी समझ में आ गया। हालांकि यह एक खास कौशल रहा होगा जो उसने न्यूयॉर्क में सीखा था।

'किसी कारण से, आमतौर पर सपना यहीं खत्म जाता है, हालांकि एक बार मुझे एक बादल पर उड़ना याद है। हवा में ऊंची उड़ान भरना और फिर गिरने के उस खास अनुभव के साथ जागना। मैं ठीक से नहीं जानता कि इस सपने का क्या मतलब है, लेकिन मुझे यह अहसास होता है कि मेरा मूल्यांकन किया जा रहा है। लेकिन किस मापदंड पर? कागज पर क्या लिखा है? क्या पता? मुझे यह लगने लगा है कि ये बारीक लिखावट उस सब का लेखा-जोखा है जो कुछ भी कभी मैंने किया है, और ये लड़का, ये लंबा अमेरिकी, यह सब पढ़ रहा है।

'जब "जीवन बीमा" शब्द आता है तो यह अजीब लगता है क्योंकि कुछ मायनों में मेरा मानना है कि यह अनुभव मुझे एक अलग तरह के जीवन बीमा की ओर ले जा रहा है। मैंने अपनी गाड़ी का बीमा करवाए बिना कभी गाड़ी नहीं चलाई है और मैंने इंश्योरेंस के बिना कभी यात्रा नहीं की है। मैं अपने जीवन में खासकर यह सुनिश्चित किए बिना नहीं जाना चाहता कि मैंने कुछ अच्छा किया है। मैं चाहता हूं कि मेरा मकसद एकदम साफ हो, लेकिन कभी-कभी ये बस एक सपना लगता है। मुझे लगता है कि शायद ऐसा नहीं होगा, लेकिन मेरा एक हिस्सा है जिसे इस बात की चिंता है कि जब मैं मरूंगा तो वास्तव में मेरा सामना न्यूयॉर्क के उस बेहद लंबे आदमी से होगा। यही मेरी जिंदगी बदलने के लिए काफी है। मौलिक तरीके से नहीं, लेकिन इस तरह मैं उसकी मेज पर नीले कागजों का एक बड़ा ढेर छोड़ पाया। मुझे लगता है कि नीला रंग अच्छे कर्मों को दर्शाता है।

'तो मेरा मानना है कि यह जीवन का बीमा करवाने का ही दूसरा तरीका है। इसके बारे में अभी से चिंता करें ताकि आपको बाद में इसके बारे में चिंतित न होना पड़े–खासकर उस न्यूयॉर्क वाले आदमी के बारे में।'

14

चेहरों के बारे में

‘**उस** चेहरे को देखो,’ एक तस्वीर की ओर इशारा करते हुए देविंदर ने कहा। वह नहीं जानते थे कि यह तस्वीर किस साल ली गई थी, लेकिन यह उनकी दादी के जीवन का आखिरी समय था। उनका चेहरा कैमरे की तरफ था और वह मुस्कुरा रहीं थी। उनके बाल सफ़ेद थे। हालांकि किनारे पर काले बालों के धब्बे भी थे। वह झुकी हुईं थी। वह 89 साल की महिला थीं, जिन्हें दो बेंतों के सहारे खड़ा किया गया था। हालांकि, देविंदर बेंत की ओर इशारा नहीं कर रहे थे। उन्हें अपनी दिवंगत दादी के चेहरे में दिलचस्पी थी। हालांकि उनकी त्वचा पर गहरी झुर्रियां थीं, फिर भी उनकी आंखें चमक रहीं थी। अक्सर ही ऐसी लाइनों का इस्तेमाल किसी डरावने चरित्र के बारे में किया जाता है, लेकिन इस मामले में यह सच था। वह संजीदा लग रही थीं। उनके चेहरे पर सबसे जीवंत चीज उनकी आंखें थीं जो उनके झुर्रीदार माथे के नीचे चमक रही थीं।

देविंदर ने कहा, ‘जब भी मैं इस तस्वीर को देखता हूं, मैं सोचता हूं कि हम जो जीवन जी रहे हैं हमारे चेहरे पर वह कैसा दिखता होगा। अगर

हमारा जीवन अच्छा है, तो अंत में हमें कुछ इस तरह दिखना चाहिए। मेरी दादी की सारी झुर्रियां सही जगह पर थीं।'

यह सच था। बार-बार मुस्कुराने के चलते, जो मुस्कान उनकी अपनी तस्वीर में भी थी, उनके मुंह के चारों ओर हंसने से गहरी लकीरें बन गई थीं और उनकी आंखों के चारों ओर कौवे के पैर की तरह झुर्रियां थीं। उनकी भौंह सीधी नहीं थी। ऐसा नहीं था कि उन्होंने बिना कठिनाई या कड़ी मेहनत के जीवन जिया था। (शादी के बाद ही उन्होंने एक बच्चे को खो दिया और फिर अपने पति की असमय मौत के बाद परिवार की सारी ज़िम्मेदारियां उठाई थीं।) उनके बूढ़े चेहरे पर उनका तजुर्बा झलकता था। लेकिन वह ख़ुशी में बदल गया।

देविंदर ने कहा, 'यह कोई असामान्य तस्वीर नहीं है।' तस्वीर में और भी लोग थे, लेकिन साड़ी पहने और अपनी चमकती मुस्कान के साथ उनकी दादी ने ध्यान खींच लिया था। 'मेरे पास उनकी, इस तरह मुस्कुराते हुए बहुत सारी तस्वीरें हैं। उन्होंने कभी भी अपनी इस मुस्कान को छुपाने की कोशिश नहीं की। उनका जीवन बहुत कठिन था और हर कदम पर उसकी परीक्षा होती थी। न केवल उनके बच्चों के आने या उनके पति की मौत की त्रासदी से, बल्कि गरीबी की ओर बढ़ने से भी उनकी दुनिया पूरी तरह बदल गई थी। लेकिन वह बहुत शरारती थीं और बहुत मज़ेदार चुटकुले सुना सकती थीं। वह एक क्षण में किसी भी आने वाले का मूल्यांकन कर सकती थीं। वह सीधी-सादी नहीं थीं। लेकिन उन्होंने जिंदगी की दुश्वारियों को कभी खुद पर हावी नहीं होने दिया। और देखो: ये कोई प्लास्टिक सर्जरी नहीं है।'

इस फ़ोटो को देखने के कुछ ही समय बाद, मैं जीवन के खास अनुभवों में से एक का अनुभव करने के काबिल हुआ। मैंने एक बच्चे को अपनी बांहों में उठाया। भले ही थोड़ी देर के लिए, लेकिन असर बहुत

गहरा था। इसने मुझे देविंदर की दादी के बारे में फिर से सोचने पर मजबूर कर दिया।

मेरा मानना है कि छोटे बच्चों के चेहरे उनकी आत्मा की पवित्रता को दिखाते हैं। इस वक्त तक बच्चे का चेहरा बिना झुर्रियों के सपाट होता है। एक बच्चे के साथ वक्त बिताने का रोमांच लगभग समझ से परे एक नएपन को देखना है–उसकी मुलायम त्वचा, उसकी छोटी-छोटी उंगलियां और पैर उसकी छोटी सी छाती पर ऐसे लगते हैं जैसे उसकी सजावट के लिए हों।

जैसे ही मैंने बच्चे की पानी भरी आंखों को देखा, मुझे उन चमकती आंखों की याद आ गई, जो मैंने फोटो में देखी थीं। मेरे लिए इस पर हैरान न होना मुश्किल था कि वे लकीरें और सिलवटें, वे कौवे के पैर, वे झुर्रियां कहां हैं। जब वे अनिवार्य ढंग से आ जाएंगी तो शायद मैंने जिस बच्चे को गोद में लिया था वह देविंदर की दादी की तरह दिखाई देगा। जिनके चेहरे पर एक आध्यात्मिक उन्नत इंसान के निशान दिखाई दे रहे थे, जो शांति, सुंदरता और प्रतिभा बिखेरते हैं, जिसे दूसरे लोग आसानी से पहचान लेते हैं।

15

दुख के बारे में

क्या वक्त दुख को कम कर देता है? जब नक्शे पर बनी आकृतियों की तरह आंसुओं से लकीरें बनती हैं, तो क्या ये दुख को कम कर देती हैं। दुख उस चीज़ की इच्छा है, जो हमारे पास नहीं है। आख़िरकार, हम यह मान लेते हैं कि हम फिर कभी किसी खास आदमी की नजदीकी महसूस नहीं करेंगे, कभी उसकी आवाज़ नहीं सुनेंगे, उसे चुटकुला सुनाते नहीं सुनेंगे या दरवाजे में उसकी चाबी की चरचराहट नहीं सुनेंगे। लेकिन फिर हम वक्त के साथ इसे अपना लेते हैं, जो किसी वक्त अकल्पनीय लगता था, थम जाता है। दुख हमें बदल सकता है। हम यकीनन इसके दाग झेलते रहते हैं।

जैसा कि शेक्सपियर के *द कॉमेडी ऑफ एरर्स* में इओजिन कहता है: 'हे, जब तुमने मुझे आखरी बार देखा था, तब से दुख ने मुझे बदल दिया है और उस दुख की घड़ी में, वक्त के विकृत हाथों ने मेरे चहरे को विकृत बना दिया है।'

किसी ने एक बार मुझसे कहा था कि उसके दुख ने उसके चेहरे पर नई रेखाएं उकेर दी थीं। ये किसी के लिए भी सच हो सकता है। मैंने पूछा कि

क्या यह दुखी होने की वजह से था। उसने कंधे उचकाए और कहा: 'यह उस चीज़ की याद दिलाता है जो मैंने खोई है। लेकिन एक समय बाद, मैं इससे उबर गई।'

सैमुअल जॉनसन लिखते हैं: 'हालांकि जब दुख ताज़ा-ताजा होता है, तब इससे ध्यान भटकाने की हर कोशिश आपको केवल परेशान ही करती है। आपको इसके समझ आने तक इंतजार करना चाहिए और फिर मनोरंजन इसके अवशेषों को भी खत्म कर देता है।'

दुख के कारण को समझना यह जांचने का एक अच्छा तरीका है कि हमारे पूर्वजों ने इस सच्चाई का सामना कैसे किया होगा। वे मोबाइल फोन या रिमोट कंट्रोल का इस्तेमाल करने के चलते भटके नहीं। न ही उन्हें सेटेलाइट नेविगेशन की अस्थिर प्रकृति से जूझना पड़ा। अधिकांश महान कलाकारों और कवियों को शोक से जूझना पड़ा और जो लोग इससे नहीं लड़े उन्हें भी इसका अनुभव करना पड़ा।

आत्मज्ञान की एक शर्त है – अपने दुख से अवगत होना, यह आवश्यक, अपरिहार्य, शिक्षाप्रद है।

तुम अपना दिया उठाकर सो गए;
मैं थोड़ी देर रुकता हूं, जैसे कोई रुकता है।
उन अंगारों को ढकने के लिए जो अभी भी जल रहे हैं।

कवि हेनरी वड्सवर्थ लॉन्गफेलो ने माना कि हमेशा ऐसे लोग होंगे जो हमसे पहले 'सीढ़ियां चढ़ेंगे'। हम उन्हें याद करते हैं और हम उन अंगारों को ढकने में वक्त बिताते हैं जो अभी भी उनके लिए जलते हैं।

शब्द बहुत ताकतवर होते हैं, लेकिन शब्द, कागज पर खिचीं ये छोटी खरोंचें, अक्सर ही हमें नाकाम कर देते हैं। आपको लगता होगा कि

हमारे पास हर चीज़ के लिए शब्द है (और कुछ अच्छे भी हैं), लेकिन कभी-कभी वे बिखर जाते हैं, जुड़ते नहीं हैं, किसी खास दर्द की गहराई को दिखा नहीं सकते हैं। शब्द किसी से अलग होने के सही अर्थों को परिभाषित करने में नाकाम होते हैं, जो तब सामने आते हैं जब हम शोक मना रहे होते हैं।

अलगाव की स्थिति बहुत निर्णायक होती है; यह एक जंक्शन है जो या तो हमें निराशा की गहराई में और नीचे ले जाकर खत्म कर सकता है या यह एक खास स्थिति को दिखाता है, जहां से बाहर निकलने का एकमात्र रास्ता बेहतर बनाता है। चुनने के लिए दो रास्ते हैं: एक अवसाद की खाई की ओर जाता है, जबकि दूसरा हमें बेहतरी की ओर ले जाता है। इस स्थिति पर, कुछ लोग डूब जाते हैं, लेकिन अन्य लोग आत्मज्ञान की ओर अपनी कठिन चढ़ाई शुरू कर देते हैं।

दुख दोधारी होता है। किसी नुकसान का शोक मनाते हुए हममें से लगभग सभी लोग निराशा की खाई में गिर जाते हैं। हमारे आस-पास के लोग जरूरी मदद नहीं करते। वे हमदर्दी जताने और सांत्वना देने की कोशिश करते हैं। कुछ मामलों में वे वास्तव में शोक मनाने वाले की मानसिक स्थिति को बिगाड़ सकते हैं, जिससे वह अंधेरे गड्ढे में गिर सकता है।

जब हम गहरे दुख में होते हैं तो ऐसा महसूस होता है जैसे हम किसी अंधेरी सुरंग में हैं। भावनाएं इतनी तीखी होती हैं कि अंत में केवल अंधेरा ही दिखाई देता है। हम सभी दर्द, पीड़ा और निराशा से निपटने की कोशिश करते हुए टूट जाते हैं। दुख रेत बन जाता है: जितना ज्यादा हम शोक करते हैं, यह उतना ही बदतर होता जाता है, खासकर जब हम दुख का कारण खुद को मानना शुरू कर देते हैं। दर्द से गुजरने वाला आदमी उन हालात के लिए दोषी होता है जिनके चलते उसकी मौजूदा स्थिति पैदा हुई है।

केवल कुछ भाग्यशाली, समझदार लोग ही होते हैं जो अवसाद की खाई को पार कर सकारात्मकता की भावना के साथ आत्मज्ञान की कठिन चढ़ाई शुरू करने में सफल होते हैं। उन्हें एहसास होता है कि सुरंग के अंत में छोटी टिमटिमाती रोशनी केवल कुछ खुशनसीब लोगों को ही दिखाई देती है जो दुःख का सही अर्थ समझने की क्षमता रखते हैं। जिन लोगों में आगे बढ़ने का पक्का हौसला होता है, जिन्हें आस-पास के लोग निराश नहीं करते; वे दुख का सकारात्मक ढंग से सामना करते हैं। वे इसे भगवान का दिया तोहफा मान स्वीकार करना सीख जाते हैं। वे आखिर में अपने दुख से ज्यादा शांतिपूर्ण, स्वस्थ और आध्यात्मिक रूप से उन्नत जीवन, मृत्यु और दुनिया की एक नई धारणा के साथ-साथ दुख और सुख के बीच के अनिवार्य संबंध को सम्मान देते हैं। लेखक सीएस लुईस लिखते हैं, 'आज का दुख, आने वाले सुख का ही हिस्सा है। यही होता है।'

हम दुख का सामना कैसे करें? इस पर सलाह देने वालों से, पीड़ितों की आम प्रतिक्रिया होता है: 'मुझे मत बताओ कि शोक कैसे मनाना है।' और यह ठीक भी है। ऐसे बहुत से रास्ते हैं जो किसी अपने की मौत से दूर ले जाते हैं। कुछ तुरंत ही सामने आ जाते हैं, कुछ सहज रूप से हमारे सामने आते हैं। बाकी हम लड़खड़ाकर पार हो जाते हैं। लेकिन अंत में हम चाहे किसी भी रास्ते पर हों, एक बात साफ है कि हमें दुख का सामना सकारात्मक ढंग से करना चाहिए और ऐसा करने के लिए हमें यह स्वीकार करना होगा कि कुछ भी हमारा नहीं है और कुछ भी हमेशा के लिए नहीं रहता है। हम इस जीवन में केवल मेहमान हैं और जब तक हम मर नहीं जाते तब तक हम पूरी तरह से अनुभव नहीं कर पाएंगे कि इंसान होना क्या होता है।

क्या यह एक अजीब भावना है? मुझे लगता है नहीं।

शायद यह बात और भी अधिक समझ में आएगी अगर मैं विनम्रता से एक तरफ हट जाऊं और किसी और को यह कहने दूं कि वह व्यक्ति जिसका चेहरा 100 डॉलर के बिल पर छपा है, वह बेंजामिन फ्रैंकलिन है।

> यह ईश्वर और प्रकृति की इच्छा है कि जब आत्मा को वास्तविक जीवन में प्रवेश करना होता है तो वह इन नश्वर शरीरों को छोड़ देती है; यह भ्रूण अवस्था है, जीवन जीने की शुरुआत है। इंसान तब तक पूरी तरह से पैदा नहीं होता जब तक वह मर नहीं जाता। फिर हमें इस बात का क्यों शोक करना चाहिए कि अमर लोगों के बीच एक नया बच्चा पैदा हुआ है?

अगर हम फ्रैंकलिन की बात को समझें। अगर हम खुद को याद दिलाएं कि हम धरती पर सिर्फ मेहमान हैं और हमारे शरीर महज भ्रूण हैं, तो हम दुख को अपनी यात्रा को खराब करने या अपने जीवन को खत्म नहीं करने देंगे। दर्द अभी भी रहेगा, लेकिन यह एक सीख देने वाला दर्द होगा। अस्थिरता की हमारी समझ के साथ, कुछ हद तक हम अनासक्ति ला सकते हैं–जो आत्मज्ञान और शांति की ओर एक कदम है।

क्या मरने के बाद हम अपने प्रियजनों को खो देते हैं? हम बेशक उनसे दोबारा बात करने, उनसे नए सवाल पूछने, सड़क पर चलते समय उनका हाथ पकड़ने का मौका खो देते हैं। लेकिन मेरा मानना है कि उनकी यादें जिंदा हैं। ये हमारे अंदर रहती हैं, हम इन्हें एक जगह से दूसरी जगह तक ले जाते हैं। अगर हम चले जाते हैं, अगर हम अपना घर खो देते हैं, तब भी अपनी यादों में इसकी बनावट और आवाज़ों और रंगों को साथ रखते हैं और इसी तरह हम उन लोगों को अमरता दिला सकते हैं जिनसे हमने प्यार किया है और खो दिया है।

लेखक एंटोनी डी सेंट-एक्सुपेरी कहते हैं: 'जो चला जाता है, हम उसकी यादों को संजोते हैं, वह हमारे साथ रहता है, बल्कि जीवित आदमी की तुलना में ज्यादा असरदार ढंग से हमारे साथ मौजूद रहता है।' क्या हमारे खो चुके रिश्तेदार जीवित लोगों से ज्यादा मौजूद हैं? शायद हमेशा नहीं, लेकिन इस बात में सच्चाई है। खासकर उन लोगों के लिए जो बिस्तर पर लेटे हैं, सोने वाले हैं, चुप हैं, शांत हैं और ध्यान में हैं और किसी ऐसे इंसान को याद करते हैं जो मर गया है–उसकी उंगलियों की बनावट, उसकी हंसी, गलियारे में उसके जूतों की आवाज, डिनर के वक्त वह जिस मज़ेदार तरीके से अपना खाना खाता था। हर बार जब हम किसी को याद करते हैं, तो हम मौत की समग्रता के खिलाफ एक छोटा सा विरोध जाहिर करते हैं।

लोग कहते हैं कि कोई सचमुच तभी मरता है जब उसका नाम लेने के लिए कोई जिंदा इंसान न बचा हो। याद मरने वाले के लिए हमारा तोहफा है। हर बार जब हम उनके बारे में सोचते हैं, तो हम उनकी यादों को जिंदा रखते हैं। 'यादों को जिंदा रखना' ये मुझे पसंद है।

मैं अपने प्रियजनों को हमेशा के लिए जिंदा नहीं रख सकता। कितने भी पैसे और किसी भी तरह के इलाज से मैं ऐसा नहीं कर सकता। लेकिन मैं उन अरबों लोगों में से हूं जो यादों को जिंदा रख सकते हैं। यह महंगा नहीं है। हम सब यह कर सकते हैं। यह मौत के खिलाफ एक छोटा सा अच्छा काम है। हो सकता है कि मुझे मौत से प्यार हो, लेकिन मैं अपनी याददाश्त से उसे चुनौती भी देता हूं। जिन्हें मैं प्यार करता हूं वे किसी से भी कम प्यार पाने के पात्र नहीं हैं।

हांस क्रिश्चियन एंडरसन लिखते हैं, 'मानव जीवन ईश्वर की रची एक कहानी है।' हम देख सकते हैं कि ईश्वर को कॉमेडी पसंद है। हमारे पूरे जीवन में भरपूर तमाशे और मज़ाक के क्षण आते हैं। भगवान को रोमांस में रुचि है। अक्सर, या कम से कम एक बार, हमारी जिंदगी हमें सच्चे

प्यार, छेड़छाड़, प्यार की चिंगारी को महसूस करने का मौका देती है... ऐसा क्षण जब हम किसी और के साथ गहरा और स्थायी संबंध महसूस करते हैं और उनकी चमक में खुश होने के अलावा और कुछ नहीं चाहते हैं। लेकिन, अंत में ईश्वर को त्रासदी पसंद है। इसकी कोई दूसरी कहानी नहीं हो सकती क्योंकि जीवन हमेशा एक खास तरीके से खत्म होता है।

जिंदगी में मौत से मुहब्बत जरूरी है। असल में, मैं कहूंगा कि यही हमें परिभाषित करता है। अगर मौत हम सबके लिए है, तो दुख भी है। हम सभी इसकी बेड़ियों को महसूस करेंगे, जिस तरह से यह हमारे अंदर के दुख को बाहर निकाल देती है। लेकिन हम सभी के पास आखिरकार उस दुख को–अक्सर धीमी, कठिन और अशांत प्रक्रिया में–कुछ सकारात्मक में बदलने का मौका होता है। हम यादों को संजोकर रख सकते हैं। अक्सर यही सबकुछ है जो हम कर सकते हैं।

जैसा कि लेखक विलियम फॉकनर कहते हैं, ‘दुःख और कुछ नहीं के बीच एक विकल्प दिए जाने पर, मैं दुख को चुनूंगा।’

16

दुख के बारे में: नैन्सी की कहानी

'**मुझे** याद है कि जब मेरी बेटी ने आखरी सांस ली थी। मुझे याद है कि उस आखरी सांस के बाद कमरा कैसे बदल गया। एक पल वह वहां थी और अगले ही पल वह नहीं थी। उसने आखरी सांस ली और मेरे जीवन का अगला चरण शुरू हो गया। एलिजा का जन्म कॉकैने सिंड्रोम के साथ हुआ था। इसका मतलब था कि वह दूसरे बच्चों की तरह विकसित नहीं थी। जब उसकी मौत हुई तब वह बहुत छोटी थी। सात साल की उम्र में वह ऐसी दिखती थी जैसे वह केवल कुछ साल की हो। एक बार में एक चम्मच से ज्यादा खा पाना उसके लिए मुश्किल था। वह नाजुक और छोटी थी, लेकिन उसकी मुस्कान प्यारी थी।

'पांच साल पहले उसने अपनी आखरी सांस ली थी, लेकिन मुझे वो पल ऐसे याद है जैसे यह घंटे भर पहले ही हुआ हो। यहां तक कि जब आपका बच्चा नहीं रहता, तब भी आपको यह एहसास होता है कि वह अभी भी आपके साथ बड़ा हो रहा है। पर जब मेरी मां और पिता की मौत हुई तो यह बहुत अलग था। मैंने कभी नहीं सोचा, "ओह, मेरी मां अब 93 वर्ष

की हो गई।" लेकिन एलिज़ा मानो मेरे साथ बड़ी हो रही है। मैं इस बात को अपने दिमाग से नहीं निकाल पाई और कुछ मायनों में मैं ऐसा करना भी नहीं चाहती। वह अभी भी यहीं है। मुझे पता है कि इस साल उसका 12वां जन्मदिन होता और वह बड़े बच्चों के स्कूल जाती। जब मैं इसके बारे में सोचती हूं तो मैं फिर से बहुत दुखी हो जाती हूं। असल में मेरे जीवन में बड़ी हो रही कोई बच्ची नहीं है।

'कभी-कभी मुझसे पूछा जाता है कि क्या मैं शोक से जल्दी बाहर निकलना चाहती हूं। मुझे नहीं पता कैसे। मुझे नहीं पता कि मैं इस गहरे दुख से ठीक से संभल भी पाऊंगी या नहीं। मैं इसे वैसे ही देखती हूं जैसे यह आया है। मुझे पता है कि मैं इससे अलग तरीके से निपट रही हूं क्योंकि शोक में सांत्वना देने वाले ग्रुप की अधिकांश चीजें बहुत ही उदास होती हैं। ऐसा ग्रुप, जो महीने में एक बार एक साथ मिलेगा, मोमबत्ती जलाएगा, पत्थर के पास से गुजरेगा, धीमी आवाज में बात करेगा... यह ठीक है, लेकिन मैं इस तरह की इंसान कभी नहीं रही।

'एलिज़ा की मौत ने मुझे बहुत ज्यादा भावुक बना दिया। मैं शांत नहीं हूं। मैंने इन ग्रुप्स के बारे में सुना है और मुझे ख़ुशी है कि वे अस्तित्व में हैं, लेकिन मैं ईमानदारी से कह सकती हूं कि ऐसा कोई रास्ता नहीं है जिससे मैं इस तरह की चीजों में शामिल हो सकूं। आप अमेरिका से आने वाली इन पहलों के बारे में सुनते हैं। लोगों के विचारों को आपस में साझा करने और मौत के बारे में बात करने के लिए अनगिनत वेबसाइट हैं। यह ठीक है, लेकिन यह मेरे लिए नहीं है। मैं जीवन के ख़त्म हो जाने के ख़िलाफ़ गुस्से से भरी हुई हूं। मुझे लगता है कि बहुत से शोक संतप्त संगठन दिखावटी रवैया अपनाते हैं। निजी तौर पर, मैं ऐसी साधारण भाषा की ओर ज्यादा आकर्षित हूं, जो गुस्सा तो दिलाती है लेकिन स्वीकार करने वाली होती है।

'एलिज़ा की मौत के कुछ ही महीने बाद, अपने एक दोस्त से मेल पर मेरी बात हुई। वह एक प्रतिभाशाली पियानो वादक हैं। उस वक्त वह भी अपनी निजी जिंदगी में काफी परेशानी में थे, लेकिन वह हमेशा मेरे लिए मौजूद रहे। मेरी समझ से उस वक्त उन्होंने दुख से बाहर निकलने में मेरी मदद की। मैंने ख़ुद को उन्हें लिखते हुए पाया, "मैं चाहती हूं कि एलिज़ा जल्दी से वहां पहुंच जाए। मैं चाहती हूं कि वह उस जगह पर पहुंचे, जहां स्वीकृति हो, राहत हो।" यह उसकी मौत के तीन या चार महीने बाद की बात है। उन्होंने कहा, "देखो, दर्द की कई परतें हैं जिनसे तुम्हें गुजरना होगा। यह तुम्हारा बच्चा है। तुम इस दुख से जल्दी से नहीं निकल सकती। हालांकि यह एक ऐसी स्थिति है जो बदल जाएगी, पर तुम खुद जल्दी से आगे बढ़ने की इच्छा नहीं कर सकतीं। तुम्हें अपना ख्याल रखना होगा। तुम्हें सोना होगा और आराम करना होगा।"

'यह असली दर्द है। आप सोने की कोशिश करते हैं आराम करने की कोशिश करते हैं, लेकिन आप अपने बच्चे को छूने के लिए बेचैन रहते हैं। ऐसे भी दिन होते हैं जब आपका दिमाग जो हुआ है उसे समझने के अलावा कुछ नहीं करता है। ऐसे दिन होते हैं जो बहुत धीरे-धीरे गुजरते हैं, मानो हर मिनट आपको अपने बच्चे की याद दिलाए बिना नहीं गुजरता, उन अनगिनत तरीकों से जिससे उसने आपका जीवन खुशियों से भर दिया था। शुरुआती हफ़्तों और महीनों में मैं इस प्रक्रिया को तेज करना चाहती थी क्योंकि मैं नहीं देख पा रही थी कि आगे क्या होगा। मुझे नहीं पता था कि भावनाओं के इस भारी बोझ के साथ मैं कहां जा रही हूं। मुझे नहीं पता था कि यह गायब हो जायेगा। मेरा एक हिस्सा कभी नहीं चाहता था कि यह गायब हो जाए। मुझे अभी तक यह एहसास नहीं हुआ था कि दुख से निपटने का मतलब सांस लेना और छोड़ना, सांस अंदर लेना, बस सांस लेना है; यह एक पैर को हमेशा के लिए दूसरे के सामने रखने जैसा है।

'शुरुआती दिनों में सब कहते कि एक वक्त आएगा जब मैं उसे अपने दिल में बसा लूंगी। उन्होंने कहा, वह तुम्हारे दिल में रहेगी। लेकिन शुरुआती दिनों में हम जिनके लिए शोक मना रहे होते हैं, वह हमारे दिल में नहीं होते। हम हर वक्त उन्हें अपने आस-पास ढूंढने की कोशिश करते हैं। कभी-कभी हम वास्तव में उन्हें महसूस कर सकते हैं–लेकिन हम उन्हें ढूंढ नहीं सकते। उनकी यादें हर जगह हैं; उनका शरीर और उनकी गंध अभी भी आपके करीब है, लेकिन वे चले गए हैं या खो गए हैं। हर कोई कहता है, "ओह, इसे नुकसान कहने से मुझे नफरत है।" हां, यकीनन... लेकिन यह है तो नुकसान ही। यह ऐसा है जैसे वह खो गई है और आप भी खो गए हैं। आप उसे ढूंढ ही नहीं सकते।

'मैंने सोचा था कि जब वह मर जाएगी तो मैं उसका एक हिस्सा ले लूंगी। मुझे यह बात अच्छे से याद है: "मैं अपने साथ क्या ले सकती हूं? मैं बस उसका हाथ पकड़ सकती थी।" हम उस मानसिकता में होते हैं, जहां हमको लगता है कि कोई ध्यान नहीं देगा; मैं ऐसा क्यों नहीं कर सकी? मैं अपने तकिए के नीचे उसका हाथ रख लेती। हम इसके नतीजों पर भी नहीं सोचते। हमारा दिमाग दुख से बाहर निकलने के तरीकों में इन सभी संभावित तरीकों की जांच कर रहा होता है। चाहे वे कितने भी अजीब क्यों न हों। अगर आप ये बात किसी ऐसे इंसान को बताएंगे जिसने अपना बच्चा नहीं खोया है, तो वह आपको ऐसे देखेगा जैसे आप पागल हों। लेकिन इसे किसी ऐसे इंसान को बताएं जिसने ये भोगा है, तो उसके पास इस तर्कहीन स्थिति से निकलने की अपनी ही कहानी हो सकती है।

'एलिज़ा की मौत के तीन हफ्ते बाद, मैंने योग करना शुरू किया। मैंने सोचा, "मुझे बस कहीं जाना होगा और कुछ ऐसा करना होगा जिससे मैं आराम से सांस ले सकूं।" मेरा दिल दुख से भरा हुआ था। इसलिए मैं एक

योग क्लास में गई। लेकिन एक साल बाद मेरे सीने में दर्द बढ़ गया। इतना कि मुझे जाना बंद करना पड़ा।

ट्रेनर ने पूछा, "क्या तुम्हें सीने में किसी तरह की बीमारी हुई है?" मैंने कहा नहीं। फिर उसने कहा, "क्या तुम बहुत ज्यादा सिगरेट पीती हो?" जिस पर मैंने फिर से 'नहीं' में जवाब दिया। मैंने उन्हें बताया ये मेरा दुख है। ये दुख मेरे फेफड़े और मेरी छाती के भार से जुड़ा हुआ था। मैंने अपने ग्रुप में जिनसे भी बात की है वे सभी एक ही बात करते हैं। ऐसा महसूस हो रहा है मानो दुनियाभर का भार आपके सीने पर है। योग टीचर ने कहा, "मैं उस दर्द को समझता हूं। मैंने भी अपना बच्चा खोया है।"

'मुझे उम्मीद नहीं थी कि मैं सांत्वना के लिए इस ओर रुख करूंगी। लेकिन वास्तव में यही हुआ है। कविता इसमें मददगार रही है। मैं एलिज़ा की मौत से पहले ई.ई. कमिंग्स के बारे में जानती थी, लेकिन अब मैं वास्तव में उनकी सराहना करने लगी हूं, खासतौर पर उनकी कविता *आई कैरी योर हार्ट विथ मी* की।

'वास्तव में अजीब बात यह है कि मैं पहले भी उनकी कविता पढ़ा करती थी। लेकिन इसकी कुछ अहमियत नहीं थी। मुझे लगता है कि बहुत सारी कविताएं इसी तरह काम करती हैं। यह दुनिया में मौजूद हैं और बस इंतजार कर रही हैं सही वक्त का। जहां इसका अर्थ है, जब ये आपको शांति देती है, लेकिन एक कविता किसी किताब में तब तक नजरअंदाज हो सकती है जब तक कि वक्त सही न हो, जब तक कि आपका जीवन इसे पकड़ न ले और आप इसे एक खास तरीके से पढ़ने में सक्षम न हो जाएं, ताकि इसके छुपे हुए संदेश को समझा जा सके, जिसका सालों पहले कोई मतलब नहीं था।

'एक समय ऐसा आया जब यह खास कविता अपनी जगह पर आ गई और मैंने सोचा, "हां, मैं समझ गई।" *आई कैरी योर हार्ट विथ मी*।

'यह ऐसा था जैसे एलिज़ा मेरे कंधों से उतरकर मेरे अंदर कहीं बस गई। सालों तक, मुझे ऐसा महसूस होता था जैसे मैं उसे लिए जा रही हूं, ठीक उसी तरह जैसे मैं उसे तब ले जाती थी जब वह जिंदा थी। वह इतनी छोटी थी कि मैं उसे अपने कंधो पर उठा सकती थी, अपने करीब, इतना करीब कि उसकी त्वचा को सूंघ सकूं। फिर उसकी मौत के सालों बाद, मैंने ये कविता पढ़ी और माना कि मेरे जीवन में उसकी जगह बदल गई है। मैंने सोचा, "हे ईश्वर।" मैं बहुत ज़ोर से चीखी। मैं बस रोई और रोई और रोती रही।

'एक और अद्भुत कविता है, आर.एस. थॉमस नाम के एक आदमी की। सन 2000 में उनकी मौत हो गई। वह एक वेल्श पादरी थे। वे उग्र थे। उनके विषय बहुत ही प्रकृति-उन्मुख होते और वह प्रकृति के भीतर ईश्वर और हमारे आस-पास की दुनिया में हमें मिलने वाली आध्यात्मिकता के बारे में बताते। उन्होंने *द ब्राइट फील्ड* नाम से एक कविता लिखी, जो अजीब ढंग से, एक किताब में छपी थी जो मुझे तब दी गई थी जब मैं लगभग नौ साल की थी। तब मुझे यह कविता बहुत पसंद थी, इसलिए मेरा इसके साथ जीवनभर का रिश्ता बन गया, लेकिन मैं वास्तव में इसे कभी समझ नहीं पाई। किताब में एक चाबी थी, लेकिन मेरे जीवन ने अब तक यह सुराग नहीं दिया था कि इसे खोला कैसे जाए। जब मैं बच्ची थी तब मैंने इसे पढ़ा था और मुझे यह पसंद थी, लेकिन बड़े होने पर मैं इसके बारे में पूरी तरह से भूल गई।

'यह अजीब है, लेकिन जब एलिज़ा जिंदा थी तो मैं अक्सर सोचती कि हम तुलनात्मक रूप से बेहतर जगह में रह रहे हैं। मैं हमेशा धूप से उजले किसी मैदान की कल्पना करती थी। जब हम एलिज़ा को कहीं ले जा रहे होते तो यह बात अक्सर मेरे दिमाग में आती। जैसे, जब हम सड़क पर गाड़ी चला रहे होते थे और मैं खिड़की से बाहर का नजारा देख रही थी।

रोशनी की एक किरण बादलों से बाहर निकल पास के मैदान में गिर रही होती। मैं रोशनी की ओर देखती और सोचती, "मैं वहां रहना चाहती हूं"। और एक तरह से, उस वक्त, हम वहीं होते थे।

'हमें एलिज़ा की सेहत को लेकर बहुत संघर्ष करना पड़ा, लेकिन इस वजह से उन दिनों जीवन बहुत सरल था। हमने उन पलों को जिया। यह सब प्यार, मौत और जीवन के बारे में था। हमें बस यही सब सोचना था। हम पल-पल जीवन से निपट रहे थे, हमेशा उसकी नाजुकता की चुनौतियों का अनुभव कर रहे थे। अब जीवन ज्यादा मुश्किल है।

'अब मैं उजली जगह में रहने की अपनी कल्पना पर वापस लौटती हूं। एक दिन मैंने थॉमस की कविता दोबारा पढ़ी, जो कुछ इस तरह शुरू होती है: "मैंने सूरज को कुछ देर के लिए एक छोटे से मैदान को रोशन करते हुए देखा है...।" अब मैं सोचती हूं कि मैं उस बिंब को समझती हूं। मैं ठीक-ठीक जानती हूं कि यह उजली जगह मेरे लिए क्या है। मेरे एक मित्र ने मुझे कविता की एक प्रति भेजी और मैंने उसे दीवार पर चिपका दिया। अब मुझे लगने लगा है कि मैं इसके वास्तविक अर्थ के करीब पहुंच रही हूं।

'कुछ समय पहले मैं पादरी के साथ एकांत के लिए उस धर्मशाला में गई थी जहां एलिज़ा की मौत हुई थी। वहां व्याख्यान के दौरान उन्होंने इस कविता के विश्लेषण को भी शामिल किया था। बेशक, मैं यह जानने के लिए व्याख्यान में गई थी कि इस कविता के और क्या अर्थ हैं। एकांत में, पादरी अक्सर इन अजीब कलात्मक क्षणों को शामिल करते हैं जहां वह एक तस्वीर या कविता पेश करते और फिर किसी आध्यात्मिक दृष्टिकोण से इसके बारे में बात करते हैं। उन्होंने बताया कि थॉमस की कविता मूसा के जलती हुई झाड़ी की ओर अपना मुंह मोड़ने के बारे में थी और इसलिए यह हमारे बारे में है कि हम एक झाड़ी का सामना कर रहे हैं जो तेजी से जल रही है। बहुत से लोग इसके पार चले जाएंगे और उस क्षण को अनदेखा

कर देंगे, जबकि दूसरे लोग इससे बदल जाएंगे। मूसा ने ये झाड़ी देखी और उन्होंने उसका रूप बदल दिया।

'मेरे लिए यह एक सशक्त, बेहद खूबसूरत चीज़ थी। अचानक सब अपनी जगह लौट गया। मुझे इस पल में जीने की जरूरत है। मुझे एलिजा की इस अद्भुत रोशनी को समझे की जरूरत है। मेरी राहों में इस तरह की बहुत सी छोटी-छोटी कविताएं आई हैं और मैंने उन सभी को अपने फ़ोल्डर में रख लिया।

'और इस तरह यह प्रक्रिया चलती रही। लेकिन फिर भी, यह आसान नहीं है। जैसा कि मैंने कहा, मुझे पिछले सितंबर में एक बड़ा झटका लगा कि अब एलिज़ा मिडिल स्कूल जा रही होती। वह 12 साल की होती। वह एक बहुत बड़ा सदमा था। मुझे अब भी उन बातों पर बहुत गुस्सा आता है जब लोग आगे बढ़ने के बारे में कहते हैं। मैं 'आगे बढ़ना' जैसे शब्दों को बर्दाश्त नहीं कर सकती। मैं एलिजा के साथ घूम रही हूं। एकमात्र चीज जो बदल गई है वह यह है कि वह अब मुझे रास्ता दिखाने वाली बन गई है।

'अब जब इतने साल बीत चुके हैं, मैं देख सकती हूं कि शोक का मतलब पूरी तरह से प्यार है। इसीलिए आप इससे पूरी तरह टूट जाते हैं। केवल प्यार ही ऐसा कर सकता है। आपका दिल पूरी तरह से टूट गया है, और इसलिए आपका प्यार इन सालों में बहुत नाजुक और दर्दनाक हो जाता है। मेरे लिए, प्यार और दुःख पूरी तरह से एक-दूसरे से जुड़े हुए हैं। मैं जानती हूं कि लोगों को इसे संभालना मुश्किल लगता है– उन्हें लगता है कि मैं नाटकीय ढंग से दयनीय इंसान बन रही हूं। मैं जानती हूं कि यह बचकाना और खुद को यातना देने जैसा लगता है, लेकिन ऐसा नहीं है। मैं दुख में हूं। एक तरह से, यह मेरा दिल खोल रहा है। मैं एक उदासीन, नाटकीय इंसान नहीं हूं। दुख लोगों के एहसास से कहीं ज्यादा भयानक होता है। यह जाते-जाते जाता है। यह अपनी ही गति से काम करता है।

'मैंने गति के बारे में बहुत कुछ सीखा है। दूसरे दिन, मैं और मेरे पति अस्पताल में उनकी मां से मिलने गए। जब आप किसी के बिस्तर के पास आधा घंटा बिताते हैं, तो आपको एहसास होता है कि यह सबसे ज़रूरी काम है जो आप कर सकते हैं। वह वास्तव में बात नहीं कर सकती थीं, लेकिन जैसे ही हम उनके गालों को छूते, तो उनमें साफ अंतर आ जाता। वह वहां है और इसलिए हमको भी वहां रहना होगा।

'इस पल में ये खयाल आता है। और वास्तव में इस समय कुछ भी मायने नहीं रखता। इंटरनेट कितना भी तेज़ क्यों न हो, हम सभी वास्तविक समय में रहते हैं, है न? हम वास्तविक समय में ही दूसरों के साथ जुड़ते हैं। हम इस तरह की मुलाक़ात को एक-दूसरे को ई-मेल नहीं कर सकते। हम इसे तेज़ नहीं कर सकते। वास्तविक समय वास्तव में कभी नहीं बदलता। आप किसी रिश्ते में जल्दबाजी नहीं कर सकते, जैसे आप केक बनाने में जल्दबाजी नहीं कर सकते। हम सभी प्यार और दुख के बीच से आगे बढ़ रहे हैं और सीख रहे हैं और यही हमें सिखाता है।

'मैं सूरज की रोशनी वाली जगह की ओर खिंच रही हूं और साथ ही मैंने खुद को अपने बगल में चल रहे एक आदमी के विचारों से भी प्रभावित पाया। मैंने कभी नहीं सोचा था कि मैं अपनी बेटी के साथ चलूंगी। मैंने नहीं सोचा था कि ऐसा होने वाला था। लेकिन अभी कुछ समय पहले ही एक वक्त ऐसा आया था, जब मुझे उसका हाथ महसूस हुआ था। वह अचानक मेरी जिंदगी में बिल्कुल अलग तरीके से मौजूद थी। मैंने उसे बहुत देर तक पकड़े रखा, लेकिन फिर ऐसा लगा जैसे वह खुद ही आगे बढ़ गई। मैंने सोचा, "हे भगवान! मुझे उसका हाथ मिल गया है।" मुझे यह महसूस करने में पांच साल लग गए कि वह मेरी बगल में चल रही है। और, किसी वजह से, ऐसा महसूस होता है कि हम दोनों बड़े हो गए हैं। यही बदलाव है। मुझे लगता है कि वह भी बड़ी हो गई है। ऐसा लगता है मानो मैं किसी

छोटे सुनहरे बालों वाले बच्चे के साथ नहीं चल रही हूं। मैं एक सुनहरे बालों वाले बच्चे के साथ चल रही हूं, जो एक समझदार इंसान भी है। हालांकि मुझे एहसास है कि इसमें से कुछ बातें अटपटी लगें।

'मैं मरने के बाद के जीवन में विश्वास नहीं करती। न ही मुझे इस पर अविश्वास है। मेरे लिए ये चीज़ मज़ाकिया है। मैं लौकिक नहीं हूं। मैं स्वास्थ्य संबंधी वह सब वैकल्पिक चीजें नहीं करती। मैं यह कहने की कोशिश नहीं कर रही हूं कि एलिजा मेरी आत्मा के साथ चल रही है। ऐसा नहीं है। यह हो जाता है। मैंने इसकी कभी तलाश नहीं की। वह बस वहीं है।

'जब आप किसी ऐसे इंसान को सहारा दे रहे हों जिसने अपना बच्चा खो दिया है, तो एक जरूरी बात यह है कि उन्हें यह न बताएं कि उनके बच्चे के कमरे के साथ क्या करना है। बच्चे की जगह को संभालने का कोई सही तरीका नहीं है और किसी को भी यह नहीं बताना चाहिए कि उसके साथ क्या किया जाना चाहिए। मेरी बेटी की मौत के पांच साल बाद, मैंने उसका पूरा कमरा बदल दिया। मैंने यह किया है और मुझे अच्छा लगा, जैसे कि अब वक्त आ गया हो।

'मैंने उसके कमरे की एक दीवार गिरा दी। मेरे लिए यह करना बहुत बड़ी बात थी। मैंने पहले कभी ऐसा कुछ नहीं किया था। मैं नीचे वाले कमरों को रोशनी में लाना चाहती थी। (सभी सोने के कमरे नीचे हैं।) मैंने ये करने का फ़ैसला पिछले अप्रैल में किया था, लेकिन इसे पूरा करने में मुझे नवंबर लग गया। दुख से बाहर आना एक धीमी प्रक्रिया है।

'मैं बहुत दुखी थी और तड़प रही थी। मुझे लगा कि यह बहुत डरावना था। लेकिन मुझे यह भी लग रहा था कि उसका कमरा डरावना होता जा रहा था क्योंकि यह एक तरह के म्यूजियम में तब्दील होता जा रहा था। कुछ भी छांटा नहीं जा रहा था। कुछ भी फेंका या रखा नहीं जा रहा था।

वह गंदा भी हो रहा था। हमने वहां वैक्यूम क्लीनर और कपड़े सुखाने की मशीन जैसी चीजें डाल दी थीं।

'एक दिन हाउसिंग कॉर्पोरेशन के एक दोस्त ने फोन करके पूछा कि क्या हमारा घर तीन या चार बेडरूम की संपत्ति है। जब मैं फोन पर यह बातचीत कर रही थी तो मैंने सहकारी प्रबंधक सू से कहा, "आप जानते हैं, मैं वास्तव में उस दीवार को गिराना चाहूंगी।" ये बात तभी मेरे मन में आई थी, लेकिन इसे करने के बारे में सोचने में मुझे लंबा वक्त लग गया। हालांकि, जीवन आगे बढ़ता रहा।

'मैं सड़क पर ही उस अजीब बिल्डर से मिली, जो यह देखने के लिए आया था कि क्या किया जाना है। वह उन लोगों में से एक है जिनका मैंने अपने पूरे जीवन में सामना किया है, जो सबकुछ गलत कहते हैं लेकिन फिर सब ठीक कर लेते हैं। उसने कहा, ''मैं देख सकता हूं कि आपके यहां एक छोटी लड़की है। मेरी पत्नी बीमार बच्चों की देखभाल करती है। हां, यह भयानक है। सुनो, तुम्हें अपनी जिंदगी को खोलने की जरूरत है। इस दीवार को गिरा दो और तुम आगे बढ़ जाओगे। अपना जीवन जियो और रोशनी को भीतर आने दो।''

'मैंने सोचा, अगर किसी और ने मुझसे ऐसा कहा होता तो मैंने उसे थप्पड़ मार दिया होता। लेकिन किसी वजह से, उस वक्त, जब उसके मुंह से ये बात निकली, मैंने सोचा: "आप ठीक कह रहे हैं।" यह कुछ ऐसा था जिस तरह से उसने कहा था कि *यह मेरे जीवन को बेहतर बना देगा*।

'इस साल एलिजा के जन्मदिन पर मैंने उसके लिए सफेद फूलों का एक बड़ा गुलदस्ता खरीदा। मैं उसके लिए लड़कियों वाले, गुलाबी फूल खरीदती थी, लेकिन जब वह 12 साल की होने वाली थी तो मैंने सफेद फूल खरीदने का फैसला किया।

'फिर हमने दीवार गिरानी शुरू कर दी। एक छुट्टी के दिन में, हमने सारा सामान साफ कर दिया और नाम चिपका उन्हें बक्सों में रख दिया। हालांकि, ऐसा करने से पहले मैंने उसके कमरे और उसके सारे सामान की सैकड़ों तस्वीरें लीं। दीवार पर एलिजा की बीमारी के निशान थे। हम उन्हें हटा नहीं सके क्योंकि ये निशान उसी तैलीय दूध के थे जो उसे देना था। भले ही हमने उन पर पेंट कर दिया, फिर भी दूध के दाग रह गए। मैंने अपने पति से कहा, "कोई बात नहीं, वहां दूध का दाग ही रहने दो, कोई बात नहीं। यह सब एक अलग रंग से रंगा हुआ है और वे दिखाई दे रहे हैं। वह ठीक है।"

'बिल्डर आ गया। यह हैरान करने वाला था, क्योंकि सबकुछ बहुत अच्छा था। दीवार गिरते ही कमरा खुल गया। ऐसा लग रहा था मानो कमरा दो के बजाय तीन कमरों का हो गया हो। यह अजीब था। मुझे बहुत चिंता हो रही थी कि एलिज़ा की यादें घर से खो जाएंगी, लेकिन हुआ बिल्कुल उलटा। बहुत अच्छा लगा। मैंने सोचा कि उसका कमरा न होने से अब मुझे बहुत अजीब लगेगा। लेकिन जैसे ही दीवार गिरी और मैं उस कमरे में खड़ी हुई, मुझे अहसास हुआ कि मैं अभी भी उसकी जगह पर खड़ी हूं। ऐसा महसूस नहीं हुआ कि हमने उसे पकड़ रखा है। मुझे बस यह महसूस हुआ कि वह अब इस घर के हर कमरे में रहेगी और अगर हम किसी नई जगह पर जाएंगे तो वहां हर कमरे में रहेगी। इसने मुझे दिखाया कि जब कोई इंसान अपने जीवन में बड़े बदलाव करता है, तो यह दुनिया खत्म नहीं होती। आप मरने नहीं वाले हैं, आप जानते हैं और यह आपको अगले छोटे चरण में ले जाता है। और यह बहुत बड़ी बात है।

'पिछले सालों में जो बदलाव आया है वह यह है कि अब मैं लोगों के बारे में उतना बुरा महसूस नहीं करती। एलिज़ा की बीमारी को लेकर बहुत से लोग बहुत क्रूर व्यवहार करते थे। वे समान्य ढंग से ऐसी बातें कहते,

"ओह, ठीक हुआ, आप जानते ही थे, यह तो होना ही था। वह ठीक नहीं थी और शायद यही उसके लिए सबसे अच्छा था।" यह सुनने के बाद मुझे कभी समझ नहीं आया कि क्या कहूं। मुझे अक्सर खुद को कमरे से बाहर निकालना पड़ता था क्योंकि मेरे अंदर गुस्सा भड़क उठता था। मुझे अपना मुंह बंद करना सीखना पड़ता कि पहली बात जो मेरे मन में आए उसे कहना नहीं है। वह मेरी बेटी थी जिसके बारे में वे इतने शांत, बेपरवाह तरीके से बोलते थे।

'कुछ लोग मुझसे मिलते, कभी-कभी दोस्त भी, जो एलिज़ा का नाम नहीं लेते क्योंकि वे मुझे उसकी याद दिलाना नहीं चाहते थे। वे सोचते कि यह दर्दनाक हो सकता है। ऐसा नहीं है! यह ऐसा है जैसे मुझे आपको याद दिलाना पड़े कि आपकी आंखें भूरी हैं – बेशक मेरे आंखें भूरी नहीं हैं। आप जानते हैं कि आपकी हैं। आप इसके बारे में सोचते भी नहीं हैं। यह बिलकुल वैसा ही है। एलिज़ा मेरे जीवन का हिस्सा है – उसका नाम सुनना मेरे लिए खुशी की बात है। यह ऐसा है, "ओह, इसके लिए शुक्रिया।"

'मैं अब उन लोगों को लेकर इतनी कड़वाहट महसूस नहीं करती जो कहते हैं कि दुख एक दिशा में चलने वाली प्रक्रिया है। कुछ लोगों का मानना है कि मौत होती है, तो आप प्रतिक्रिया करते हैं, अगली चीज़ घटित होती है, आप एक और कदम उठाते हैं और फिर आप इस दुख से उबरने लगते हैं और एक नई जगह पर पहुंच जाते हैं। जब लोग इस नीरस नजरिए को जाहिर करते थे, तो मैं बहुत बुरी प्रतिक्रिया देती थी। अब, जब मैं ऐसे लोगों से मिलती हूं जो मानते हैं कि दुख एक दिशा में बढ़ता है, तो मैं सोचती हूं कि वे इतने किस्मतवाले हैं कि उन्हें वास्तव में इसका एहसास नहीं हुआ। लोग सुनी हुई बातें कहते हैं, लेकिन वे अक्सर ताज्जुब करते हैं जब असल दुख आता है और उनको गहरा दर्द देता है।

'दुख के आयामों को कोई कैसे समझा सकता है? मेरे लिए, यह रैखिक के बजाय त्रि-आयामी है। यह एक मजबूत गोलाकार विकास प्रक्रिया है। आप एक कदम आगे बढ़ाते हैं, लेकिन आप हमेशा बग़ल में या पीछे की ओर गिर जाते हैं। एलिज़ा का कमरा बदलना ठीक था, लेकिन ये इस प्रक्रिया का पूरा हो जाना नहीं है। किसी दिन मुझे लगता है कि मैं उस दिशा में आगे बढ़ गई हूं जो आगे की ओर जाती है, लेकिन कभी-कभी मुझे ऐसा लगता है कि मैं ठीक उसी जगह पर वापस आ गई हूं जहां एलिजा की मौत के बाद के पहले सालों में थी।

'मैं उसकी एक टीचर से मिलने गई पर मैं ऊपर नहीं चढ़ पा रही थी। मैं उस समय में वापस आ गई थी जहां मैं चल नहीं सकती थी। उन्होंने मुझसे कहा, "चलो पब में चलते हैं, चाय-कॉफ़ी पीते हैं।" मैंने पूछा कि यह कहां है, तो उन्होंने बताया, 'कार्लटन रोड के आखिर में।' मैंने उनसे कहा कि मैं वहां तक नहीं चल सकती और वह घबराकर मेरी ओर देखने लगीं। लोग इसे समझ नहीं पाते। वे सोचते हैं, "ठीक है, पिछली बार आप बिल्कुल ठीक थीं। ये क्या हो रहा है? जब मैंने तुम्हें मई में देखा था, तो तुम ठीक थी।" ईमानदारी से कहूं तो, मैं खुद ये नहीं समझ पाती हूं। यह बिल्कुल समान्य है।

'ग्रुप मदद करते हैं। हम पांच लोग हर गुरुवार को बात करने के लिए मिलते हैं। लोग क्या कहते हैं, मैं उसे लिखती हूं। कभी-कभी कोई सदस्य दुख पर कोई एकदम नया ही नजरिया लेकर आता है। मैं यह सोचने की कोशिश करती हूं कि इस बार मैं क्या बता सकती हूं। एक दिन मेरे पति ने मुझसे कहा, "इतने सालों में पहली बार, ऐसा लग रहा है जैसे तुम किसी चीज़ में शामिल होना चाहती हो।" यह सच है। मैं धीरे-धीरे ऐसे ग्रुप ढूंढ रही हूं जहां मैं जा सकूं।

'हमारे ग्रुप में एक महिला थी। दो साल पहले उनके एक बेटे की अचानक मौत हो गई। उस वक्त वह छुट्टियों पर गया हुआ था। उसकी मौत की दूसरी सालगिरह करीब आ रही थी और वह इस कठोर वक्त का सामना करने के लिए तैयार हो रही थी। मैंने उनसे बहुत कुछ सीखा। उनका अनुभव मेरे से बिल्कुल अलग था। उनका 37 साल का तंदरुस्त बेटा, जो फोटोग्राफर का काम कर रहा था, अपनी छुट्टियों के दौरान मर गया था। वह हमारी चर्चा में चीजों का एक बिल्कुल अलग पक्ष रखती और एक अलग तरह की समझदारी लाती थी क्योंकि उनकी दर्शन और धर्म में रुचि थी।

'एक दिन वह पुनर्जीवन के बारे में बात कर रही थीं। उनका कहना था कि पुनर्जन्म वह है जिसकी हम सभी शोक के अपने पहले साल में इच्छा करते हैं। हम उस इंसान को किसी भी आकार या रूप में वापस चाहते हैं। ऐसे समूह का हिस्सा बनना मेरे लिए अच्छा था जहां हम इस तरह की चीजों पर चर्चा कर सकते थे। मेरे जैसे इंसान के लिए पुनर्जीवन एक दिलचस्प विषय है। मैं वास्तव में ईश्वर में ज्यादा विश्वास नहीं करती। मैं लोगों से कहती हूं, "मैं चर्च को नहीं मानती और मैं को ईश्वर नहीं मानती।" लेकिन असल में मुझे इस पूरे विषय में बहुत दिलचस्पी है।

'मैं एक हद तक धर्म के साथ हूं, लेकिन मैं इसे ओढ़ती नहीं हूं। मैं वह महसूस करना चाहती हूं जो एक धार्मिक आदमी महसूस करता है, लेकिन मैं नहीं कर सकती। कुछ दिन मैं खुद को ध्यान के आराम में डुबाना चाहती हूं। मुझे अच्छा लगेगा अगर मैं सिर्फ विश्वास रखने का फैसला कर सकूं। मुझे बाइबल की वे कहानियां बहुत पसंद हैं, जो मैंने स्कूल में पढ़ी थीं। ईसा मसीह के कोढ़ियों के बीच आने और कोढ़ियों के यह कहने के बारे में कि "हम कभी भी स्वर्ग में नहीं पहुंचेंगे।" ये खास कहानी बेहतरीन है क्योंकि इसमें यीशु कहते हैं, "स्वर्ग का राज्य यहीं है।" ये ही मेरे विश्वास का सार

है। स्वर्ग यहीं है; यह हमारे चारों ओर है। मेरे लिए, इसमें कोई दोहरी स्थिति नहीं है, जिंदगी यहीं जी जाती है और उसके बाद का जीवन कहीं और घटित होता है। मेरे लिए यह सब एक ही चीज़ है। ये समय ही पर्याप्त वर्तमान और शाश्वत अतीत है। कोई इससे ज्यादा कुछ क्या चाहेगा?

'मेरे एक दोस्त हैं जो मेरे यह कहने पर डर जाते हैं कि मुझे नहीं पता कि मैं एलिजा से दोबारा कभी मिल पाऊंगी या नहीं। मुझे नहीं पता एलिजा कहां है। मुझे यकीन नहीं होता कि वह मरने के बाद भी जिंदा है। अब, अगर मैं एलिज़ा को दोबारा देखूं पाऊं, तो यह अब तक का सबसे अद्भुत अनुभव होगा। लेकिन मैं इसकी उम्मीद नहीं कर रही हूं। मैं केवल इस दुनिया को जानती हूं जिसमें मैं हूं और जो आध्यात्मिकता से भरी हुई है। यही काफी है। मुझे पुनर्जन्म पर विश्वास करने की ज़रूरत नहीं है, ये दुनिया आश्चर्यों से भरी है। और एलिज़ा उस आश्चर्य का एक हिस्सा है। मुझे लगता है कि यह मेरे आगे बढ़ने के लिए काफी है। यह एक उत्सव है और मैं इसका इंतजार कर रही हूं। मैं इसे हमेशा के लिए अपना रही हूं। मुझे और क्या चाहिए? मुझे इस बात की चिंता करने की ज़रूरत नहीं है कि मेरे मरने पर क्या होगा।

'लेकिन कुछ अजीब कारणों से मैं मौत को लेकर डर जाती हूं। लोग सोचते हैं कि मैं अब ठीक हो जाऊंगी क्योंकि मैं सबसे बुरे दौर से गुजर चुकी हूं, लेकिन कभी-कभी मैं रात में मौत को लेकर बहुत डर जाती हूं। मैं चौंक जाती हूं कि आखिर मौत कैसे आएगी। यही बात मुझे डराती है। यह किस तरह होगी?

'मुझे याद है कि मैं किसी ऐसे आदमी से बात कर रही थी, जो सुनामी के दौरान थाईलैंड में था। उन्होंने कहा कि बहुत सारे लोग बह रहे थे। पानी के नीचे से खुद को आजाद करने के लिए डर से छटपटा रहे थे, अपनी आखरी बातों को सोच रहे थे: 'ओह, यह बात है।' वे इस खयाल के आगे

झुक रहे थे, फिर बाहर निकलने से पहले उन्हें कुछ समय के लिए मौत का सामना करना पड़ा, उन्हें पंजों से जीवन को पकड़ने के लिए लड़ना पड़ा।

'तो भले ही मुझे मौत से कोई डर नहीं है, लेकिन मरना अलग बात है। कभी-कभी मुझे इससे डर लगता है। लेकिन मौत के बाद, सब ठीक हो जाता है। मैंने हमेशा सोचा है कि जिस आदमी से आप प्यार करते हैं उसके मरने के बाद उसे देखने का खयाल कुछ अजीब है। ऐसा लगता है मानो हमारे पास केवल वही समझ होगी जो हमारे पास यहां धरती पर है। शायद ऐसा कुछ घट सकता है जिसे मैं न समझ सकूं। शायद मैं उससे मिलूंगी जिसकी मुझे सबसे ज्यादा याद आती है; शायद ब्रह्मांड में मेरे कण उसके साथ मिल जाएंगे। असल में, यह एक प्यारा खयाल है।

'मुझे लगता है कि मुझे यादों की बात करके अपनी बात खत्म करनी चाहिए। मुझे नफरत होती थी जब लोग मुझसे कहते थे, "मैं मरने के बाद के जीवन में विश्वास नहीं करता क्योंकि मुझे लगता है कि उस आदमी की यादें जिंदा रहती हैं।" मुझे हमेशा ये ख्याल नाकाफी लगा है। शायद यह मेरी जिद है, लेकिन मैंने सोचा, "नहीं, मैं नहीं चाहती कि ऐसा हो। मैं यह सोचते हुए नहीं जीना चाहती कि मेरी यादें मेरे अंदर कैसे समा गई हैं और यह मुझे आगे बढ़ाने के लिए काफी है।'' यह अभी भी काफी अच्छा नहीं है। लेकिन एलिजा का मेरे साथ होने का ये ख्याल मुझे अच्छा लगता है। ये अलग है। ऐसा नहीं है कि वह मेरे जरिए जी रही है या मैं उसके जरिए जी रहा हूं, लेकिन हम एक साथ जी रहे हैं और हम दोनों बढ़ रहे हैं। मैं एक अलग जगह पर हूं और वह बिल्कुल अलग तरीके से मेरे साथ है।'

17

आस्था के बारे में: हेलेन की कहानी

धार्मिक विचारों और स्वर्ग की अलग-अलग अवधारणाओं की जांच करने के लिए, मुझे लगा कि हेलेन जैसे किसी व्यक्ति के विचारों को सुनना जरूरी है। वह एक समझदार, सवाल करने वाली और सच्ची धार्मिक महिला हैं, जो याद दिलाती हैं कि ये तीन गुण एक साथ रह सकते हैं। मैंने उनसे उनके जीवन और इसमें विश्वास की भूमिका के बारे में पूछा। यहां हेलेन का जवाब है।

'हालांकि यह कहना अजीब कि मैं स्वर्ग में विश्वास करती हूं। शायद इन दिनों मसीह पर विश्वास करना असामान्य है। मैं खुद को एक समझदार महिला के रूप में देखना पसंद करती हूं, जो दुनिया से जुड़ी हुई है। संगठित धर्म के प्रतिनिधियों के दिए गए कुछ विकल्पों को पचाना मेरे लिए कठिन है। मैं आंख बंद करके उनके पीछे चलना नहीं चाहती, लेकिन मैं विश्वास करना चाहती हूं। धर्म मेरे लिए शक्ति का बड़ा स्रोत है।

'मैं उन लोगों से अलग नहीं हूं जो हमें बताते हैं कि हमारा अस्तित्व हमारी आखरी सांस के साथ खत्म हो जाता है, लेकिन मेरा मानना है कि इस जीवन से आगे भी कुछ है। मैंने बहुत लंबे समय तक गहराई से अपनी आस्था के बारे में सोचा: इसका क्या मतलब है और क्या यह जांच के दायरे में है। और यह मेरे लिए है। मैं ये कहना चाह रही हूं कि हमारा शरीर खत्म हो जाता है और धरती का हिस्सा बन जाता है। हालांकि मैं मानती हूं कि कुछ चीजें पीछे छूट जाती हैं। हमारे शरीर का एक हिस्सा, हमारी आत्मा, जो मुझे लगता है कि यहां नहीं रहती है, यह उस चीज से नहीं बनी है जिससे हमारा शरीर बनता है और जो हमारे मर जाने पर ठंडा पड़ जाता है। मैं आत्मा में विश्वास करती हूं। मैं ईश्वर में, ईशू और उस वादे में विश्वास करती हूं जो मैं हर रविवार को करती हूं। शायद आगे जो होगा वह हू-ब-हू वैसा न हो जैसा बाइबल के कुछ हिस्सों में बताया गया है, लेकिन हम इससे जो भी सीख ले सकते हैं वह ले लेते हैं। हम कमियों से भरे पाठ की व्याख्या करने में कड़ी मेहनत करते हैं।'

'मेरे लिए आत्मा के बारे में बताना कठिन है। मेरा मानना है कि मैं वही हूं जिसे आप एक सामान्य व्यक्ति कह सकते हैं। मैं एक स्कूल में पढ़ाती हूं, बच्चों के साथ काम करती हूं। कभी-कभार मेरे लिए मेरे पति खाना बना लेते हैं। मैं ब्रह्मज्ञानी नहीं हूं। मैं बस विज्ञान के सबकों का बाइबल की शिक्षाओं के साथ तालमेल बैठाने की कोशिश करती हूं। कभी-कभी, मुझे हैरानी होती है कि दूसरी धार्मिक व्यवस्था कैसी होगी, लेकिन मैं वही हूं जो मैं हूं और अन्य दूसरे धर्मों के प्रति सम्मान बनाए रखते हुए वही जीवन जीऊंगी।

'मैं मौत के बाद जो कुछ होने की कल्पना करती हूं, उससे मुझे सांत्वना मिलता है। ये किस तरह से होगा यह अभी भी मेरे लिए एक रहस्य है, लेकिन मेरा मानना है कि हमारी आत्माएं एक यात्रा करती हैं और किसी

तरह उन लोगों के साथ फिर से जुड़ जाती हैं जो पहले जा चुके हैं। मुझे नहीं पता कि मैं अपनी मां और पिता से आमने-सामने मिल पाऊंगी या नहीं। मुझे नहीं पता कि वे वहां अपने पुराने रूप में खड़े होंगे या नहीं – मेरे पिता अपने भूरे बालों और तीखे नैन-नक्श के साथ, और मेरी मां जैसी वह 1930 के दशक में थीं, अपनी हरदम, मुस्कान के साथ। मेरे लिए यह विश्वास करना कठिन है कि वे उसी रूप में होंगे जैसे धरती पर रह रहे थे। लेकिन मुझे विश्वास है कि हमारी आत्माएं आपस में मिल जाएंगी। मुझे विश्वास है कि हम फिर मिलेंगे।

'कभी-कभी, जब मैं अपनी आस्था की जांच करती हूं, तो मैं ख़ुद से पूछती हूं कि क्या मैं बस बनावटी तसल्ली देने की कोशिश कर रही हूं। शायद। लेकिन, फिर भी, जब मौत की बात आती है तो हम सभी अंधेरे में होते हैं। जिस तरह से मैंने मौत को समझा है, जिस तरह से मैं इससे प्यार करना सीखी हूं, हमार विश्वास है कि मौत महज एक दरवाजा है, हमारा अनजाना हिस्सा, भारहीन आत्मा, शरीर से अलग होकर अपनी यात्रा पर निकल जाती है। मेरा मानना है कि स्वर्ग है, लेकिन उस तरह का स्वर्ग नहीं दिखता जो हम बता सकें। फिर भी, यह एक अद्भुत अनुभव है। यह होता होगा।'

'जब मैं बहुत छोटी थी तब मैंने मौत का अनुभव किया था। जब मैं केवल पांच साल की थी, आधी रात को दिल का दौरा पड़ने से मेरे पिता की मौत हो गई। उस वक्त की मेरी यादें पूरी तरह से साफ नहीं हैं, जैसा कि आप सोच सकते हैं, लेकिन मुझे वो घबराहट, वो दौड़-भाग, सीढ़ियों से ऊपर-नीचे आते जाते कदमों की आहट और आवाज़ों का सिलसिला याद है जो पहले बहुत तेज़ थीं लेकिन जैसे-जैसे लोग पीछे हटते गए, बंद दरवाजों के पीछे ये आवाजें धीमी होती चली गईं। पहले हमारे पड़ोसियों ने मेरी देखभाल की, फिर मेरी एक रिश्तेदार आंटी जो रात में मुझे अपने

साथ ले गई और तब तक मेरे बालों में अपना हाथ फेरती रहीं, जब तक मैं सो नहीं गई। जब मैं अगली सुबह उठी, तो मुझे घर की शांति में कुछ देर पहले चारों ओर फैले शोर-शराबे और जीवन की गैरमौजूदगी याद आई। मेरी आंटी वहीं थीं, उन्होंने फिर से मेरे बालों में कंघी करके और अपने सबसे शांत, सबसे समझदार लहजे में बात कर मुझे शांत करने की कोशिश की। फिर भी, उन्होंने ये नहीं बताया कि हुआ क्या था।

'पीछे मुड़कर देखने पर पता चलता है कि आगे के दिन बहुत चौंकाने वाले थे। बड़ों ने अपने लिए अनुष्ठान तय कर लिए थे और उस पर काम करने में व्यस्त थे। उन्होंने मेरे पिता के शव को बाहर रखा और उन्हें नहलाया। कोई मेरी मां के साथ उनके बिस्तर के किनारे पर बैठा हुआ था। वह रो रही थीं और अपने हाथ के रुमाल को हिला रही थीं। पड़ोसी हमारी रसोई में खाना बनाते या अपने घर से खाना लाते थे। हमारे परिवार ने प्रार्थना की। मुझे आज तक याद है कि किसी ने भी मेरे साथ बैठकर यह समझाने का समय नहीं निकाला कि ये हुआ क्या था। घर में या समाज में किसी को भी नहीं पता था कि बच्चे से कैसे बात करनी थी। मुझे नहीं पता ऐसा क्यों हुआ। शायद उन्हें उम्मीद थी कि मैं किसी तरह हालात की अहमियत को समझ पाऊं, या शायद उन्हें उम्मीद थी कि मैं अपने आस-पास के सभी सूत्रों को जोड़कर इसे समझ लूंगी। कारण जो भी हो, मेरे पिता की मौत पर मेरी निजी प्रतिक्रिया बेहद दुख भरी थी, जो पूरी तरह भ्रम से जुड़ी थी। यह मौत का सबसे खराब परिचय था। मेरे दोस्त बताते हैं कि उन्होंने मौत के बारे में कैसे सीखा और आमतौर पर इसमें परिवार का कोई पालतू जानवर शामिल होता था। इस तरह, वे मौत की अंतिम स्थिति की समझ की तरफ बढ़े। जबकि मेरी यात्रा बहुत तेज़ और बेरहम थी और मैंने जिंदगी भर यही चाहा कि यह कुछ अलग होती।

'चर्च में मुझसे कहा गया, "अपने पिता से प्रार्थना करो।" मुझसे "हमारे पिता जो स्वर्ग में हैं" उनसे प्रार्थना करने के लिए भी कहा गया, इसलिए स्वाभाविक रूप से मैंने दोनों को आपस में मिला दिया। जब मैं छोटी थी तो, मैं चर्च जाने के लिए उत्सुक रहती थी, शायद उसी तरह जैसे तलाकशुदा परिवारों के बच्चे सप्ताहांत में अपने पिता से मिलने के लिए उत्सुक रहते थे। मुझे लगता कि यही वह जगह थी जहां मैं अपने पिता से बात करने आई थी; यहां तक कि जब उनकी आवाज और उनका स्पर्श मेरी यादों से भी गायब हो गया था, तब भी मुझे खुद से किया समझौता याद रहा। इसलिए मैं चर्च आई और प्रार्थना स्थल पर घुटनों के बल बैठकर और अपने हाथ जोड़कर चुपचाप अपने पिता से अपने जीवन के बारे में बात की–मुझे यकीन है बातचीत का तरीका वही था, जैसे मैं अपने दोस्तों से करती थी।

'इस तरह शुरुआती सालों में चर्च मेरे लिए बहुत ही आरामदायक रहा। स्वर्ग की कल्पना भी सुकून देने वाली थी। सालों, मैंने अपने पिता को वहां भगवान के करीब बैठे, हर रविवार को मेरा फोन उठाने के लिए तैयार देखा। मैंने कल्पना की कि उनके बीच एक सौहार्दपूर्ण रिश्ता होगा और मुझे लगता कि मेरे पिता भगवान को वह सब बताते होंगे जो हर रविवार को हम बात करते थे। एक युवा लड़की की तरह, मुझे इस छवि की जरूरत थी क्योंकि हफ्ते के दूसरे दिनों में मैं दुख से लगभग टूट जाती थी। ये प्रतिक्रिया इतनी गहरी थी कि ये मुझे आज तक याद है। मुझे उन लड़कियों से जलन होती थी जो अपने पिता का जिक्र करती थीं, भले ही यह महज कुछ समय की बात थी और इसका मतलब छिपाकर रखना नहीं था। (चिढ़ाने की बात, तो वह कुछ समय के लिए ही थी, क्योंकि मुझे लगता है कि मेरे स्कूल की जानी-मानी लड़कियां भी इस बात को लकर सहज नहीं थीं कि मेरे पिता की मौत पर मेरा मज़ाक उड़ाएं। मेरे बालों का

मज़ाक उड़ाना बहुत आसान था, जो बदकिस्मती से उस वक्त् बहुत बड़े और उलझे हुआ करते थे।)

'मैं स्वर्ग की अपनी कल्पना के बारे में किसी को नहीं बताना चाहती थी। मुझे ये एकदम अपना लगता था। जब मैं फ़िल्मों में स्वर्ग की अलग-अलग तस्वीरें देखती, तो मैं आराम से बैठकर ये सोच सकती थी, "यह उस जैसा है, लेकिन यह बिल्कुल भी वैसा नहीं है जैसा यह वास्तव में है।"

'जब मैं थोड़ा बड़ी हुई, तो मैंने ईश्वर में विश्वास करना जारी रखा, लेकिन मैं स्वर्ग की अवधारणा के बारे में और अधिक उत्सुक हो गई। जब मैं अपने पिता के बारे में सोचती, तो मैं उन्हें एक सुरक्षित जगह पर देखती, जहां अपनी प्रार्थनाओं में मैं उनसे बात कर सकती थी। अब मैं उन्हें एक रोएंदार बादल के ऊपर आराम करते हुए नहीं देखती। हालांकि, मेरी अपने खुद के स्वर्ग को बनाए रखने की चाहत बनी रही।

'स्वर्ग का विचार तब तक हमारे साथ रहा, जब तक हमें इस तरह की जगह की जरूरत थी। पुराना अंग्रेज़ी का शब्द *हेफ़ॉन*, केवल हमारे ऊपर के आसमान के बारे में बताता था। फिर इस परिभाषा को बदल दिया गया और इसे ईसाई अर्थ से भर दिया गया, "वह स्थान जहां ईश्वर निवास करता है"। पुरानी सैक्सन भाषा, मध्य निम्न जर्मन, साथ ही कई अन्य भाषाओं में, इस शब्द का एक अर्थ आकाश से जुड़ी परिभाषाओं के साथ दिखाई देता है। पुरानी आइसलैंड भाषा में *हिमिन* शब्द था। जहां हम जाते हैं, मैंने हमेशा उसे उम्मीदों से भरे चमकीले-नीले आकाश जैसा देखा और, अगर आप कुछ मेरे जैसे हैं, तो शाम को जब सूरज डूब रहा होता है और बादलों के बीच से लाल और नारंगी रोशनी निकलती है, यह समझना आसान है कि इतना सुंदर नजारा *हेफ़ॉन* और उसके बाद आने वाली सभी चीज़ों के लिए एकदम बेहतरीन क्यों है। यह एक अच्छी जगह दिखती है, जहां आत्माएं तसल्ली से रहती होंगी।

'जैसे-जैसे मैं बड़ी हुई, मैं इस बात से आकर्षित हुई कि स्वर्ग में जाने की इजाजत किसे थी। मुझे पता था कि मेरे पिता वहां होंगे क्योंकि हमारे चर्च में हमें बताया गया था कि स्वर्ग में जाना एक अच्छे जीवन जीने पर निर्भर था, जो उन्होंने जिया था। कुछ धर्मों में एक और शर्त थी कि हर किसी को ईसा मसीह को अपने जीवन में स्वीकार करना होगा और उनसे क्षमा मांगनी होगी। मुझे यकीन था कि मेरे पिता ने इस बात का भी ध्यान रखा था।

'केवल एक चीज थी जो मेरे लिए स्वर्ग के विचार से ज्यादा रुचिकर थी, वह थी कुछ धर्मों में नरक की अवधारणा। मेरे चर्च में भौतिक रूप में नरक का कोई उल्लेख नहीं था। कोई पादरी अपनी मंडली के सामने खड़ा हो और नरक की आग और विनाश की चेतावनी दे, ये बीते वक्त की बात हुई। मेरी मां कभी-कभी मुझे चर्च के अपने अनुभव के बारे में बताती थी, जब मंच पर बूढ़ा पादरी आधा उपदेश नरक की पीड़ाओं का वर्णन करते हुए देता था। रविवार की नैतिक कक्षाओं के लिए चर्च के बेसमेंट में इकट्ठा होने वोलों के लिए अब यह बहुत पुरानी बात थी और इसका ज़्यादातर विवरण उन किशोरों की नींद के दौरान ही खत्म हो जाता था, जो पीछे की बेंच पर बैठे होते थे। नरक हमेशा से था, एक ऐसी जगह जहां ईश्वर नहीं था। जब मैंने और ज्यादा खोज की तो मुझे पता चला कि ईसाई धर्म के कुछ मतों का मानना है कि नरक हमेशा शैतान, बदकिस्मत पापियों को जलाने वाली आग की शाश्वत ज्वाला या निरंतर विलाप ही नहीं होता। कुछ लोगों के लिए, नरक केवल आत्मा का खत्म हो जाना है। मेरे लिए, अपने पिता के बारे में सोचते हुए, यह एक डरावना विचार था। मैंने स्वर्ग पर ध्यान देना पसंद किया।

'मैंने इस बारे जितनी ज्यादा खोज की, मुझे उतना ही अधिक स्वर्ग का अनुभव मिला। मुझे दुनिया-भर की विभिन्न संस्कृतियों में सदियों से दिखाए

जा रहे स्वर्ग के अलग-अलग रुपों से सांत्वना महसूस हुई। बौद्ध धर्म में कई स्वर्ग हैं, जो सभी अभी भी संसार या भ्रामक वास्तविकता का हिस्सा हैं। बौद्धों के लिए इस सड़क का अंत नहीं है। स्वर्ग शाश्वत नहीं है। जो लोग स्वर्ग पहुंच जाते हैं वे अपने अच्छे कामों से फिर से पुनर्जन्म से गुजरते हैं। जब मैंने बौद्ध धर्म का अध्ययन किया तो यह मेरे लिए सबसे दिलचस्प विचार था। उनके स्वर्ग में एक अंतिम स्थान है और जब वह अंतिम स्थान आता, तब पुनर्जन्म हो जाता। पुनर्जन्म लेने वाला व्यक्ति दूसरे लोक में, मनुष्य, जानवर या दूसरे किसी भी प्राणी के रूप में प्रकट हो सकता था। मैंने हमेशा सोचा था कि स्वर्ग अंतिम होगा, लेकिन मैंने कभी भी बौद्धों के ज्ञान को प्राप्त करने के लक्ष्य पर विचार नहीं किया। मैं कभी-कभी सोचती कि मेरे पिता का पुनर्जन्म हो गया हो। शायद उनकी आत्मा फिर से हमारे बीच में हो। भले ही यह विचार मुझे कुछ मायनों में सांत्वना दे सकता था, लेकिन मुझे पता था कि मैं बौद्ध नहीं हो सकती थी।

'मैंने स्वर्ग के बारे में चीनी लोगों के विचारों को पढ़ा। झोउ लोगों का मानना है कि स्वर्ग और कुछ नहीं बल्कि एक व्यक्ति है, एक बड़े कपाल की आकृति है जो हमारे कामों पर नज़र रखती है और गुस्सा, या नाराजगी, या आनंद, या ख़ुशी की भावनाओं पर रोक लगाती। आकाश में निष्क्रिय रहने के बजाय, उनका स्वर्ग नीचे धरती के लोगों के जीवन में सक्रिय है। कभी-कभी यह स्वर्ग एक कठोर, निर्मम चरित्र जैसा लगता है। मैं शायद कन्फ्यूशियस की उक्ति "जो स्वर्ग का अपमान करता है, उसके पास कोई नहीं है जिससे वह प्रार्थना कर सके" को पढ़ने के बाद इस निष्कर्ष पर पहुंची हूं।

'यह भौतिक रूप में उस जगह से बहुत अलग लग रहा था जिस पर मुझे विश्वास करना सिखाया गया था, जहां कोई भूख, प्यास, मौत या बीमारी नहीं थी। लेकिन विभिन्न संस्कृतियों में स्वर्ग को बनने के लिए अलग-अलग

चीजों की जरूरत होती है। ईसाई अक्सर हल्के, सुंदर, हरे चारागाह देखते हैं और हमेशा इस बात पर जोर दिया जाता है कि हम उन चारागाहों में कितने स्वस्थ रहेंगे। जीवनभर हमें परेशान करने वाली सभी बीमारियां गायब हो जाएंगी। फिर मैंने ईसाई धर्म के अलग-अलग पहलुओं को देखा। कैथोलिक पूर्णता पर जोर देते हैं। उनकी शिक्षाएं "निश्चित खुशी" की बात करती हैं जहां हमारी सभी इच्छाओं का ध्यान रखा जाएगा। भले ही मैं कैथोलिक नहीं हूं, फिर भी यह बात मुझे खासतौर से ज्यादा तसल्ली देती है। "निश्चित" चारागाहों की छवियों से अलग कुछ बतलाने का एक प्रभावशाली तरीका है। कैथोलिक शिक्षा कहती है कि "स्वर्ग उन सभी सौभाग्यशाली समुदायों का समूह है जो पूरी तरह से मसीह में मिल गए हैं।"

'मुझे पोप जॉन पॉल द्वितीय की स्वर्ग की परिभाषा पर दी गई एक सीख याद है, जो उन्होंने 1999 में दी थी। उन्होंने स्वर्ग के बारे में कहा कि यह न तो एक अमूर्त चीज़ है और न ही बादलों में कोई जगह। मैंने सहज ढंग से अपने पिता और अपने बचपन के स्वर्ग के दृश्यों के बारे में सोचा, जब मैंने एक खास बादल पर उन्हें बैठा दिया था। मैंने उन्हें सुरक्षित रखने के लिए वहां बैठाया था। और अब, कई सालों बाद अपनी समझ और अपने अनुभव से मैं वास्तव में स्वर्ग के बारे में अपने विचार बदलने के लिए तैयार थी। जैसा कि मैंने बताया है, मैं कैथोलिक नहीं हूं, लेकिन पोप ने जो स्वर्ग के बारे में बताया उसमें मुझे सच्चाई नजर आई। "*स्वर्ग या खुशी* जिसमें हम खुद को पवित्र त्रिमूर्ति के साथ एक जीवंत, निजी संबंध में पाते हैं। यह परम पिता के साथ हमारी मुलाकात है जो किसी पवित्र आत्मा के मसीह से एकाकार हो जाने पर होती है।"

'जब मैं स्वर्ग को एक मिलने की जगह के रूप में देखती हूं, तो मुझे नहीं लगता कि मुझे इसके विवरणों पर ध्यान देने की जरूरत है, जो हमेशा किसी दूसरे के अच्छे खयाल की तरह लगते हैं। मैं जानती हूं कि उनका मतलब

लाक्षणिक होता है, लेकिन मैं चाहती हूं कि मेरा स्वर्ग एक कभी न खाली होने वाली, शराब से भरी हुई, दावत की मेज न हो। मैं स्वर्ग को अपने पिता से मिलन की एक जगह की तरह सोचना पसंद करती हूं।

'लगभग एक साल पहले, हिंदू धर्म कि एक मान्यता के अनुसार, मैंने धरती के ऊपर के छह स्तर पर स्वर्गों के बारे में जानने का फ़ैसला किया। मुझे यह बात आकर्षक लगी। जिसमें स्वर्ग के सात निचले स्तर और अट्ठाईस तरह के "नरक" थे, उसके बाद एक और स्तर था, जिसमें पानी से भरे एक महासागर का विनाश शामिल था, ये असल में एक भयानक तस्वीर थी। जहां अपने अच्छे-बुरे कामों के संतुलन के आधार पर, कोई आदमी ऊपर चढ़ता या नीचे उतरता है, जब तक कि उसे जीवन और मृत्यु के दूसरे चक्र से गुजरने के लिए धरती पर वापस नहीं भेज दिया जाता। इस आस्था पद्धति के बारे में जो बात मुझे हमेशा पसंद आती है वह है मुक्ति या मोक्ष की ओर ले जाना है। जिसका काम भौतिक चिंता से मुक्त करना है।

'मैं हिंदू धर्म की गहराई में नहीं जाऊंगी। मैं बस इतना कर सकती हूं कि इस धर्म के उन तत्वों पर ध्यान दूं जो मुझमें सच्चाई की भावना जगाते हैं। मैं एक में विलीन होने के विचार की ओर आकर्षित हूं। जीवन में भौतिक उपलब्धि के अलावा और भी बहुत कुछ है–एक ऐसी भावना जो किसी भी धर्म में मजबूत होनी चाहिए। कभी-कभी, चर्च की सेवा में भाग लेने के बाद, मैं कार पार्क में जाती हूं और उधार पर खरीदी गई सभी चमकदार कारों को देखती हूं और उन बातों को सुनती हूं जिसकी लोग चर्चा कर रहे होते हैं कि उन्होंने क्या खरीदा है, या वे क्या खरीदने के बारे में सोच रहे हैं। काश मैं उन्हें ये सिद्धांत याद दिला पाती।

'एक्जेक लोगों का मानना था कि स्वर्ग का निर्माण (बहुत ही अच्छे ढंग से) और विभाजन 13 स्तरों में किया गया था। पॉलिनेशियन ब्रह्मांड को एक नारियल के रूप में देखते हैं और स्वर्ग को इस नारियल के हिस्से के रूप

में देखते हैं। माओरी अपने स्वर्ग को अलग-अलग स्तरों में विभाजित करते हैं। स्वर्ग बदलता है, परिवर्तित होता है और हर संस्कृति उसे उस आकार में ढाल देती है जिस तरह की उसे जरूरत होती है और जैसा वह चाहती है।

'स्वर्ग में विश्वास करने का मतलब आलोचना सुनना सीखना है। जब मैं जवान थी, मैंने एक ऐसे आदमी को डेट किया था, जो ज्यादातर वक्त काले कपड़े पहनता था और हाथ से लपेटी हुई सिगरेट पीता था। वह हमेशा उन चीज़ों पर चर्चा करना चाहता था जो उसे मेरी कमियां लगती थीं, जिनमें से एक मेरी धार्मिक आस्था भी थी। उसका तर्क था कि अक्सर ही स्वर्ग का विचार यह सुनिश्चित करने के लिए सामने रखा जाता है कि गरीब लोग कभी भी बेहतर जीवन की मांग करने के लिए आगे न आएं। वह साफतौर से उस वक्त मार्क्स की बहुत सारी किताबें पढ़ रहा था, या शायद ऑरवेल के *एनिमल फ़ार्म* को दोबारा पढ़ रहा था और वह मुझे आगे बढ़ाने की उम्मीद में, इस विचार से मुझे प्रभावित करना चाहता था। जबकि मैं उससे सहमत थी। इसमें कोई शक नहीं कि स्वर्ग के विचार का इस्तेमाल ग़लत उद्देश्यों के लिए किया गया है। यह एक बहुत ही प्रभावशाली अवधारणा है और यह उन सभी को आकर्षित करती है जो अपनी स्थिति से असंतुष्ट महसूस करते हैं। मैं जानती थी कि दुनिया के गरीबों को स्वर्ग के, आज्ञाकारिता के शाश्वत पुरस्कार के वादे ने दबा रखा था। लेकिन मेरे लिए स्वर्ग की पूरी अवधारणा को सिर्फ इसलिए दोष देना कठिन था कि लोगों के विभिन्न समूहों ने इसका इस्तेमाल किया है, जिसमें हर एक का अपना स्वार्थ है। मैंने अक्सर तर्क के दूसरे पक्ष के बारे में सोचा है। उन जिंदगियों के बारे में जो स्वर्ग के विचार से आगे बढ़ी थीं, क्योंकि, आखिरकार, कुछ लोगों ने खुद को सुधारा, बुरी आदतों को छोड़ दिया और अपने विश्वास के कारण बेहतर जीवन जीने की कोशिश की। दुर्भाग्य से, उस वक्त मेरा प्रेमी मेरे विचारों की बारीकियों के बारे में बात नहीं करना चाहता था।

'अब मेरी आस्था कुछ अलग है। मैं यूं ही गलतियां नहीं करती। मैं बाइबल उन ही अर्थों में नहीं मानती। जब मैं यीशु के बारे में सोचती हूं, तो मैं उसे सैंडल पहने सुंदर, लंबे बालों वाले गोरे आदमी के रूप में नहीं देखती हूं। (मेरी मां के घर में यीशु का एक चित्र हुआ करता था, जो थोड़ा सा टॉम क्रूज़ से मिलता-जुलता था। ये वह यीशु नहीं है जिस पर मैं विश्वास करती हूं।) इसके बजाय, मैं उन्हें एक महान शिक्षक के रूप में देखती हूं, शायद अब तक का सबसे महान और मुझे उनकी सलाह सुनकर ख़ुशी होती है, खासकर जब बात ईश्वर से "अपने पूरे दिल, अपनी पूरी आत्मा और अपनी पूरी ताकत से" प्यार करने की आती है। मुझे विकास को न मानने या समाज के किसी भी वर्ग को बदनाम करने और अस्वीकार करने के तरीके खोजने में कोई दिलचस्पी नहीं है। मुझे उस आस्था का हिस्सा होने पर गर्व है जो कहती है कि अपने पड़ोसी से अपने समान ही प्यार करो और जो लेने की बजाए देना ज्यादा बेहतर मानती है। कभी-कभी, विश्वास में इन दो भावनाओं से बढ़कर कुछ नहीं होता।

'मैं मौत से प्यार करती हूं, अगर इस बात का मतलब यह है कि मुझे संपूर्ण जीवन जीने के विचार से प्यार है। मैं संपूर्ण मानवीय अनुभव चाहती हूं और उसमें मौत भी शामिल होनी चाहिए। जिस रात मेरे पिता की मौत हुई उस रात के भयानक अनुभवों से मौत के बारे में मेरी समझ सकारात्मक रूप से विकसित हुई है। यह कहना हास्यास्पद होगा कि मैं मौत की विशेषज्ञ बन गई, लेकिन जब मेरी मां की मौत हुई तब मैं इस अंतिम पड़ाव से नाराज या चकित नहीं थी।

'मेरी मां की मौत एक तरह से बहुत अच्छी थी। यह मेरे पिता की मौत से बहुत अलग थी। मैं उनकी पीड़ा को दूर नहीं करना चाहती, क्योंकि वह एक साल से अधिक समय तक कैंसर से बहादुरी से लड़ती रही थीं, लेकिन अपने जीवन के आखरी छह महीनों में वह जानती थीं कि यह अंत है और

हमारे पास करीब आने का समय है, शायद इतने करीब हम पूरे जीवन में नहीं थे। मैंने उनके साथ रहने के लिए देशभर में उड़ान भरी। मैं पड़ोस के शहर में रहती थी और हर सुबह उनसे पहले नर्सिंग होम और फिर अस्पताल आ जाती थी। मैंने उनसे बातें कीं और उनके पुराने ऑर्गन पर उनके लिए भजन बजाए। मैंने उनके साथ ताश खेला और उन्हें नहलाया। जब उन्हें दर्द होता तो मैं उनके कंधों की मालिश करती और एक रात मैंने उनके लिए अपने पिता कि भेजी उन चिट्ठियों को पढ़ा, जब वे उनसे अपने प्यार का इज़हार कर रहे थे।

'इस पूरे समय में मैं मौत को आगे बढ़ता हुआ महसूस कर रही थी, लेकिन पहले जैसी कठोरता के साथ नहीं। मैं देख सकती थी कि मेरी मां कितनी थकी हुई थीं और उनका शरीर कैसे कहने लगा था, "यहां मैंने अपना काम कर दिया है।" दर्द कम करने वाला वार्ड कुछ खास नहीं था, लेकिन यह साफ़-सुथरा और शांत था, और मुझे पास ही के एक कमरे में रात में रहने की इजाजत थी। मैंने उनके कमरे की दीवारों को उनके पोते-पोतियों और बच्चों की तस्वीरों से भर दिया। पारिवारिक मिलन कि तरह एक युवा महिला के रूप में, जब वह 19 साल की थीं, अपनी आंखों में खास विद्रोही भाव के साथ एक खंभे की ओर झुक रही थीं; एक तरफ मेरे पिता की तस्वीर उनके सबसे अच्छे सूट में; उनके परपोते की एक तस्वीर, जिससे वह कुछ दिन पहले ही मिली थी, जब वह काफी देर तक जागती रही थीं और उसके छोटे नवजात हाथ को अपने हाथ में पकड़ा था। अपने पिता की मौत से अलग, इस बार मेरे पास उनकी विरासत को, उस परिवार को दिखाने का समय था जिसे वह पीछे छोड़ देंगी, ताकि हम अपने जीवन को आगे बढ़ा सकें और उन्हें याद करते रहें। यह एक बेहतर विदाई थी।

'जब वह मर रही थीं, सर्दियों की एक शांत दोपहर में खिड़की पर सूरज चमक रहा था और मैं उनका हाथ पकड़ने और फुसफुसाने के लिए वहां

मौजूद थी कि सबकुछ ठीक था। उनका काम पूरा हो गया था और वह जाने के लिए आजाद थीं। विश्वास करने के बारे में यह सबसे अच्छी बात है। मैं जानती थी कि वह कहां जा रही थीं। वह एक तरह के स्वर्ग में जा रही थीं।'

18

बीमारी से लड़ने के बारे में: जूलियन की कहानी

हम सभी को जीवन में कभी न कभी बीमारी का सामना करना पड़ता है। या तो हम किसी अपने की देखभाल करते हैं या खुद ही बीमार हो जाते हैं। मुझे पता था कि मुझे अपनी किताब में इस विषय की जांच करनी होगी, इसलिए मैं जूलियन नाम के एक व्यक्ति से मिला, जिनके बारे में मुझे पता था कि वह अपने अनुभव के बारे में बहुत ही अच्छे से बता सकते हैं। तुरंत, ही उन्हें भारत के एक संत जे. कृष्णमूर्ति का ख्याल आया। उन्होंने अच्छे से अपनी कहानी शुरू करने के लिए, कृष्णमूर्ति की किताब *फ्रीडम फ्रॉम द नोन* से निम्नलिखित अंशों का सुझाव दिया:

> अनोखे ढंग से मौत जीवन की तरह है जब हम जानते हैं कि कैसे जीना है... हर दिन पूरी तरह से, समग्रता से जीने के लिए, जैसे कि यह एक नई सुंदरता हो, बीती हुई हर चीज को भुलाकर, नहीं तो

आप यंत्रवत जीते हैं और यांत्रिक मन कभी नहीं जान सकता कि प्यार क्या है या आजादी क्या है।

...हममें से ज्यादातर लोग मरने से डरते हैं क्योंकि हम नहीं जानते कि जीने का क्या मतलब है। हम नहीं जानते कि जीना कैसे है, इसलिए हम नहीं जानते कि मरना कैसे है। जब तक हम जीवन से डरते हैं, तब तक हम मौत से भी डरते रहेंगे। जो आदमी जीने से नहीं डरता वो पूरी तरह असुरक्षित होने से नहीं डरता, क्योंकि वह समझता है कि अंदर से, मनोवैज्ञानिक रूप से, कोई सुरक्षित नहीं है। जब ऐसी कोई सुरक्षा नहीं होती, ये एक अंतहीन गति है और फिर जीना और मरना एक समान हो जाता है। जो आदमी संघर्ष करता है, जो सौंदर्य और प्रेम के साथ रहता है, वह मरने से नहीं डरता क्योंकि प्रेम करना खुद को खो देना ही है।

अगर आप मर कर अपने परिवार, अपनी याददाश्त, जो कुछ भी आपने महसूस किया है, सहित आप जो कुछ भी जानते हैं, उसे त्याग देते हैं, तो इस तरह से मौत एक शुद्धिकरण है, एक परिवर्तन की प्रक्रिया है। तब मौत सरल हो जाती है और तब केवल अनजान लोग ही भावुक होते हैं, न कि वे लोग जो विश्वास करते हैं या जो यह जानना चाहते हैं कि मरने के बाद क्या होता है।

यह जानने के लिए कि जब आप मरते हैं तो वास्तव में क्या होता है, आपको मरना होगा... शारीरिक रूप से नहीं बल्कि मन से अपने अंदर उन चीज़ों को छोड़ देना होगा जो आपको खुशी देती हैं या जिन चीज़ों ने आपको दुखी किया है। अगर आप स्वाभाविक रूप से, बिना किसी प्रवर्तन या तर्क के, अपनी किसी भी खुशी के लिए मर जाते हैं, चाहे वह सबसे छोटी या सबसे बड़ी हो, तो आपको पता चल जाएगा कि मरने का क्या मतलब है। मरने का मतलब

> एक ऐसे दिमाग का होना है जो दुख-सुख से पूरी तरह से खाली है, अपनी दैनिक लालसा, खुशी और पीड़ा से खाली है। मौत एक शुरुआत है, एक बदलाव है, जिसमें विचार बिल्कुल भी काम नहीं करता क्योंकि विचार पुराने हैं। जब मौत होती है तो कुछ बिल्कुल नया होता है। ज्ञात से मुक्ति मृत्यु है और तब तुम जीवित हो। ...अतीत का बोझ निरंतरता को पैदा करता है और कल की चिंताएं आज की चिंता को नया जीवन देती हैं। हर दिन मरना, हर मिनट हर चीज़ के लिए मरना, गुजरे हुए पलों के लिए और अभी बीते हुए पल के लिए मरना कितना ज़रूरी है। मौत के बिना शुरुआत नहीं होती, मृत्यु के बिना सृजन नहीं होता।

'मैंने लगभग एक साल पहले कृष्णमूर्ति की जीवनी पढ़ी थी। मुझे एहसास हुआ कि कृष्णमूर्ति जो कह रहे हैं और महसूस कर रहे हैं वह यह है कि हमारे ऊपर मनोवैज्ञानिक बोझ है, जिसे हमें छोड़ देना चाहिए। हमें केवल वही रखना चाहिए जो हमने अपने विचारों और अपने जीवन के माध्यम से बनाया है, न कि वह जो हमें सोचने के लिए बाध्य किया गया है। मुझे लगता है कि असल में अतीत के ये पूर्वाग्रह हमारे खुद के लिए एक निर्देश हैं।

'मुझे यह अंश भी पसंद है: "पूर्व में मृत्यु को पश्चिम में हमारी धारणा से बहुत अलग तरीके से देखा जाता है और वास्तव में (यह) जीवन की गति का हिस्सा है।" यही इसका सार है, है ना?

'शायद मुझे शुरुआत से ही शुरू करना चाहिए। मैं जन्म से एक रोमन कैथोलिक हूं और खुद को एक जिज्ञासु आदमी मानता हूं। मैंने धार्मिक संस्थानों में पाया कि जिन लोगों के पास सवाल हैं, जरूरी नहीं कि वे इस पर मिली प्रतिक्रिया से संतुष्ट हों – अक्सर इसका कोई जवाब नहीं होता है। किसी को यह उम्मीद नहीं है कि जीवन के अर्थ से जुड़े बहुत कठिन

सवालों को आसानी से समझाया जा सकता है। कोई भी सही जवाब नहीं जानता है। लेकिन जब मैंने पूछा "क्या भगवान उन लोगों के भी साथ हैं जो भूकंप से पीड़ित हैं?", तो मैंने पाया कि जवाब मिला, "हां, आपको विश्वास रखना होगा।" हालांकि, मेरे लिए यह संतोषजनक नहीं है।

'मैं एक दिन अपनी पत्नी के साथ स्कॉटलैंड के सेंट एंड्रयूज में घूम रहा था और एक दुकान के बाहर सेकेंड-हैंड किताबों का एक बॉक्स दिखा। संयोग से मैंने कृष्णमूर्ति की *थिंक ऑन दीज थिंग्स* नाम की एक किताब देखी, जिसके बारे में मैंने उस वक्त तक नहीं सुना था। मैंने कुछ पन्ने पढ़े और इसे 2 पाउंड में खरीद लिया। मुझे इसमें बहुत दिलचस्पी थी कि कृष्णमूर्ति क्या कहते थे। यह सवाल-जवाब की एक किताब थी। लोग प्रेम, सत्य, इस तरह की चीज़ों के बारे में सवाल पूछ रहे थे और वह उनका जवाब दे रहे थे।

'मैंने कृष्णमूर्ति के बारे में अपने एक दोस्त से बात की – वह उनके बारे में बहुत कुछ जानता था और उसने कहा कि वह उन्हें बीसवीं सदी के शीर्ष विचारकों में से एक मानता है। उसने एक लिस्ट बनाई: कृष्णमूर्ति, युंग, स्टेनर, मैडम ब्लावात्स्की... लेकिन उसने कृष्णमूर्ति को इसमें ऊपर रखा क्योंकि, मेरे दोस्त ने कहा, वह संगठन के खतरे को समझते थे। उन्होंने अपने इर्द-गिर्द किसी भी संगठन को बनने से पूरी तरह रोक दिया था। एक संस्था है जो उनके काम को सार्वजनिक करती है, लेकिन कोई संगठन नहीं है।

'मैंने सुना है कि वह थियोसोफिस्टों को भारत में एक समुद्र तट पर मिले थे, जिन्होंने उनके चारों ओर एक तरह की आभा देखी थी जिसके बारे में उनका मानना था कि वह उसे एक मसीह बनने के योग्य बनाएगी। इन थियोसोफिस्टों ने उन्हें विश्व गुरु बनने के लिए प्रेरित किया और इस तरह एक संगठन का निर्माण हुआ। अमेरिका के पश्चिमी तट पर बहुत

पैसा था और वह एक असाधारण दिखने वाला युवक था, जिससे जाहिर तौर पर मदद मिलती। हालांकि, उस खास समय जब ये सब होने वाला था, कृष्णमूर्ति ने ये सब मनाने से इंकार कर दिया और इन सबसे अलग हो गए। उन्होंने उस संगठन को भंग कर दिया, जो उन्हें विश्व गुरु बनाने के लिए स्थापित किया गया था। उन्होंने कहा इस संगठन के प्रमुख के रूप में, उन्हें लगता है कि उनके पास इसे भंग करने का अधिकार है। यह सब बहुत नाटकीय था और हजारों लोगों के सामने हुआ था।

'नतीजतन खासतौर पर मेरी न केवल कृष्णमूर्ति के काम में, बल्कि आध्यात्मिकता के अलग-अलग विचारों में भी दिलचस्पी बन गई। मुझे यह शब्द खास पसंद नहीं है: अलग-अलग लोगों के लिए इसके कई अर्थ हैं, क्योंकि इन सभी शब्दों – आध्यात्मिकता, ईश्वर, दर्शन, मनोविज्ञान – के बहुत से अर्थ हैं। लेकिन मैं ज्ञान के विभिन्न स्रोतों की ओर आकर्षित हो गया।

'जब मैं छोटा था, मैंने मौत के बारे में नहीं सोचा था। सच में, मैं अभी भी ऐसा नहीं सोचता। मुझे कैंसर हो गया है (क्या आप इस पर विश्वास करेंगे?) और मैं कीमोथेरेपी पर हूं, लेकिन फिर भी मैं मौत के बारे में बिल्कुल नहीं सोचता। मैं नहीं मानता कि कैंसर से मेरी ज़िंदगी को किसी भी तरह खतरा है। मैं बस इसे दिन-ब-दिन देखता हूं।

'आपने एकहार्ट टॉल की *द पावर ऑफ नाउ* किताब देखी होगी। यह कृष्णमूर्ति पर आधारित है। *द पावर ऑफ नाउ* वर्तमान में जीने के बारे में है। वर्तमान में जीने के प्रति जागरूक होने के लिए आपका दिन किस तरह का होगा? यह सुनिश्चित करने के लिए कि आप वर्तमान में वहीं हैं, आप दिन भर में क्या करेंगे? खैर, मैं यह नहीं कह सकता कि मैंने इसमें महारत हासिल कर ली है – मैं इससे बहुत दूर हूं। लेकिन मैं वर्तमान पर ध्यान लगाने की कोशिश करता हूं न कि जो पहले हुआ था या जो मैं

सोचता हूं कि होने वाला है, क्योंकि मैं उसे बहुत, बहुत विनाशकारी मानता हूं। अगर हम अपने अतीत के आधार पर या आने वाले समय के डर से अपना वक्त बिताते हैं, तो हम अच्छी तरह से नहीं जी पाएंगे। हम शान से नहीं रह पाएंगे।

'वर्तमान में जीना बेहद कठिन है। मैं ऐसे लोगों को जानता हूं जो मुझसे कहते हैं, "यह सब बहुत अच्छा है, लेकिन मैं ऐसा नहीं कर सकता।" यह महज़ वह समझ है जो हमें विरासत में मिली है और दुर्भाग्य से, मन इसी तरह काम करता है। इसका कुछ संबंध पूरी मानवीय चेतना से है और कुछ जो बचपन से हमें सिखाया जाता है उससे है।

'मुझे लगता है कि हम भविष्य को लेकर बेहद चिंतित होते हैं और जो होने वाला है उसके बारे में हमारी धारणा अतीत में जो हुआ है उससे बनती है। ऐसी स्थिति में जिसमें पहले कुछ गलत हो चुका है, आप तुरंत इसके फिर से गलत होने की संभावना पर ध्यान देते हैं, जिसकी जरूरत नहीं है। दरअसल, मुझे आश्चर्य है कि क्या हम इस तरह सोचकर इतिहास को खुद को दोहराने के लिए प्रोत्साहित करते हैं। अपने दिमाग की कार्रवाई को देखना जरूरी है, ताकि आप पहचान सकें कि आप यह कब कर रहे हैं। इन प्रवृत्तियों पर ध्यान देकर, आप वास्तव में उनसे छुटकारा पाने में सक्षम होते हैं। मुझे लगता है कि इससे धीरे-धीरे दिमाग में एक बदलाव हो सकता है जो जीवन और सोचने के इस नकारात्मक तरीके को खत्म कर सकता है। लेकिन यह बहुत कठिन है। कृष्णमूर्ति का यह उद्धरण इसमें मददगार हो सकता है:

ये प्रयोग करके देखें, न केवल आकस्मिक रूप से बल्कि गंभीरता से, अपने दिमाग को हर समय क्रियाशील होते हुए देखें – जब आप खाने की मेज पर हों, जब आप बात कर रहे हों, जब आप चल रहे हों – ताकि

आपका दिमाग अपनी गतिविधियों के प्रति पूरी तरह से जागरूक हो जाए। तभी स्थिति से मुक्ति मिलकर पूर्ण शांति का अनुभव होता है। इसी शांति में सत्य का पता लगाया जा सकता है।

'वर्तमान में जीने का सबसे अच्छा तरीका वह खेल खेलना है जिसे आप जीतना चाहते हैं। मुझे लगता है कि इसीलिए लोग अक्सर प्रतियोगी खेलों का मजा लेते हैं। लोग चट्टानों पर चढ़ने क्यों जाते हैं? क्योंकि वह आज में जी रहे होते हैं। जब आप रस्सी के सिरे से लटक रहे होते हैं, तो आप वर्तमान में जीने के लिए मजबूर होते हैं।

'सर्वश्रेष्ठ शिक्षक कहते हैं, "मेरे पास तुम्हें सिखाने के लिए कुछ नहीं है। मैं बस तुमको एक आईना दे सकता हूं, ताकि तुम खुद को देख सको और खुद ही चीजों को समझ सको।" सुकरात की तरह। उनके एक शिष्य ने उनसे कहा, "गुरुजी, आप कहते रहते हैं 'खुद को जानो', लेकिन क्या आप खुद को जानते हैं?" तब सुकरात ने जवाब दिया, "नहीं, वास्तव में मैं नहीं जानता, लेकिन मैं जानता हूं कि मैं क्या नहीं हूं।" यह कृष्णमूर्ति के विचारों से बहुत मिलता है कि पूर्ण नकार ही सकारात्मकता का सार है। यह वही विचार है।

'मैं इस पल में जीने का इरादा रखता हूं। मैं जिम जाने की कोशिश करता हूं। मैं एक मैराथन धावक हुआ करता था। वास्तव में मैं संयुक्त राज्य अमेरिका में मैराथन दौड़ने तक नहीं पहुंच पाया, लेकिन मैंने यूके में लगभग 25 मैराथन दौड़ लगाईं। कैंसर की इस समस्या से निपटने में धैर्य, सहनशक्ति, किसी न किसी रूप में दर्द या पीड़ा को सहना मेरे लिए बहुत मददगार साबित हुआ। मेरा विश्वास करो, मैराथन दौड़ना भी कुछ यातना ही है। शुरुआत के पांच या छह मील तक, मैं सोचता रहता, "मैं ऐसा क्यों कर रहा हूं?" मैं एक बड़े आयोजन के लिए प्रशिक्षण में एक

साल तक बिता सकता था, लेकिन पहले कुछ मील में मैं हमेशा ऐसा ही सोचता था। फिर आप धीरे-धीरे दौड़ में शामिल हो जाते हैं। केवल पांच या छह मील के बाद, आपको अभी भी कम से कम बीस मील और जाना है, इसलिए उस समय दौड़ पूरी करने का विचार वास्तव में व्यावहारिक नहीं होता है, लेकिन जब आप लगभग दस मील तक पहुंच जाते हैं, तो आपको लगने लगता है कि आप दौड़ पूरी कर चुके हैं। लगभग आधे रास्ते पर, फिर जब आप आधे रास्ते पर होते हैं तो आप सोचते हैं, "ठीक है, मुझे बस इसे दोबारा करना है और मैं घर लौट जाऊंगा।" हालांकि, पहले पांच या छह मील तक आप हमेशा सोचते हैं, "मैं ऐसा क्यों कर रहा हूं?" और यह मजेदार नहीं है। लेकिन इस सबक को लागू किया जा सकता है। शारीरिक सहनशक्ति और दर्द से उबरने के लिए आप खुद को जो सिखाते हैं, वह आपके दिमाग में कहीं न कहीं उस समय के लिए जमा हो जाता है, जब आपको उन बड़ी चुनौतियों का सामना करना पड़ता है।

'बीमार होने से पहले, मैं एक सप्ताह में 50 मील से ज्यादा दौड़ता था। दौड़ने से आपका ध्यान वर्तमान पर बना रहता है। आपके पास एक लक्ष्य, एक उद्देश्य है – और आप उस तक पहुंचना चाहते हैं। मैंने इस बात पर ध्यान नहीं दिया कि मुझे कैंसर था। आख़िरकार इसके पता चलने से पहले मैं इसे दो साल तक अपने साथ रखे हुए था और उस दौरान मैं मैराथन दौड़ रहा था। वास्तव में, मैंने अच्छा समय बिताया था। जब आप अपने शरीर को दर्द पहुंचाते हैं और उसे दौड़ के अंत की ओर धकेलते हैं तो आपको अपने सभी आंतरिक मनोवैज्ञानिक और भावनात्मक विचारों को एक तरफ रखना होता है। आप जी रहे हैं इसलिए मरने की कोई बात नहीं है। जैसे-जैसे हर मिनट बीत रहा है आप अतीत में मर रहे हैं और इसमें बहुत आराम है। हम एक तरह से विशेषज्ञ हैं क्योंकि हम जीवनभर

यही करते रहे हैं। हम सभी मौत की ओर बढ़ रहे हैं, वही अंतिम स्थान है और कोई भी किसी दूसरे रास्ते पर नहीं जा रहा है।

'मुझे लगता है कि इससे सर्जरी, कीमोथेरेपी, रेडियोथेरेपी और उन सभी चीजों से उबरने की मेरी क्षमता में बहुत फर्क पड़ा, जिनसे मैं मानसिक और शारीरिक रूप से गुजर रहा था।

'धैर्य, शांति और दृढ़ संकल्प सभी बहुत जरूरी हैं। घबराएं नहीं बल्कि धैर्य रखें और ध्यान लगाने की कोशिश करें। चीजों को देखने का एक सरल तरीका है। अगर आपका स्वास्थ्य आपको चुनौती दे रहा है या चाहे कुछ भी हो, तो आपको इस बात को जानना चाहिए कि ऐसे लोग हैं जिनकी हालत आपसे कहीं ज्यादा खराब है, ऐसे लोग हैं जिनके सिर पर छत नहीं है या ऐसे लोग हैं जिनके अंग काट दिए गए हैं।

'ऐसे लोगों की एक सीमित संख्या है जो हर शाम जा रहे हैं। जरूरी नहीं कि यह एक रोग की बात हो। यह कोई नया विषय नहीं है, लेकिन ऐसा लगता है जैसे हम खुद को इन चीज़ों के बारे में याद नहीं दिलाते हैं। आज की संस्कृति में जीवन की सामान्य गति को नज़रअंदाज करने के कई कारण हैं। लोग अपने रोज़मर्रा के जीवन में व्यस्त रहते हैं और आमतौर पर इन बातों के बारे में ज्यादा नहीं सोचते हैं। वे इसकी जरूरत नहीं मानते।

'मैं अंत और मौत के बारे में बहुत ज्यादा नहीं सोचता, लेकिन मैं अपना ज्यादातर वक्त यह सोचने में बिताता हूं कि क्या कोई ईश्वर है। मुझे नहीं लगता कि बहुत से दूसरे लोग ऐसा सोचते हैं। लेकिन इससे मुझे चिंता नहीं है: हर किसी को जीने का अपना तरीका खोजना होगा। मुझे आमतौर पर ऐसे खयाल तब आते हैं जब मेरा ध्यान भटकाने के लिए कुछ नहीं होता: शायद मैं बैठा हूं और कुछ करने को नहीं है या किसी का इंतजार कर रहा हूं या जब मैं सोने जा रहा हूं या जब मैं सुबह तक जाग रहा हूं, जबकि मुझे जल्दी उठना है। यह वो समय होता है जब मैं इन बातों के बारे में सोचता हूं।

यह दिलचस्प है क्योंकि निश्चित तौर पर, इसका कोई सही जवाब नहीं है। इन बातों पर विचार करने की प्रक्रिया संतोषजनक है। मैं यह स्वीकार करना पसंद करता हूं कि ये चीजें जरूरी हैं और उनके बारे में सोचना चाहिए।

'कृष्णमूर्ति पर वापस लौटते हैं। उन्होंने कहा कि आस्था और विश्वास की पूरी अवधारणा गलत है क्योंकि जिन लोगों में आस्था है वे यह नहीं देख पा रहे हैं कि वहां वास्तव में क्या है। वे जुड़े हुए नहीं हैं, वे सिर्फ विश्वास कर रहे हैं। उगते सूरज के समान। आप इस पर विश्वास नहीं करते। बस यही है। आपने वास्तव में इसे देखा है। तो जीवन में, उनके जैसे दूसरे लोग भी हैं, जो कुछ देख सकते हैं या उसे किसी और चीज़ से जोड़ सकते हैं और कुछ ऐसे भी हैं जो इसकी उम्मीद नहीं करते हैं – वे बस किसी चीज़ पर विश्वास करते हैं, भले ही वे वास्तव में इसे देख सकते हों या नहीं देख सकते हों।

'तो हम इसे देखने की स्थिति तक कैसे पहुंचें? यही वह सवाल है। बात यह है कि दरवाज़ा खुला रहे तभी हवा अंदर आ सकती है। अगर ऐसा नहीं होता तो। यह कुछ ऐसा है जो या तो होता है या नहीं होता है, लेकिन अगर आप दरवाजा बंद रखते हैं तो यह निश्चित रूप से नहीं होगा। अपनी निजी आध्यात्मिक यात्रा में, मैं कैथोलिक से कुछ अलग करने की ओर बढ़ गया हूं, लेकिन मैंने किसी भी तरह के आध्यात्मिक विचार के लिए दरवाजा हमेशा खुला रखा है।

'हम नहीं जानते कि एक बार जब हम सांस लेना बंद कर देते हैं तो क्या होता है। हमें कोई अंदाज़ा नहीं है मुझे लगता है कि बहुत से लोगों के साथ यह सब उनके अहंकार से जुड़ा हुआ है। वे इस बात को नहीं मान सकते कि वे नश्वर हैं। निश्चित रूप से हम सभी यह सोचते हुए बड़े हुए हैं कि स्वर्ग है और शायद वहां है। कई लोगों के लिए यह मानना बहुत कठिन है कि एक दिन उनका अस्तित्व ही समाप्त हो जाएगा। यह मुझे परेशान नहीं करता।

'मुझे लगता है कि मौत का सामना करने पर सबसे असाधारण प्रतिक्रिया वोल्टेयर की हैं, जिनका असली नाम फ्रांकोइस-मैरी अरोएट था। एक बार लगभग 20 साल की उम्र में, उन्हें डिप्थीरिया हो गया – कम से कम, मुझे लगता है कि उन्हें यही बीमारी थी – और सभी ने सोचा कि वह मरने वाला था। एक पुजारी को बुलाया गया। "अरोएट," पुजारी ने उससे कहा, "क्या तुम शैतान को अपने से दूर कर रहे हो?" इस पर वोल्टेयर ने जवाब दिया, "धन्यवाद पिता, ऐसे समय में कोई अपने दोस्तों को नहीं छोड़ता।"

'जब वोल्टेयर अपनी मृत्यु शय्या पर था, एक आर्चबिशप आया, इस विश्वास से कि अगर वह पवित्र जल और धूप लेकर आएगा, तो वोल्टेयर, जो इतने सालों से कैथोलिक चर्च के लिए एक आफ़त था, मौत से डर जाएगा और अपने धर्म में लौट आएगा। आर्चबिशप तब कह सकता था कि वोल्टेयर अपने जीवन के अंत में कैथोलिक धर्म में लौट आया था। हालांकि, वोल्टेयर ने उसे अपनी आँखों के कोने से देखा और कहा, "धन्यवाद, मेरे प्रभु, आने के लिए, मैं अपने भगवान की आराधना करते हुए, अपने दोस्तों से प्यार करते हुए, अपने दुश्मनों से नफरत न करते हुए मरूंगा" और अपनी बची हुई पूरी ताकत के साथ वह आगे की ओर झुका, उस आदमी की ओर इशारा करते हुए बोला, "लेकिन अंधविश्वास से नफरत है।"

'यह बहुत अच्छा है कि उनके पास इतना अद्भुत दिमाग था, और इसे व्यक्त करने का इतना सारगर्भित तरीका, लेकिन मुझे लगता है कि असल बात यह है कि अपने जीवन में कुछ खास स्थिति में विश्वास को बनाए रखना कितना कठिन है। अंत में उसे ठीक से समझने के लिए असल चरित्र की जरूरत होती है। मुझे लगता है कि लोग अपने मूल विचार को छुपाना पसंद करते हैं।

'बर्ट्रेंड रसेल ने *व्हाई आई एम नॉट ए क्रिस्चियन* नामक किताब लिखी, जिसे 1920 और 1930 के दशक में इंग्लैंड में काफी साहसी कदम माना जाता था। वास्तव में, मुझे लगता है कि उन्हें अमेरिकी विश्वविद्यालयों में से एक में किसी पद की पेशकश की गई थी, लेकिन ईसाई धर्म पर उनके विचारों के कारण अमेरिकी सरकार ने उन्हें इसे लेने से मना कर दिया था। मैंने यह किताब पढ़ी और मुझे अच्छी तरह से याद है रसेल ने कहा कि ईसाई धर्म दंभ, घृणा और भय पर आधारित है – और इसमें बहुत सच्चाई है। मुक्ति का दंभ है, युवावस्था को पाने का दंभ है। मुझे लगता है कि ईसा मसीह असल में क्या थे और अब उनका प्रतिनिधित्व किस तरह किया जाता है, इसमें बहुत बड़ा अंतर है। मैं निश्चित ही मानवता के सबसे महान शिक्षकों के रूप में यीशु का आदर और सम्मान करता हूं, लेकिन जिसे ईसाई धर्म कहा जाता है वह मेरे लिए बिल्कुल अलग है।

'हम भाग्यशाली हैं कि ऐसी दुनिया में रहते हैं जहां लोग जीवन और मौत पर अपने एकदम अलग विचारों के बारे में खुलकर बात करते हैं और ऐसा करने में कुछ भी अजीब महसूस नहीं करते हैं। कुछ पीढ़ियों पहले यह बहुत मुश्किल रहा होगा, यह लोगों के लिए एक सदमे की तरह होगा। लेकिन मुझे अभी भी लगता है कि लोग व्यक्तिगत स्तर पर अपनी मौत के बारे में सोचना नहीं चाहते हैं।

'अस्पताल जाने के कारण, मैं सालों से जिन मरीजों को जानता था, वे एक दिन नहीं दिखाई देते। वे या तो ठीक हो गए होते या मर गए होते थे – लेकिन आखरी बार जब मैंने उन्हें देखा होता था, तो ऐसा नहीं लग रहा होता कि वे ठीक होने वाले थे। हम एक-दूसरे को जानते, लेकिन नजदीक से नहीं, इसलिए मैं किसी नर्स से पूछता कि क्या हुआ – मेरा मतलब है, मैं और क्या कर सकता था? मैं जानना चाहता था।

'आमतौर पर नर्स कहती कि फलां-फलां ने अपना इलाज पूरा कर लिया था और अब अस्पताल नहीं आ रहे थे, लेकिन, जब मैंने उन्हें आखरी बार देखा था तो देखकर, यह बेहद असंभव लगता था... मेरा मतलब है, उस जैसे केंद्र में, मरीज़ या तो मर जाते थे, या उनका इलाज कहीं और किया जा रहा होता था या वे किसी अलग दिन आ रहे होते थे। यह तो नर्सें थीं जो नहीं चाहती थीं कि मरीजों को पता चले कि दूसरे मरीज की मौत कब हुई थी।

'मैं एक मरीज़ को जानता हूं जिसकी हाल ही में मौत हो गई। काफी लंबे समय तक, लगभग दो साल तक, हम एक-दूसरे के बगल में बैठे इलाज कराते रहे। हम हर तरह की चीज़ों के बारे में बात करते थे, हालांकि उन चीज़ों के बारे में नहीं जिनके बारे में मैं अब बात कर रहा हूं। हमने कभी-कभार धर्म के बारे में बात की, लेकिन ज़्यादा नहीं; हमने इतिहास, संगीत और समसामयिक मामलों के बारे में ज्यादा बात की।

'आखरी बार जब मैंने उसे देखा, तो उसका पेट बहुत बुरी तरह सूज गया था। जब उसे अस्पताल की दूसरी शाखा में ले जाया गया तो मैं आसपास ही था। तब मुझे पता था कि वह कहां था, मैं लगभग हर दिन उसे फोन करता था। वास्तव में वह मर रहा था और यह उसने खुद मुझे बताया था, क्योंकि उसने स्थिति को स्वीकार कर लिया था, इसलिए जब हम बात करते थे तो वह कहता था, "हम दोबारा बात नहीं कर सकेंगे।" लेकिन फिर दो दिन बाद भी वह जीवित रहता। हालांकि, एक दिन उसने फोन नहीं उठाया। और मैं इसे जानता था, जैसे कि मेरी पत्नी जानती थी।

'उसकी मृत्यु के बाद, जब मैं कीमो ले रहा था तो कोई मेरे पास आया और पूछा कि वह कहां था। मेरी पत्नी रानी ने बहुत ही सही जवाब दिया, उसने मरीज को बताया कि हमारे दोस्त ने अस्पताल बदल लिया था। हम

दोनों जानते थे कि वह मर चुका था और नर्स, जो काफी वरिष्ठ थी, जानती थी कि हम सच जानते थे, लेकिन मैं देख सकता था कि वह खुश थीं कि रानी ने यह जानकारी किसी दूसरे मरीज को नहीं दी थी। नर्सें आपको कभी ऐसा कुछ नहीं बताएंगी। मौत को स्वीकार करने से डर लगता है। जाहिर तौर पर, उनसे कहा गया था कि जब किसी मरीज की मौत हो जाए तो दूसरे मरीजों को इसके बारे में न बताएं। वे इस बात को पूरी तरह से टाल देती थीं।

'इस तरह मुझे यकीन नहीं है कि मौत पूर्ण अंत होती है या नहीं। मुझे नहीं लगता कि यह वास्तव में मायने रखता है, लेकिन मुझे लगता है कि लोग शायद किसी न किसी रूप में अभी भी आसपास हैं। यह मेरी प्रवृत्ति है। आख़िरकार, अंत अंत होता है, इसलिए अगर आप जीवित नहीं हैं, अगर आपका वजूद ख़त्म हो गया है, तो चिंता क्यों? अगर जीवन से परे चेतना का कोई बेहतर रूप है, तो इसका मतलब होता कि आपके जीवन का कुछ मतलब है और यह हमें कुछ चीजें समझाता है। लेकिन हम नहीं समझते।

'मैं निश्चित रूप से मरने वाले किसी भी आदमी के प्रति बहुत सद्भावना महसूस करता हूं। दरअसल, मैं हर जीवित आदमी के प्रति सद्भावना रखने की कोशिश करता हूं। मैं कोशिश करता हूं कि किसी के प्रति निर्णायक रवैया न रखूं। दुनिया आगे बढ़ती रहती है।

'मुझे कैंसर हुआ, लेकिन मुझे ऐसा कभी नहीं लगा कि यह मुझे मार डालेगा। मैं बस जिंदा महसूस करता हूं। मुझे लगता है कि मेरी इच्छाशक्ति और मेरे भीतर का जीवन किसी न किसी तरह से इस पर काबू पा लेगा, भले ही मुझे आगे बढ़ना होगा और इलाज कराना होगा। फिर भी मैं इससे छुटकारा पा लूंगा। ऐसा लग सकता है कि यह कोई मैराथन धावक बोल रहा है, लेकिन जब साइकिल चालक लांस आर्मस्ट्रांग को कैंसर हुआ, तो

उन्होंने कुछ ऐसा कहा, “जब कैंसर मुझमें आया, तो यह गलत आदमी में घुस गया।”

‘दिमाग में बहुत कुछ चलता है आप जानते हैं कि आप कभी भी वैसे नहीं रहेंगे जैसे आप पहले थे, लेकिन आप अनुभव से जो सीखते हैं उससे आगे बढ़ सकते हैं। मैं इस संभावना को पूरी तरह से खारिज नहीं करता कि मैं दोबारा मैराथन दौड़ सकता हूं...’

19

भौतिकवादी नजरिए के बारे में: टेरेंस की कहानी

हर कोई पुनर्जन्म में विश्वास नहीं करता, इसलिए इस किताब को लिखते समय मैं जानता था कि मुझे किसी ऐसे आदमी के विचारों को भी इस किताब में शामिल करना चाहिए जो 'धूल से धूल' के सिद्धांत में विश्वास करता हो। ये टेरेंस की कहानी है, जो खुद को गर्व से एक 'भौतिकवादी' बताते हैं।

'मुझे क्या लगता है जब हम मरते हैं तो क्या होता होगा? हम सब मिट्टी में मिल जाते हैं। मेरा मानना है कि मस्तिष्क पदार्थ है। हम मानव शरीर के दूसरे कामों को सीमित करने में सक्षम हैं, लेकिन हम कभी भी कुछ चीजों को सीमित नहीं कर पाए हैं। चेतना उनमें से एक है। हम आपको बता सकते हैं कि आवाज कहां से आती है, हम आपको बता सकते हैं कि मस्तिष्क का कौन सा भाग देखने का काम करता है, साथ ही साथ दूसरी कई चीज़ें भी। मस्तिष्क सिर्फ एक अंग है। अगर कोई अंग मर जाता है,

तो इंसान मर जाता है और सबकुछ बिखर जाता है। ऐसा कुछ भी नहीं है जो हमेशा चलता रहे। कोई आत्मा नहीं है, ऐसी कोई चेतना नहीं है जो टिकी रहती हो। ऐसा कोई स्वर्ग नहीं है जहां लोग जाते हैं। सभी जीव खत्म हो जाते हैं, सड़ जाते हैं, विघटित हो जाते हैं और धूल में बदल जाते हैं। और यह चेतना, यह विचार कि हम हमेशा रहेंगे – कौन जानता है कि यह कहां से आया है? क्या शरीर में कुछ भी जारी रहता है? यह कैसे हो सकता है? हमारे पास निरंतरता की यह भावना है – कि मैं मैं हूं, और मेरे पास ये सभी यादें हैं जो "मैं" की निरंतर चलने वाली भावना है – लेकिन ऐसी कोई चीज नहीं है। यह सब मनगढ़ंत बात है।

'याददाश्त की क्षमता विकसित हो गई है। दुकानों से घर का रास्ता याद रखने या कुएं तक पहुंचने के तरीके याद रखने के साधन मौजूद हैं, लेकिन ये सभी कार्यात्मक हैं। ये कार्यात्मक विकास का विकास हैं। हमने इस सुविधा का इस्तेमाल याद रखने के लिए किया है, लेकिन यह पहचान एक झूठ है। असल में, मेरी पहचान खासकर रिश्तों के आसपास बनी है। मुझे याद है मेरा भाई कौन है। उन्होंने मुझसे उन घटनाओं को याद करने के लिए कहा जो मेरे जीवन में कभी घटी थीं। वह एक याद है और हम दिमाग में यादों को रख लेते हैं; लेकिन हम चेतना को सीमित नहीं कर सकते।

'सबसे पुरानी और सबसे लंबे समय तक बनी रहने वाली आध्यात्मिकता को समझते हैं। बौद्धों का जीवन इसी बारे में है। अपने आपको ऐसे जीव के रूप में सोचना एक भ्रम है जिसमें स्थायित्व है। यह सच नहीं है। यह बात उन लोगों के लिए आकर्षक है जो मानते हैं कि जीवन में सबसे ज़रूरी चीज़ एक नाम, एक पता और एक नौकरी है। यह सच्चाई नहीं है। क्या यह सोच अच्छा जीवन जीने में मददगार हो सकती है? मेरा मानना है कि यह हो सकती है, लेकिन ऐसा लगता है मानो यह लोगों के लिए एक बड़ी बाधा है। हम एक ऐसी दुनिया में रहते हैं जहां हर कोई मानता है कि इस

ग्रह पर उसकी एक अलग पहचान है, जिससे बहुत सी भयानक आदतें पैदा हो गई हैं।

'यह इसी तरह से काम करता है। एक आदमी का मानना है कि मेरी यह पहचान है, मैं एक अलग आदमी हूं, इसलिए मुझे इस ग्रह पर अन्य सभी लोगों के साथ प्रतिस्पर्धा करनी है ताकि मैं अपनी खुद की जमीन, अपनी कार और इस सब बकवास का मालिक बन सकूं लेकिन असल में हम अब और इसे सहन नहीं कर सकते। हम इस पहचान को और ज्यादा बर्दाश्त नहीं कर सकते। यह अलग पहचान, यह अलग स्व पूरी तरह से एक मुसीबत बन गया है।

'क्यों लोग ये मानते हैं कि उनका इस दुनिया में अलग अस्तित्व है। मैं नहीं मानता हूं। मैं परमाणुओं और अणुओं से बना हूं। यह शरीर उसी पदार्थ से बना है जिससे बाकी सभी चीजें बनी हैं। एकमात्र चीज़ जो मानव जाति को सबसे अलग करती है वह यह बेतुका विचार है कि हम किसी तरह बाकी सब चीज़ों से अलग हैं, लेकिन मुझे वास्तव में ऐसा महसूस नहीं होता कि मैं ऐसा हूं। यह बात कि मैं अलग हूं, विकसित हो गई है, और यह खतरनाक है। दुनिया इस तरह ज्यादा समय तक बची नहीं रह सकती।

'लेकिन इसका एक सकारात्मक पक्ष है और ज्यादा से ज्यादा लोग इसे समझने भी लगे हैं। मैं धरती पर जीवन के एक बहुत ही छोटे तंत्र का हिस्सा हूं; एक ग्रह जो कुछ नियमों के अनुसार ही जीवन को बचाए रख सकता है – और वे नियम यह हैं कि हम ऐसी कोई भी चीज़ न लें जिसकी हमें जरूरत नहीं है और हम एक व्यवस्था में रहें। हमें उस समझदारी के साथ रहना चाहिए जो कहती है कि मैं इसका एक अभिन्न अंग हूं, मैं इससे अलग नहीं हूं और मुझे इसको खराब नहीं करना चाहिए या इसका दुरुपयोग नहीं करना चाहिए। मुझे इस व्यवस्था से ऐसा कुछ भी नहीं लेना चाहिए जिसे मैं वापस नहीं कर सकता क्योंकि इसे खुद से संभालना होता है।

दुर्भाग्य से, जब आप चारों ओर देखते हैं, तो ऐसा लगता है कि यह व्यवस्था अब आत्मनिर्भर नहीं है, बल्कि यह पतन के कगार पर है।

'अगर हम जानते हैं कि हम अपने जीवन के अंत में शारीरिक तौर पर कमजोर हो जाने वाले हैं, तो हम यह कैसे सुनिश्चित कर सकते हैं कि हम इन मुद्दों को मानसिक रूप से सामने ले आएंगे? यह आसान है। मुझे यह समझने की जरूरत है कि मैं एक ऐसा जीव हूं जो जीवन के इस जाल का एक जरूरी हिस्सा है, जो न तो किसी कीड़े या टेलीफोन पोल से ज्यादा और न ही कुछ कम है। मैं ऊर्जा हूं। लेकिन जो चीज़ मुझे इस सबसे अलग करती है वह है मुझे मिली ये चेतना कि मेरे पास यह निरंतर और सतत पहचान है, कुछ ऐसा जो इस ग्रह पर किसी भी चीज़ से अलग और हटकर है।

'मेरी पहली चिंता विश्वास और एक चेतना विकसित करने की होनी चाहिए कि मुझे इस सीमित व्यवस्था के भीतर मौजूद रहकर इसके रखरखाव पर विचार करना चाहिए। जो खाना मैं आज खाता हूं जरूरी है कि वह कल भी मिले। रात के खाने में मैंने जो पत्तागोभी खाई, टोस्ट का जो टुकड़ा मैंने आज सुबह खाया – उसे फिर से पुनरुत्पादित करने का प्रावधान करना होगा। मैं इस व्यवस्था में कुछ भी वापस किए बिना नहीं ले सकता। सबकुछ इसी पर निर्भर करता है।

'इस ग्रह पर जीवन की एक स्व-संगठित, स्व-नियमित और स्व-निर्भर प्रणाली है। यह एक अनंत ब्रह्मांड का हिस्सा है जो खुद भी स्व-संगठित, स्व-विनियमित और स्व-निर्भर भी है। ब्रह्मांड हमेशा यहीं रहेगा और यह ग्रह भी, लेकिन *हम* हमेशा यहीं नहीं रह सकते। अब इंसानों की हर जगह नहीं रहने की संभावना हर समय बढ़ती जा रही है क्योंकि यह हमारी दोषपूर्ण धारणा है कि हम अलग हैं और ब्रह्मांड में हमारा एक विशेषाधिकार प्राप्त स्थान है। यह एक गलत और पागलपन भरा विचार है।

'हमेशा मैं इस तरह से नहीं सोचता था, लेकिन अब मैं निश्चित रूप से ऐसा सोचता हूं। मेरा पालन-पोषण धार्मिक मिथकों के साथ हुआ है। मेरा मानना है कि वे मिथक ही हैं। अब हमारे पास वैज्ञानिक ज्ञान है जो हमें दिखाता है कि ये मिथक न केवल गलत हैं बल्कि विनाशकारी भी हैं। न ही ईश्वर ने छह दिन में सृष्टि रची और सातवें दिन आराम किया। न ही भगवान ने पृथ्वी को 6,000 साल पहले बनाया था। यह ब्रह्माण्ड बहुत लंबे समय से विकसित और परिवर्तित हो रहा है।

'अगर धर्म लाखों लोगों को सांत्वना और समर्थन प्रदान करता है, तो इसमें गलत क्या है? दुर्भाग्य से, इसने एक ऐसी विश्वास प्रणाली को बढ़ावा दिया है जो खतरनाक है। मनुष्य ने यह विश्वास विकसित कर लिया है कि हम किसी तरह विशेष हैं। हमारा मानना है कि हम भगवान की समानता में बने हैं। यह कितना भयानक विचार है! कितना विनाशकारी विश्वास है। हम किसी तरह खुद को ईश्वर के बराबर मान रहे हैं। हम खास नहीं हैं। हम इस खूबसूरत व्यवस्था का एक छोटा सा हिस्सा हैं। एक प्रजाति के रूप में हमारे अंदर ज्यादा विनम्रता होनी चाहिए। हमें यथार्थवादी होने की जरूरत है। हम जानते हैं कि ब्रह्मांड सतह पर दिखाई देने वाली चीजों से कुछ ज्यादा से बना है। हम परमाणुओं, अणुओं, न्यूट्रॉन, प्रोटॉन, इलेक्ट्रॉनों... के साथ ही ऊर्जा के अलग-अलग स्तरों से बने हैं।

'मुझे लगता है कि जब मैंने हबल टेलीस्कोप से ली गई तस्वीरों को देखा तो मैंने आत्मा का विचार छोड़ दिया। इससे पता चलता है कि वहां कुछ भी नहीं है। कोई स्वर्ग नहीं है। कोई नरक नहीं है। आत्मा के जाने के लिए कोई जगह नहीं है। अतीत में रहने वाले सभी लोगों की आत्माएं कहां हैं? वे कहां चली गई हैं? हम एक स्वार्थी व्यवस्था का हिस्सा हैं जो हमें इतना अहंकारी होने की इजाजत देती है कि हम मानते हैं कि इस शरीर के मरने के बाद भी हमारे पास रहने के लिए कोई खास जगह है। लेकिन

इसका कोई सबूत नहीं है कि मनुष्य किसी भी तरह से खास है। हमें यह विश्वास केवल इसलिए बनाना पड़ा क्योंकि पहले हमें यह बताना पड़ता था कि हम यहां क्यों थे।

'हालांकि, मैंने पहले भी अपना मन बदल लिया था। शायद मैं इसे फिर से बदल दूंगा। कुछ लोग ऐसा करते हैं, अगर वे एक दिन पहले की तुलना में ज्यादा नश्वर महसूस कर रहे हों तो। लेकिन मैं नहीं जानता कि कौन सा तर्क या जानकारी मुझे फिर से आत्मा में विश्वास करने के लिए प्रेरित कर सकती है।

'एक और बात है जो मैं समझ नहीं पा रहा हूं। कोई मौत से कैसे डर सकता है? जब तक आप विश्वास नहीं करते कि नरक है, तो डरने की क्या बात है? आप मरने वाले हैं। आप जमीन में समा जाने वाले हैं और यही अंत है। अगर *वहाँ* कोई स्वर्ग है, जहां हर दिन मेरा सामना 23 कुंवारियों से होता या कुछ और होता, तो मुझे डर लगता। आप जानते हैं, यह एक असल परीक्षा होगी। यह एक असल चुनौती होगी।

'मौत ही पर्याप्त आध्यात्मिक पुरस्कार है। गाजर मिट्टी में समा गई। मेरा पशु, मेरा कुत्ता ज़मीन में समा गया। मैं यह कैसे सोच सकता हूं कि मैं कुछ अलग हूं? मनुष्य अपनी आनुवंशिक संरचना में फल, मक्खियों या सफेद चूहों के बहुत करीब है। हम इन प्राणियों के साथ ये सभी वैज्ञानिक प्रयोग करने में सक्षम हैं क्योंकि ये हमारी आनुवंशिक स्थिति के काफी करीब हैं। लेकिन हमें क्या अलग करता है? बहुत ज़्यादा नहीं – निश्चित रूप से ये हमारी चेतना नहीं है।

'तो क्या आध्यात्मिकता की कोई सकारात्मक भूमिका है? मुझे नहीं लगता कि हमें किसी चीज़ की पूजा करनी चाहिए। अगर इस व्यवस्था का कोई रचयिता था, जो वास्तव में खुद की पहचान और पूजे जाने को लेकर उत्साहित होता, तो उसके लिए कुछ प्रावधान किया गया होता। ईश्वर की

यह संपूर्ण धारणा नामुनासिब है; अगर इस संसार के पीछे कोई सत्ता होती तो वह खुद ही सामने आ जाती।

'हम खास नहीं हैं। हम दूसरों के साथ भावनात्मक संबंध बनाते हैं। यह सब उस भावनात्मक संरचना का हिस्सा है, जो हमने समय के साथ विकसित किया है। लेकिन यह संभवतः सर्दियों के दौरान गर्म रहने या हमारे लिए पर्याप्त मछली पकड़ने की जरूरत से विकसित हुआ है। आगे बढ़ने के लिए सहयोग करना एक बहुत ही उपयोगी विकासवादी गुण रहा है। लेकिन इसके अलावा और क्या है? मेरा मतलब है, निश्चित रूप से, मेरे पास यह भावनात्मक उपकरण है। लेकिन यह विचार तर्कसंगत नहीं है। है क्या? सर्दी से बचने के लिए अब हमें छोटी-छोटी जनजातियों में इकट्ठा होने की जरूरत नहीं है।

'जब समय आएगा, मैं अपनी इच्छा से जाऊंगा। शालीनतापूर्वक और कृतज्ञतापूर्वक। खासतौर पर इस वक्त मेरे शरीर की स्थिति को देखते हुए। मैं बिना किसी डर के जाऊंगा। मैं क्यों डरूंगा? अगर ये सारी बातें सच होतीं कि हम स्वर्ग जा रहे हैं, तो हम एक ऐसी व्यवस्था क्यों नहीं बनाते, जहां हम अभी से खुद को उस दिशा में बढ़ा रहे होते? जैसे-जैसे हम जीवन में आगे बढ़ेंगे, हम ज्यादा समझदार, ज्यादा ऊर्जावान, स्वस्थ बनेंगे, क्योंकि हम गर्व से इस शाश्वत जीवन के लिए खुद को तैयार कर रहे हैं। यह उड़ान भरने की तैयारी करने जैसा होगा। हम स्वर्ग तक जा रहे हैं, तो चलिए अब ऊंचाई पर जाना शुरू करते हैं। आइए उस मोड में आना शुरू करें जिससे हम अनंत काल तक खुश रहेंगे। खैर, अभी यह इसी तरह चल रहा है कि हम जितने बड़े होते जाते हैं, उतने ही ज्यादा जर्जर होते जाते हैं, उतना ही ज्यादा हमारा शरीर टूटता जाता है, हम उतना ही ज्यादा दर्द सहते हैं। ये हमें कहां ले जाने की तैयारी है? मैं आपको बता रहा हूं, गाजर के साथ रहने के लिए।

'जब मैं छोटा था तो मैं एक मिशनरी में कैथोलिक पादरी बनने के लिए पढ़ाई कर रहा था। ये काफी पहले की बात थी। जब मैं एक पुजारी बनने के लिए प्रशिक्षण ले रहा था, तो मैं खुशी और कुछ ऐसा खोज रहा था जिस पर विश्वास कर सकूं। कुछ ऐसा जिससे मैं खुद को सांत्वना दे सकूं। मैं यह महसूस करना चाहता था कि उस वक्त मैं अपने जीवन में जो कुछ भी झेल रहा था उसका कोई कारण था। अंत में कुछ ईनाम था। कुछ भुगतान होने वाला था। भले ही मेरे माता-पिता अमानवीय थे, फिर भी एक मानवीय ईश्वर था जो मेरी देखभाल करता था। जैसा कि मैंने यह लिखा है, मुझे वास्तव में यकीन नहीं है कि मैंने कभी इस पर पूरी तरह से विश्वास किया है।

'उन शांत क्षणों में जब मैं मिशनरी में प्रार्थना करता था, मैंने खुद को समझाया कि विश्वास करने के लिए यह सबसे अच्छी बात थी। जब मैं छोटा था तो मुझे दिए गए सभी विकल्पों में से, यह सबसे अच्छा था। यह कुछ ऐसा था जिसे मैंने बचपन में चुना था। मेरे पड़ोस के ज्यादातर लोग इसी पर विश्वास करते थे। इसमें कुछ तो बात होगी ही। और एक समय तक मुझे इस पर विश्वास था। लेकिन जैसे-जैसे मैं आगे बढ़ता गया और अधिक सीखता गया, अधिक पढ़ता गया और अधिक अध्ययन करता गया, वैज्ञानिक स्पष्टीकरण अधिक विश्वसनीय होते गए और धार्मिक विश्वास कम होने लगा।

'मुझे लगता है कि उस समय मेरा भगवान के साथ एक रिश्ता था। मुझे लगता है, एक मायने में मैं अभी भी ऐसा महसूस करता हूं। मुझे एक ऐसे वैज्ञानिक के बारे में याद है जो मानता है कि वह ईश्वर से बहुत बातें करता है। भले ही वह एक वैज्ञानिक था जो लगभग यह साबित करने वाला था कि ब्रह्मांड एक स्व-संगठित प्रणाली है, फिर भी उसने खुद को ईश्वर से बात करते हुए पाया। शायद यह सिर्फ आदत हो। ईश्वर एक अलग राय,

किसी अन्य चीज़ में विश्वास करने का प्रस्ताव देता है। यह कुछ ऐसा है जिसका हम हिस्सा हैं, लेकिन यह हमसे बहुत बड़ा है। मुझे लगता है कि हम उन परमाणुओं और अणुओं का हिस्सा हैं जो इस ग्रह को बनाते हैं, लेकिन चेतना है जो हमें बांधती है।

'जब मैं अब भगवान से बात करता हूं, तो मैं यीशु या उस भगवान से बात नहीं कर रहा होता हूं जिसे मैं मिशनरी में जानता था। मुझे बस एक उपस्थिति का एहसास होता है। लेकिन कुछ विश्वसनीयता है। यह तर्कसंगत प्रतीत होगा कि इस सबके पीछे कोई आवयविक शक्ति हो सकती है। हालांकि हम इस पर अपनी उंगली नहीं रख सकते, पर कुछ तो हो सकता है। फिर भी मैं इस पर निर्भर नहीं हूं। स्टीफन हॉकिंग को यह अभी तक नहीं मिला है। और आइंस्टीन ने इसे कभी नहीं पाया। मैं मरने और यह देखने से नहीं डरता कि वहां कुछ भी नहीं है, कोई स्वर्ग नहीं है।

'लोग कहां जाते हैं? क्या वे अनंत नरक की आग में जाते हैं या वे स्वर्ग में जाते हैं? स्वर्ग में क्या करते हैं? दिन भर पूल खेलते हैं? संभव है अनंत काल का समय अपने हाथ में होने पर क्या कर सकते हैं? आप मछली पकड़ने से भी बोर हो जाएंगे!

'मैं इस धरती पर उस तरह से नहीं रहता जिससे मैं कोई इनाम पा जाऊं, जब तक कि यह मेरी जिज्ञासा को संतुष्ट करने और मेरे मेरी कुशलता को बढ़ाने का इनाम न हो। यह मेरे जीवन को किसी तरह से दिलचस्प और भावनात्मक रूप से संतोषजनक बनाता है। मरने के बाद के जीवन में मेरे लिए कोई पुरस्कार नहीं है।

'अगर हम सचमुच भगवान में विश्वास करते, तो हम दुनिया के सभी पीड़ित लोगों की देखभाल कर रहे होते। लेकिन हम विश्वास नहीं करते। अगर हमने ऐसा किया, तो हम इससे कहीं ज्यादा बेहतर प्रदर्शन करेंगे। हम प्राकृतिक आपदाओं से प्रभावित लाखों लोगों या हर दिन पीड़ित होने

वाले अरबों लोगों की मदद करने के लिए तुरंत आगे बढ़ेंगे, लेकिन हम ऐसा नहीं करते हैं। ईसाई धर्म कहां है? एक-दूसरे के प्रति हमारा ईसाई प्रेम कहां है? यह सब इसका सार होना चाहिए: “दूसरों के साथ वैसा ही व्यवहार करें जैसा आप चाहते हैं कि वे आपके साथ करें,” लेकिन ऐसा होता कहां है? आप ऐसा कहां होता हुआ देख रहे हैं? यह वही है जो मैं अपने लिए कर सकता हूं। आज बाज़ार में मेरे घर की कीमत यही है। हम बहुत असुरक्षित, स्वार्थी जानवरों की व्यवस्था में रहते हैं – यही हम हैं। हम इसी तरह के लोग बन गए हैं। यह गहरा दोष है।

20

जिंदा रहने की जद्दोजहद के बारे में

डेम स्टेफनी शर्ली एक परोपकारी इंसान हैं। मैं उनकी बहुत प्रशंसा करता हूं। मैं लंबे समय से उनके जीवन के बारे में जानने को उत्सुक रहा हूं और हमेशा यह जानना चाहता हूं कि वह अपने काम और अपने दान-पुण्य में इतने सारे लक्ष्य कैसे हासिल कर पाईं। जब मैंने उनके बारे में और अधिक जाना, तो मुझे लगा उन्हें मेरी किताब में शामिल किया जाना चाहिए। न केवल जीवन और मृत्यु पर उनके जरूरी विचारों के चलते, बल्कि उन तरीकों के कारण भी, जिनसे उन्होंने पिछले दशकों में अलग-अलग तरह के संघर्षों को पार किया है। यहां उन्हीं के शब्द हैं।

'मैं अब 76 साल की हूं और मेरे नैतिक मूल्य बहुत पहले ही तय हो गए थे। दरअसल, इन्हें 70 साल पहले तय कर दिया गया था। जब मैं पैदा हुई थी, मेरे पिता एक युवा न्यायाधीश थे। 1933 में जर्मनी में एक यहूदी न्यायाधीश। उन्हें तीसरे राइख (शासक) के आदेश से हटा दिया गया था।

फिर हम रहने के लिए एक सुरक्षित जगह ढूंढने की कोशिश में यूरोप के कई देशों में घूमे। मुझे यह सब बाद में बताया गया। जाहिर है मुझे वास्तव में बहुत कुछ याद नहीं है। हालांकि मुझे एक-दो जगहें याद हैं।

'जब मैं पांच साल की थी, तब मेरे माता-पिता ने बहुत बहादुरी भरा काम किया। उन्होंने मुझे नाजी नियंत्रित क्षेत्रों से निकालकर अजनबियों के पास इंग्लैंड भेज दिया। वे उनका नाम और पता जानते थे, लेकिन वे उन लोगों को बिल्कुल नहीं जानते थे। उन्होंने सोचा कि वे मुझे फिर कभी नहीं देख पाएंगे।

'मेरी दादी किसी फार्म के एक तहखाने में छिपकर बच गईं, जहां वह उस परिवार के लिए पूरी तरह से अनजान थीं। वह उनकी दोस्त नहीं थीं, उन्होंने बस उन्हें आश्रय दिया। उन्हें केवल रात में ही बाहर आने की इजाजत थी। मेरी आंटी को एक कॉन्वेंट में रहने की जगह मिली थी। मुझे नहीं पता कि वहां वे कैसे रहीं क्योंकि वह बहुत यहूदी दिखती थीं, लेकिन वह बच गईं। मेरे पिता द *साउंड ऑफ़ म्यूज़िक* में वॉन ट्रैप परिवार की तरह, वियना के पहाड़ों से होते हुए युद्ध में तटस्थ स्विट्जरलैंड से इंग्लैंड पहुंचे, जहां उन्हें नजरबंद कर दिया गया (जैसी कि उस समय स्थिति थी) और फिर ऑस्ट्रेलिया भेज दिया गया। बाहर निकलते समय उन पर टॉरपीडो से हमला किया गया, लेकिन आखिरकार वे वहां पहुंच ही गए।

'मैं ग्रेट ब्रिटेन से उस हद तक प्यार करती हूं जिसे शायद केवल वही महसूस कर सकता है जिसने अपने मानवाधिकार खो दिए हैं। अविश्वसनीय चीजों में से एक यह है कि वह जहाज जो इन सभी यहूदी लोगों को ऑस्ट्रेलिया (और आइल ऑफ मैन भी) ले गया था, उसमें वे लोग सवार थे जो डनकर्क निकासी से आए थे, इसलिए वे सदमे में थे, उनके साथ बहुत बुरा व्यवहार किया गया था। उन्होंने प्रशिक्षुओं को जहाज के निचले डेक में बंद कर दिया और उनका सामान समुद्र में फेंक दिया। चर्चिल ही

वह व्यक्ति थे जिन्होंने कहा था कि हमारे पास वास्तविक शरणार्थियों में से नाज़ियों को अलग करने का समय नहीं था। उन्होंने इसे "कॉलर द लॉट" कहा है। फिर भी, उन्होंने ऑस्ट्रेलिया जाने वाले इन प्रशिक्षुओं के साथ दुर्व्यवहार के बारे में हाउस ऑफ कॉमन्स में बहस की। युद्ध के बीच में, हमारी संसदीय प्रणाली ने उस चर्चा को आधा घंटा दिया। यह उल्लेखनीय बात है।

'मेरी अपनी यात्रा एक दर्दनाक अनुभव थी, जिसमें हजारों बच्चों और दो वयस्कों के साथ ट्रेन में ढाई दिन की यात्रा करना शामिल था। फिर मेरा पालन-पोषण मिडलैंड्स में एक निःसंतान अंग्रेज दम्पति ने किया, जिन्होंने मुझे अपने परिवार की तरह पाला। वे मुझे गोद लेना चाहते थे, लेकिन हम हमेशा से जानते थे कि मेरे माता-पिता जीवित थे। ख़ैर, एक समय तो हमें लगा कि मेरी मां मर गई थीं, लेकिन ज़्यादातर समय हम जानते थे कि वे जीवित थीं।

'मेरे बचपन के अनुभवों ने मुझ पर कई तरह से असर डाला है। खासकर, मैं बदलाव का बेहतर ढंग से सामना कर सकती हूं। मैं यह उम्मीद नहीं करती कि आने वाला कल आज जैसा होगा, और निश्चित रूप से ये बीते हुए कल जैसा तो नहीं हो सकता। मैं बदलाव का लगभग स्वागत करती हूं। यह मेरे लिए बहुत मायने रखता है। कुछ लोग जो इसी तरह के अनुभव से गुज़रे, वे हमेशा शरणार्थी बने रहे, लेकिन मुझे लगता है कि मैं उनसे अलग एक प्रर्वतक और कुछ मायनों में, एक खोजकर्ता बन गई हूं।

'उस दौरान हम दर्दनाक दिनों के बाद के तनाव के बारे में नहीं जानते थे, लेकिन जब कोई व्यक्ति ऐसी किसी स्थिति से बच निकलता है, तो उसमें अक्सर एक अतार्किक अवसाद पैदा हो जाता है। निश्चित रूप से यह मेरे बचपन और नवविवाहित जीवन के साथ-साथ मेरे प्रौढ़ जीवन में भी सच था। इस तरह का अवसाद आपको कभी-कभी किनारे के करीब

ला सकता है। मुझे पता है कि आत्मघाती होना कैसा होता है। ऐसे क्षणों में, एक व्यक्ति जीवन के और करीब पहुंच जाता है। लेकिन ज्यादातर यह एक सकारात्मक उत्प्रेरक रहा है। इसमें मुझे यह सुनिश्चित करना होता कि हर दिन जीने लायक हो और मुझे पता है कि मेरा जीवन बचाने लायक था, क्योंकि साठ लाख यहूदी मारे गए, जिनमें से दस लाख बच्चे थे और मैं उन 10,000 में से एक थी जो बच पाई थी।

'बेशक, इसका मेरे जीवन जीने, अपना समय बिताने और क्या करना है इस पर बहुत असर पड़ा। मैं कोशिश करती हूं कि मैं अपना जीवन बर्बाद न करूं। ऐसा करना बहुत आसान होगा, खासकर अब मैंने थोड़ा पैसा कमा लिया है। इस तरह की स्थिति में, कोई इंसान अपना पूरा जीवन खरीदारी करने, मनपसंद चीजें हासिल करने में बिता सकता है और निश्चित रूप से ऐसा करने में बहुत खुशी होती है, लेकिन यह मेरी जीवनशैली नहीं है। न ही मैं ऐसा चाहूंगी। मैं भाग्यशाली हूं क्योंकि मेरे पति में भी वही गुण हैं जिन्हें मैं ठोस मूल्य कहती हूं। उन्हें संगीत, खेल वगैरह में रुचि है, लेकिन सामानों में नहीं। एक तरह से आप लोगों को दो श्रेणियों में बांट सकते हैं: वे जो सामानों के बारे में बात करते हैं, किसके पास कौन सी कार है, किसने यह नया बैग कहां से खरीदा, या इसी तरह की बातें करते हैं और दूसरे जो लोगों के बारे में बात करते हैं, "क्या आप अमुक को जानते हैं?" किसी भी श्रेणी में कुछ भी गलत नहीं है, लेकिन मैं खुद को ऐसे व्यक्ति के रूप में सोचना पसंद करती हूं, जो विचारों के बारे में बात करने में रुचि रखता है, न कि इस बारे में कि उसने अभी क्या खरीदा है।

'अपने हालात के चलते मैं विश्वविद्यालय नहीं गई और इसके बजाय मैंने 18 साल की उम्र में काम करना शुरू कर दिया। हालांकि, मैं शाम की कक्षाओं में गई और बीए ऑनर्स किया। मैं खुद को हमेशा लगभग एक छात्र के रूप में देखती हूं। मुझे नई चीजें सीखना पसंद है। मैं ऐसी

चीजें कर सकती हूं जो सभी के लिए नई हैं क्योंकि मैंने पारंपरिक शिक्षा नहीं ली है और अक्सर मुझे लगता है कि मैं बहुत ज्यादा रचनात्मक ढंग से सोच सकती हूं। दूसरी बात जिसका मेरे मूल्यों और जीवनशैली पर असर पड़ा, कि मैं और मेरे पति एक बड़ा परिवार चाहते थे। आख़िरकार, जब मैं लगभग 30 साल की थी, हमारा पहला बच्चा आया। वह एक सुंदर बच्चा था। बच्चे एकदम नाजुक होते हैं, जैसे कुत्ते के पिल्ले, बिल्ली के बच्चे। छोटे बच्चे बहुत ख़ूबसूरत होते हैं और मुझे यकीन ही नहीं हो रहा था कि हम अपने जीवन में इस मुकाम पर पहुंच गए थे। हमारी शादी हो चुकी थी, हमारा पहला बच्चा आ गया था और मुझे एक अच्छी नौकरी मिल गई थी।

'बच्चा होने के बाद, मैंने घर से काम करना शुरू कर दिया और मैंने उन महिलाओं की एक कंपनी बनाई, जिनके बच्चे थे और वे घर से काम कर रही थीं। हम 1960 के दशक की शुरुआत की बात कर रहे हैं, जब महिलाएं शादी होते ही या गर्भवती होते ही अपनी नौकरी छोड़ देती थीं। महिलाओं से वास्तव में कोई अपेक्षा नहीं की जाती थी। उन्हें बस चलाने, हवाई जहाज़ उड़ाने, या स्टॉक एक्सचेंज में जाने की इजाजत नहीं थी। महिलाओं की तनख्वाह पुरुषों से भिन्न थी, भले ही वे एक ही काम कर रही हों। इसलिए मैंने उससे लड़ना शुरू किया।

'मेरे हालात ने मुझे संघर्ष करना सिखाया। मैं चीजों को यूं ही चलते रहने नहीं देती। अगर कुछ गलत है या इसके लिए कुछ करने की जरूरत है और इसे ठीक करना मेरे बस में है, तो मैं जरूर कुछ करूंगी। इसके बाद मैं होमोसेक्सुअल लॉ रिफॉर्म सोसाइटी में भी शामिल हो गई, जो उन दिनों बहुत बड़ी बात थी। लोगों ने मुझसे पूछा कि आखिर मैं ऐसा क्यों कर रही थी। मुझे नहीं पता था कि मैं क्या कर रही थी, लेकिन मैंने ऐसे लोगों के बारे में पढ़ा था जो एक-दूसरे से प्यार करते थे और यह प्यार अवैध था।

मैंने सोचा कि यह सही नहीं है। मैं इसमें शामिल हुई और अपनी सदस्यता का भुगतान करने के अलावा कुछ भी नहीं किया, लेकिन लड़ने के लिए यह एक और लड़ाई थी।

'महिलाओं के अधिकार मेरे जीवन का हिस्सा बन गए। मैंने अपने पूरे जीवन में महिलाओं के अधिकारों के लिए अलग-अलग तरीकों से संघर्ष किया है। मैंने खुद मुसीबतों का सामना किया। मैंने जो कंपनी शुरू की थी उसमें महिलाएं शामिल थीं और वह महिलाओं के लिए थी। हम सभी अपने बच्चों के साथ घर से काम करते थे, हममें से कुछ के पति विकलांग थे या बुजुर्गों की देखभाल करते थे। आख़िरकार, कंपनी सफल हो गई, लेकिन मुझे इससे कुछ ख़र्च निकालने में एक साल लग गया। वेतन निकाल पाने में तीन साल लगे। मुनाफा कमाने में पच्चीस साल लगे थे। इसलिए यह रातोरात मिली सफलता नहीं थी, हालांकि हम इतने समझदार थे कि हमने इस बात पर बड़ा हंगामा कर दिया, कर्मचारियों की संख्या को लेकर कुछ असहमति थी। उनमें से कुछ अंशकालिक काम कर रहे थे। 100 कर्मचारियों में से, शायद 20 अंशकालिक काम कर रहे थे। यह एक छोटा झटका था, लेकिन जरूरी था।

'मैंने पाया कि मैं व्यापार में बहुत अच्छी तरह से स्थापित हो गई थी। यह सरल था। नियमों और कायदों को सीखना आसान था और जब तक आप इनका पालन करते तब तक आप वह कर सकते थे, जो आपको पसंद था। मैंने आज़ादी का मजा लिया, अपनी आज़ादी का।

'यह पूरी कहानी हो सकती थी, जब तक कि हमारा बेटा लगभग ढाई साल का नहीं हुआ। कुछ ही हफ्तों में वह अचानक से बदल गया; शायद कुछ ही दिनों में। वह एक खुशमिजाज़ बच्चा था जो अच्छा खाता था, अच्छी नींद लेता था और शांत था, लेकिन अब वह पूरी तरह से एक बेकाबू बच्चे में बदल गया। उसकी आवाज भी कुछ खो गई थी। पहले, मैं

उसे खेलते हुए देखती तो मुझे लगता था, वह एक गहन विचारक बनेगा, क्योंकि वह हमेशा अपने विचारों में इतना तल्लीन दिखता था, जिससे मैं काफी खुश थी। वह एक सुंदर दिखने वाला लड़का था। मेरे पति एक सुंदर आदमी थे, इसलिए मुझे आश्चर्य नहीं हुआ कि हमारा बच्चा बहुत सुंदर दिखता था। लेकिन फिर वह एक जंगली प्राणी में बदल गया। उसने फिर कभी बात नहीं की, और जब मैं उसके साथ घर पर थी तब हम कुछ बहुत बुरे दौर से गुज़रे।

'ऑटिज्म इस बात पर आपका ध्यान खींचता है कि मानव होना क्या है। मेरे बेटे का व्यवहार एक जानवर के इतना करीब था कि इसने हम दोनों को सोचने पर मजबूर कर दिया, "क्या चीज़ उसे एक इंसान बनाती है?" मेरा मतलब आत्मा या उस जैसी किसी चीज़ से नहीं है, लेकिन सबसे पहले आपके पास जीवन का यह चमत्कार है और अचानक आपके पास एक बच्चा है, जो उस तरह से प्रतिक्रिया नहीं करता है जिसे हम मानव व्यवहार मानते हैं, न तो विचारशील और न ही सुसंगत।

'सबसे कठिन समय तीन से पांच साल की उम्र के बीच था, हालांकि तब वह काफी छोटा था, इसलिए कम से कम मैं उसे उठा सकती थी और खतरे से बाहर रख सकती थी। पांच और ग्यारह के बीच वह एक वीकली बोर्डिंग स्कूल में था, जिससे दबाव थोड़ा कम हो गया। उस समय, मैं अपनी कंपनी खड़ी कर रही थी और साथ ही अपने परिवार और उसके दबावों को संतुलित करने की कोशिश कर रही थी। मेरा काम महिलाओं के लिए धर्मयुद्ध था। यह सिर्फ पैसे के लिए नहीं था। और फिर घर पर मेरा बच्चा बहुत ही मुश्किल हालत में था। एक समय तो मैं उस स्थिति में पहुंच गई जहां मुझे लगा कि धर्म उसकी मदद करने में सक्षम हो सकता है। यकीनन मैंने इस पर विचार किया, हालांकि बौद्धिक रूप से मैं औपचारिक धर्म में विश्वास नहीं करती।

'मेरे बेटे के साथ शुरुआती दिनों में कई बार ऐसा हुआ जब उसे सड़क पार कराने का खतरा मेरे सामने आ गया। कभी-कभी यह इतना बुरा होता था कि मैं सोचने लगती, "मैं क्या कर रही हूं?" मैं वास्तव में घबराने लगी और अंत में, जब वह 13 साल का हुआ, तो मैं और मेरा बेटा दोनों अस्पताल में भर्ती हुए। गाइल्स उस जगह पर गया, जिसे पागलखाना कहा जाता था और 11 साल तक वहां रहा। वह कभी बाहर नहीं आया। मैंने उसे अस्पताल में भर्ती कराया ताकि उसकी देखभाल ठीक से हो सके, जो कि एक माता-पिता के लिए सबसे मुश्किल कामों में से एक है। 1998 में गाइल्स की मौत हो गई।

'उस दौरान, मैं लगभग एक महीने तक अस्पताल में थी और एक साल बाद काम पर लौटी। मैं काम में ही रम गई, ज्यादातर इसलिए क्योंकि इससे मुझे अपने दिमाग को शांत रखने में मदद मिलती। अस्पताल में भर्ती अपने बेटे के बारे में सोचना बहुत कठिन था। गाइल्स की मौत के बाद से, मैं नेशनल ऑटिज़्म सोसाइटी की सदस्य बन गई और मेरी रुचि ने मुझे ऑटिज़्म रिसर्च सेंटर तक पहुंचा दिया।

'जब आप अपनी खुद की मौत के बारे में सोचते हैं, अगर आप मौत के करीब हैं, तो आप इसे अलग तरह से देखते हैं। जिंदगी तब बहुत बेशकीमती बन जाती है जब आप कभी उन चरम भावनाओं से गुजरें हों, जैसे जब कभी खुदकुशी करने की सोची हो या जब आपसे कहा गया हो कि मुमकिन है कि आपको यातना शिविर में ले जाया जा सकता है। जीवन मुझे अलग-अलग लगता है, जैसा कि हममें से बहुत सी महिलाओं को लगता है। मैं वास्तव में अपनी मौत से बिल्कुल भी नहीं डरती। अगर मैं डूब रही होती, तो मुझे यकीन है कि मुझे जीने के लिए संघर्ष करना पड़ता, लेकिन मुझे लगता है कि मेरे जीवन में कोई भी काम अधूरा नहीं है। मैंने वही किया जो मुझे करना था। मुझमें अभी भी कुछ ऊर्जा है, इसलिए मैं अभी

समय के साथ कुछ चीजें कर रही हूं, लेकिन मैं हमेशा छोटी परियोजनाओं के बारे में सोचती हूं।

'अपनी पहली दान-पुण्य संस्था को स्थापित करने में मुझे सत्रह साल लगे। दूसरी संस्था को स्थापित करने में मुझे पांच साल लगे और तीसरी में मुझे तीन साल लगे। अब मैं एक धर्मार्थ परियोजना शुरू करने की दिशा में काम कर रही हूं जो स्वतंत्र है, जिसका अर्थ है कि मैं वित्तीय और प्रबंधकीय रूप से स्वतंत्र हूं और इसलिए मैं केवल एक साल के लिए कुछ करने के बारे में सोचती हूं। पांच साल का प्रोजेक्ट लेना मूर्खता होगी। हो सकता है कि मैं इसे ख़त्म करने के लिए मौजूद न रहूं। इस तरह मेरी मौत मुझ पर असर डालती है।

'जिंदा रहने की जिजीविषा आज भी मुझमें उतनी ही मजबूत है जितनी 70 साल पहले थी। मैं उन कठिनाइयों के बारे में सोचती हूं जिनसे मैं गुजरी हूं और अपने सौभाग्य के बारे में भी सोचती हूं। लोगों ने मुझे बहुत कुछ दिया है। मैं देने के सिवा और क्या कर सकती हूं? आप कुछ हद तक शुक्रिया अदा कर इसे वापस लौटा देते हैं, लेकिन खासतौर पर आप किसी और के लिए कुछ अच्छा कर इसे वापस लौटाते हैं। मेरे लिए यही परोपकार है।

'परोपकार हमारे प्रेम करने के तरीके पर सवाल उठाता है। मेरे माता-पिता ने मुझे छोड़ दिया, ताकि मैं जिंदा रह सकूं। कभी-कभी आप जिनसे प्यार करते हैं आपको उन्हें जाने देना पड़ता है। यह मैंने खुद सीखा है। मैंने इस कंपनी को बनाया और, हे प्रभु, मुझे इस पर मालिकाना हक महसूस हुआ। यह मेरी कंपनी है, मेरी रचना है, और मैंने इसे बिल्कुल शून्य से शुरू किया है, लेकिन आखिर में मुझे इसे छोड़ना पड़ा। मैंने इसे अपने कर्मचारियों को दे दिया। मुझे लगता है कि यह विचार कि "अगर आप किसी चीज से प्यार करते हैं, तो आपको उसे जाने देना होगा" ये मेरे जीवन की बेहतरी के लिए जरूरी है।

'अब मेरी जीवनशैली शानदार है। मैं ज्यादा काम करती हूं, मैं बहुत ज्यादा थक जाती हूं, जब मैं थक जाती हूं तो थोड़ी चिड़चिड़ी हो जाती हूं, और तब मैं सो जाती हूं और फिर ठीक हो जाती हूं। मैं बहुत सारे दिलचस्प लोगों से मिलती हूं और मैं एक खास इरादे के साथ दुनिया के अलग-अलग दिलचस्प हिस्सों में घूमा करती हूं। मैंने सऊदी अरब, नीदरलैंड, स्कैंडिनेविया और अमेरिका में काम किया है। मैं उस समय के दौरान बनाए गए अपने सभी दोस्तों के बारे में सोचती हूं। बिल्कुल यह शानदार जीवनशैली है – लेकिन यह आज रात भी रुक सकती है।

'मैं खुद को सफल महसूस कर रही हूं और मैं ऐसा काफी समय से महसूस कर रही हूं। क्या ऐसा कुछ और है जो मैं कर सकती हूं या मुझे करना चाहिए या मैं करना चाहती हूं? हां, कुछ चीजें हैं, लेकिन अपने अस्तित्व को सही ठहराने की वह भूख अब शांत हो गई है। मैं हर चीज़ पर टिके रहने की जीवनशैली अपना सकती थी। लेकिन इससे क्या हासिल होता? अगर मैंने एक नाव खरीदी होती और दुनियाभर में यात्रा की होती? इससे मुझे अपने बेटे को लेकर बिल्कुल भी मदद नहीं मिलती। इससे हमें एक समाज के रूप में ऑटिज़्म को समझने में मदद नहीं मिलती। जिन चीज़ों में मेरी रुचि है वे खरीदी नहीं जा सकती हैं। ये चीजें हमें खुशी नहीं दे सकतीं।

'मैंने एक विशेषज्ञ से मुलाकात की है जो समृद्धि सूचकांक की अवधारणा के समर्थक हैं। उन्होंने इस पर काम किया है कि किसी देश को समृद्ध कैसे बनाया जाए, न कि आप और मैं एक व्यक्ति के रूप में खुद को समृद्ध महसूस करें। इसका प्रतिवाद भी जारी है। अगर आप वास्तव में हमले से चिंतित हैं, तो आप बहुत ज्यादा समृद्ध महसूस नहीं करते हैं। इसके साथ ही स्वास्थ्य, शिक्षा और जीडीपी भी है। यह 12 घटकों से बना है, जिन्हें फिर देखा गया है और यह पाया गया है कि दुनियाभर में जो

चीजें लोगों को समृद्ध महसूस कराती हैं, उनमें बहुत ज्यादा भिन्नता नहीं है। आमदनी इन 12 चीज़ों की लिस्ट में तो है, लेकिन यह सबसे ऊपर नहीं है।

'एक नियुक्तिकर्ता के रूप में, मैं इस निष्कर्ष को समझती हूं। आमदनी निश्चित रूप से महत्वपूर्ण है, लेकिन यह सबसे महत्वपूर्ण चीज़ नहीं है। साझा काम और अच्छा प्रबंधन इसके पहले आते हैं। समृद्धि सूचकांक पर, बहुत ही गरीब देशों में खुशहाली आमदनी से प्रभावित होती है। दूसरे शब्दों में, निष्कर्ष यह था कि आमदनी सबसे महत्वपूर्ण नहीं है, जब तक कि आप बहुत गरीब न हों। मैं आपको आश्वस्त करती हूं कि अगर आप बहुत गरीब हैं, तो केवल एक चीज मायने रखती है कि आप क्या खाएंगे और कहां सोएंगे।

'एक बार जब आप आमदनी के एक निश्चित न्यूनतम स्तर से आगे बढ़ जाती हैं, तब और बातें काम करती हैं। एक अन्य अध्ययन में कहा गया कि किसी व्यक्ति को अमीर महसूस कराने के लिए कितनी ज्यादा आमदनी की जरूरत होगी। काफी हद तक अलग-अलग संस्कृतियों और अलग-अलग स्तरों पर, जिस आमदनी के बारे में लोगों ने सोचा था कि वह उन्हें अमीर बना देगी, वह इस समय उनकी आमदनी से दोगुनी थी।

'मुझे लगता है कि मैं अलग हूं। वास्तव में मेरा कोई परिवार नहीं है, इसलिए मेरी प्राथमिकताओं की लिस्ट अधिकतर गैर-भौतिक हैं। मुझे बौद्धिक उत्तेजना, दोस्त, कला, संगीत की जरूरत है। मुझे वह एहसास पसंद है जो मुझे तब मिलता है जब मैंने कुछ सार्थक या उपयोगी काम किया होता है। जहां तक मौत की बात है, मुझे विश्वास है कि मैं अच्छी खाद बना लूंगी। मेरे लिए यह एक सुंदर विचार है। मेरे पास यहां एक डोनर कार्ड है जिस पर कुछ लिखा है "बॉडी फॉर मेडिकल रिसर्च"। मैं परोपकार में हमेशा विश्वास रखती हूं। निश्चित रूप से यह आखरी उपहार है, जो मैं दे सकती हूं, है ना?'

21

पेड़ों के बारे में

अपने चुने हुए विषय के बारे में थोड़ा और बात करने के लिए, मैं एक और कहानी सुनाना चाहूंगा, यह सारा नाम की एक युवा महिला के नजरिए से बताई गई है। मैंने इसका शीर्षक 'पेड़ों के बारे में' रखा है, लेकिन जैसा कि आप देखेंगे कि यह कुछ अन्य विषयों को भी छूता है। ये सारा की कहानी है।

'एक बार गर्मियों में मुझे विश्वविद्यालय वापस जाने से पहले कुछ पैसे कमाने की ज़रूरत थी, इसलिए मैंने बुजुर्गों के साथ काम करने वाली नौकरी के लिए आवेदन किया। कंपनी घरेलू सेवा में विशेषज्ञता रखती है। नौकरी के लिए इंटरव्यू में, जो शहर के केंद्र के पास एक सुंदर पुराने घर में आयोजित किया गया था, मुझे निदेशक ने बताया था कि मेरी रोज की दिनचर्या में एक वृद्ध व्यक्ति के साथ समय बिताना शामिल होगा। संस्था का मानना था कि साथ रहने से बढ़ती उम्र के लोगों को मदद मिलती है और उन्हें उम्मीद थी कि मैं एक अच्छी श्रोता बनूंगी। मैंने एक पल इंतजार

किया और फिर कहा, "मैं हमेशा अपने सुनने के कौशल के लिए जानी जाती हूं।"

'निदेशक को लगा होगा कि मैं सच कह रही हूं क्योंकि उन्होंने अगले दिन सुबह 9 बजे फोन किया और उत्साहित स्वर में कहा कि मुझे जिसकी देखभाल करनी होगी वह व्यक्ति मिल गया था। उन्हें नए कर्मचारियों को बुजुर्गों से मिलाने पर गर्व था, जिसके बारे में उनका मानना था कि इससे नए कर्मचारियों का जीवन समृद्ध हो सकता है। उन्होंने मुझे वह पता दिया, जो मेरे रहने की जगह से ज्यादा दूर नहीं था, और एक फ़ोन नंबर दिया। फिर उन्होंने मुझसे पूछा जो मुझे उस समय एक अजीब सवाल लगा: "तुम्हारे बाजुओं में कितना दम है?"

'मैं रोजाना कसरत करती हूं, इसलिए मुझे यह कहने में संकोच नहीं हुआ, "काफी मजबूत हैं।"

'"क्या यह इतने मजबूत हैं कि व्हीलचेयर को पहाड़ी पर चढ़ा सकें?'' उन्होंने पूछा।

'मैंने उनसे कहा कि मैं जितना बेहतर हो सकेगा करने की कोशिश करूंगी। मैंने उन्हें समझाया कि मुझे व्हीलचेयर का थोड़ा सा अनुभव है, क्योंकि एक कार दुर्घटना में मेरे पैर में चोट लगने से मैं कुछ हफ्तों तक व्हीलचेयर पर रही थी।

'"क्या तुम्हें लगता है कि तुम व्यस्त सड़क पर व्हीलचेयर ले जा पाओगी?' उन्होंने पूछा।

'अपना जवाब देने से पहले मैं रुकी: "मैं कोशिश करूंगी।"

'उन्होंने कहा, "अच्छा,'' और फिर मुझसे कहा कि वह मुझे एक खास क्लाइंट का नाम बताने जा रहे हैं, जो उनके पसंदीदा लोगों में से एक है। उन्हें आफिस में हर कोई प्रोफेसर जैस्पर कहता है।

'प्रोफेसर ने स्थानीय विश्वविद्यालय में सालों काम किया था और जीव विज्ञान की सेवा के लिए दुनियाभर में शोध यात्राएं की थीं। वह अपने जीवन के अधिकांश समय धावक भी रहे लेकिन इस दौरान उनके कूल्हे ख़राब हो गए। दौड़ना बंद करने के बाद उन्हें एक साल तक व्हीलचेयर पर ही रहना पड़ा क्योंकि उनके बदले हुए कूल्हों में से एक संक्रमित हो गया और आपातकालीन सर्जरी में उसे हटाना पड़ा था। यह ठीक हो रहा था, लेकिन धीरे-धीरे, जबकि प्रोफेसर को अपने इस ठहरे हुए जीवन से नफरत थी।

'"वह दुनिया देखना, प्रकृति के बीच रहना चाहता है,'' निदेशक ने मुझसे कहा। "तो तुम उस व्हीलचेयर को बहुत इधर-उधर धकेलोगी।" मैंने फिर से अपनी बांह की ताकत का जिक्र करते हुए कहा कि मैं एक ही समय में धक्का भी दे सकती हूं और सुन भी सकती हूं।

'"और तुम मौत के बारे में क्या सोचती हो?'' निदेशक ने पूछा।

'"मैं अक्सर इसके बारे में नहीं सोचती,'' मैंने उत्तर दिया।

'मुझे बताया गया, "प्रोफेसर जैस्पर हर समय मौत के बारे में सोचते और बात करते हैं। यह उनका पसंदीदा विषय है। अगर तुम मरने के बारे में बात करते-करते थक जाओ, तो विषय को पेड़ों की तरफ मोड़ने की कोशिश करना। उन्हें पेड़ों के बारे में बात करना भी पसंद है। तुम्हें हैरानी होगी कि एक आदमी पेड़ों के बारे में कितनी बात कर सकता है।"

'फोन रखने के बाद, मैंने मन में सोचा "पेड़ और मौत" और जैसे ही मैंने नाश्ता किया और खिड़की से बाहर अपने घर के सामने बड़े पेड़ को देखा, मुझे एहसास हुआ कि मैं किसी भी विषय के बारे में ज्यादा नहीं जानती थी। आख़िर वह पेड़ कौन सा था? मुझे तो इसका नाम भी नहीं पता था। जहां तक मौत की बात है, मैं इसके बारे में कभी-कभी अमूर्त तरीके से सोचती थी। जिस कार दुर्घटना में मैं भी थी, वह किसी भी यात्री के लिए घातक नहीं थी, लेकिन मुझे याद है कि दुर्घटना के बाद मैं कांच के

टुकड़ों और पलटी हुई कार से दूर सड़क पर चल रही थी। उस चमत्कारी कार से खून टपक रहा था। मेरे पैर में एक छोटा सा घाव था। मैं सदमे में डूब गई और सोचने लगी, “मैं जिंदा हूं। मौत करीब आ गई थी, लेकिन मैं जिंदा हूं।”

‘तब से मैं मौत से डरती रही हूं। इसका क्या मतलब है। मैं उस क्षण को लेकर डर गई हूं जब मैं फोन उठाऊंगी और किसी अपने की मौत की खबर सुनुंगी। मुझे रात के समय कार में यात्रा करने से डर लगता है। कभी-कभी, जैसे ही हेडलाइट्स चमकती हैं, मुझे लगता है कि मैंने यात्री सीट के आर्मरेस्ट में अपने नाखून गड़ा दिए हैं। “मैं ठीक हूं,” मैं हमेशा ड्राइवर से कहती हूं। हालांकि मैं ठीक नहीं हूं। मैं आमतौर पर उस स्तर पर जीवन से चिपकी हुई हूं। मेरे लिए मृत्यु एक ऐसा विषय है जिसे मैं अपने दिमाग से निकाल देना चाहती हूं।

‘एक बार अपना नाश्ता कर लेने के बाद मैंने निदेशक को वापस फोन करने और पूछने का सोचा कि क्या मैं अपना समय एक छोटी बूढ़ी महिला से बुनाई और बिल्लियों के बारे में बात करने में बिता सकती हूं, लेकिन मैंने ऐसा नहीं किया। मैंने सामने के बगीचे में उस विशाल अनाम पेड़ को घूरते हुए बर्तन धोए और फिर प्रोफेसर जैस्पर से मिलने के लिए चली गई।

‘दरवाजे को पेड़ की छोटी पेंटिंग से सजाया गया था, और नंबर के नीचे एक बड़ा पीतल का नॉब था। मेरे खटखटाने के कुछ मिनट बाद, दरवाज़ा खुला लेकिन पूरी तरह से नहीं। दरवाज़े के पीछे से आवाज़ आई, “खुद ही धक्का देकर खोलो।”

‘मैंने गंजे सिर वाले एक बुजुर्ग व्यक्ति को देखा, जो एक पुरानी, कुछ हद तक जीर्ण-शीर्ण व्हीलचेयर पर बैठा था। उन्होंने एक शर्ट पहनी थी जिसके सामने एक पेड़ की सजावट थी। “आह, मदद आ गई है,”

उन्होंने चिल्लाकर कहा। "प्रोफेसर जैस्पर?" मैंने पूछा, जिस पर उन्होंने जवाब दिया, "हां, अगर मैं आज का दिन निकाल सकूं तो।"

'मैंने पूछा कि क्या मैं अंदर आ जाऊं, लेकिन उन्होंने मुझे बताया कि वह घर की बासी हवा से थक गए थे और प्रकृति के बीच रहने, बाहर जाने या अपनी बढ़ती उम्र के बावजूद जितना हो सके जीना चाहते थे। मैंने उनसे पूछा कि वह कितने साल के थे और उन्होने कहा, "अड़सठ साल का, लेकिन मेरे पास 120 साल के बूढ़े के कूल्हे हैं, जिसे हर दिन एक दुर्गम फुटपाथ पर दौड़ना पड़ता है। मैं काफी अच्छी स्थिति में हूं।"

'और तभी उन्होंने मुझसे मेरा नाम पूछा। "सारा!" उन्होंने कहा वाह! "मेरी दादी का नाम। क्या तुमने देखा कि नाम अनंत काल तक कैसे जिंदा रहते हैं? शायद तुम्हारे पास तुमसे पहले आई सभी साराओं का एक छोटा सा हिस्सा हो।"

'"शायद,'' मैंने कहा। मैंने उनकी व्हीलचेयर को इधर-उधर घुमाया और उस रैंप की ओर निशाना साधा जो सड़क की ओर जाता था। प्रोफेसर जैस्पर ने कहा, "यह व्हीलचेयर कोई फरारी नहीं है। लेकिन हम तेजी से आगे बढ़ सकते हैं, अगर तुम्हें धक्का देने में कोई परेशानी न हो।''

'पहली बार आस-पास घूमने के दौरान प्रोफेसर जैस्पर मेरे बारे में कुछ सवाल पूछने के अलावा शांत रहे। एक जगह पर एक कोने पर एक नीले फर की पहचान की और बहुत ही धीरे से कहा "बहुत सुंदर"। हमारी पूरी यात्रा के दौरान, मैं समझ सकती थी कि वह व्हीलचेयर को चलाने की मेरी क्षमता का आकलन कर रहे थे और जानबूझकर मुझे उन रस्तों की तरफ जाने को कह रहे थे जहां मुझे सावधानी बरतनी थी, बजरी से बचना था और व्हीलचेयर को देखना था।

'जब हम उनके घर वापस लौटे, तो प्रोफेसर ने पूछा कि क्या मुझे मजा आया। "ज़रूर," मैंने कहा।

'"खैर, मैंने समझदार हाथों में रहने का आनंद लिया,'' उन्होंने जवाब दिया। "तो हम कल मिलेंगे और फिर काम पर लग जाएंगे।"

'मैं अगली सुबह नौ बजे पहुंच गई। उनके घरेलू नर्स ने उन्हें कपड़े पहनाए थे, या कम से कम पहनने में उनकी मदद की थी। उन्होंने मुझसे कहा "मुझे यह अच्छा नहीं लगता है। ये कभी भी मेरी पसंदीदा शर्ट नहीं चुनते, वे शर्ट जिनमें सामने पेड़ बने होते हैं। मुझे डर है कि वे मुझे देख लेंगे और उन्हें लगेगा कि मैं बस एक छोटा बूढ़ा आदमी हूं जो जल्द ही मर जाएगा। खैर, मैं इतना बूढ़ा नहीं हूं और मैं मरने से नहीं डरता। मैं ऐसी शर्ट पहनना पसंद करता हूं, जो मुझे खुशी दे।" मैंने उनसे पूछा कि क्या मैं उनके लिए एक नई शर्ट चुनूं, शायद वह जिसमें जेब के पास एक बड़ा बलूत का पेड़ बना हो। "समय बीत रहा है," उन्होंने समझाया। "हमें ताज़ी हवा में बाहर जाना चाहिए। जब तक संभव हो हमें जीना होगा।"

'मैंने उन्हें ऊबड़-खाबड़ टाइलों से गुजरते हुए फुटपाथ के अंत तक धकेल दिया और सीधे पेड़ों से घिरी एक शांत सड़क पर चलने लगी। मैंने उनसे पूछा कि वह मौत से क्यों नहीं डरते? तो उन्होंने जवाब दिया: "मैं समझ रहा हूं कि आपको मेरे साथ बिताए समय के लिए बातचीत के विषयों की एक लिस्ट दी गई है," वह थोड़ा मुस्कुराए। "यह सच है। मैं इसे गर्व से नहीं कह रहा हूं। मैं ऐसा यह कहने के लिए नहीं कह रहा हूं कि ऐसा लगे कि मैं किसी और से बेहतर हूं। मृत्यु के बारे में मेरा दृष्टिकोण बिल्कुल अलग है। इस मुकाम तक पहुंचने में काफी लंबा समय लगा है। शायद मेरी पूरी जिंदगी, लेकिन सीखने के लिए इससे ज्यादा जरूरी कुछ नहीं है। याद दिलाने वाले हर जगह हैं। मृत्यु जीवन का अभिन्न अंग है। हम जीवन की जगह बनाने के लिए लगातार मर रहे हैं। यह हमारे चारों ओर होता है और यह हमारे शरीर में होता है। हम दिखावा करते हैं कि हम मौत नहीं देखते। हमने एक संपूर्ण संस्कृति का निर्माण किया है जो युवाओं का जश्न

मनाती है, जो मृत्यु को छिपाती है; लेकिन कोई भी संस्कृति, यहां तक कि हमारी संस्कृति जितनी विचित्र भी, मृत्यु को छुपाने में सक्षम नहीं है। इसमें मृत्यु का सौंदर्य भी शामिल है।" एक मिनट के लिए रुककर, वह अपनी व्हीलचेयर में थोड़ा घूमे और बोले, "तुम्हारे बाल अच्छे हैं।"

'जब मैंने उनकी टिप्पणी के लिए उन्हें धन्यवाद दिया, तो उन्होंने जवाब दिया: "तुम जानती हो, बाल मृत हैं।"

'उन्होंने आगे कहा: "यह स्वास्थ्य, शक्ति, जीवन शक्ति, कामुकता और जो भी तुमको पसंद हो, उसके प्रतीक हैं। लेकिन ये मर चुके हैं। हम जीवन और मृत्यु उत्पन्न कर रहे हैं। हमारे बालों में रहने वाली एकमात्र चीज़ नीचे रोम में है, जो हर किसी से छिपी हुई है, उन सभी लोगों से भी जो बालों की हालत संवारने के लिए बेवकूफाने विज्ञापन करते हैं। बाल की जड़े जिनमें से आपके पास काफी कुछ हैं, जबकि मेरे पास नहीं हैं–ये कोई जैव रासायनिक गतिविधि प्रदर्शित नहीं करते हैं। ये मर चुके हैं और कोई भी क्रीम इन्हें ठीक नहीं कर सकती।"

'"प्रोफेसर,'' मैंने कहा। "मैं नहीं जानती कि इन दिनों वास्तव में कितने लोग बाल चमकाने की क्रीम का इस्तेमाल करते हैं।"

'प्रोफेसर ने सड़क पार एक महिला की ओर इशारा करते हुए कहा, "मुझे यकीन है कि वह ऐसा करती है। वह ऐनी है। उसके पास वीपिंग विलो का एक सुंदर पेड़ है, जो उसकी जमीन के निचले हिस्से में खाड़ी के किनारे पर है। उसे देखो।"

'"इतना ज़ोर से मत बोलो।'' मैंने कहा।

'"मैं ठीक-ठीक जानता हूं कि मैं कितनी ऊंची आवाज़ में बोल रहा हूं। मैं अपनी आवाज का मालिक हूं। मेरे कूल्हे जंग लगे स्पैनर जितने उपयोगी हो सकते हैं, लेकिन मेरी आवाज़ काफी अच्छी तरह से काम कर रही है। अब, ऐनी के जमे हुए बालों को देखो। देखो वह इसका कितना

ध्यान रखती है। वह सोचती है कि यह सुंदर हैं, और ऐसा है भी या कम से कम एक युवा व्यक्ति ऐसा सोच सकता है। लेकिन मैं इन्हें देखता हूं और मुझे मौत दिखाई देती है।"

'जब मैंने ऐनी को उसके लहराते सुनहरे बालों के साथ सड़क पर अपनी छोटी, चमकदार लाल कार की ओर बढ़ते हुए देखा तो मैंने कहा, "वह काफी जिंदादिल है।''

'"लेकिन यह बात क्या तुम नहीं देखती? वह मौत से भरे सिर के साथ जीवन शक्ति की एक तस्वीर है। वह बीमार नहीं है। यह इस बात का एक और उदाहरण है कि मृत्यु और जीवन किस तरह से एक-दूसरे से जुड़े हुए हैं। उसके सिर के बालों के रोम अद्भुत हैं। क्या तुम जानती हो कि बालों के रोम में वसामय ग्रंथि भी होती है, जो सभी अद्भुत मृत बालों और अरेक्टर पिली मांसपेशियों को चिकनाई देती है। इनसे रोंगटे खड़े हो जाते हैं।"

'"क्या आपको ठंड लग रही है, प्रोफेसर?'' मैंने पूछ लिया।

'"नहीं। लेकिन मुझे सूरज की रोशनी के उस रास्ते पर ले चलो और हम उस नीले फर को देखेंगे।''

'मैंने वैसा ही किया।

'एक रात, प्रोफेसर के साथ अपनी नौकरी शुरू करने के लगभग एक सप्ताह बाद, मैं बिस्तर पर लेटी और अपने परिवार के बारे में सोचने लगी। मेरा करीबी परिवार नहीं, बल्कि मेरे सभी पूर्वज, पीछे मुड़कर देखें तो, वे सभी लोग जिनसे मैं कभी नहीं मिली, जिन्हें मैंने कभी नहीं देखा, लेकिन जिन्होंने शायद मेरे साथ कुछ लक्षण साझा किए होंगे। शायद, 200 साल पहले मेरे वंश वृक्ष में से कोई इसी तरह मुस्कुराया होगा या बात करते समय अपने हाथ फड़फड़ाता होगा, जैसा कि मैं कभी-कभी करती हूं जब मुझे अपना संयम बनाए रखने के बारे में पता नहीं होता है। सूरज की रोशनी के उस रास्ते के बारे में सोचते हुए, मैंने अपने पूरे परिवार, अपने सभी

पूर्वजों को एक पंक्ति में चित्रित करने की कल्पना की। मुझे एहसास हुआ कि इसका ज्यादातर भाग छाया में होगा, या तो अतीत में या कहीं धुंधले और दूर के भविष्य में। मैं अपनी मां, पिता और भाई के साथ कुछ समय के लिए उजाले की किरण में रही हूं, लेकिन मेरे दादा-दादी पहले से ही अंधेरे में हैं। रोशनी का धब्बा बहुत छोटा है और हम इतने कम समय के लिए इसमें हैं जो गर्म होने के लिए पर्याप्त समय भी नहीं है।

'एक दिन मैं प्रोफेसर जैस्पर (जो चिनार के पत्ते वाली टी-शर्ट पहने हुए थे) को एक नई सड़क पर ले गई और, जब हम पेड़ों की छाया में पहुंचे, तो उन्होंने कहा, "मैं इस सड़क को कुछ समय के लिए सँजोना चाहता हूं।" उनके अनुसार मैंने व्हीलचेयर को बिजली की लाइनों से ऊपर, ऊपर की ओर फैले चौड़े पेड़ों की एक पंक्ति के सामने रोक दिया।

'प्रोफेसर ने कहा, "हे भगवान, इसे तुमसे बेहतर किसी ने नहीं बनाया। तुम जो भी हो। तुम कहां हो।" हम एक पल के लिए मौन बैठे रहे, जब तक कि प्रोफेसर ने कहना न शुरू किया, "पेड़ जैविक अपघटन से उगते हैं। क्या यह दिलचस्प नहीं है?"

'"है तो।" किसी कारण से, मैं उस दिन चर्चा के मूड में नहीं थी।

'"क्या तुम जानती हो कि जैविक अपघटन क्या होता है?'' उन्होंने पूछा। मैं समझ सकती थी कि वे क्या सोच रहे थे। "वे मर कर बाहर निकलते हैं। मुझे तुम्हारे बारे में नहीं पता, लेकिन मुझे यह शानदार लगता है। क्या तुम्हें ऐसा नहीं लगता?"

'"हां, शायद।"

'वह एक पल के लिए शांत रहे, फिर उन्होंने कहा, "समस्या यह है कि इनमें कुछ शब्दों को अजीब लोगों, डराने वालों, प्राथमिक-विद्यालय के शिक्षकों, लेखकों, डरावनी-फिल्म निर्देशकों, कमजोर-वरिष्ठ नागरिकों और कई दूसरे लोगों ने बिगाड़ दिया है।"

'"यह काफी लंबी लिस्ट है,'' मैंने कहा।

'"अच्छा, तुम 'अपघटन' शब्द के बारे में क्या सोचती हो?''

'बिना एक पल की झिझक के, मेरा दिमाग उन छवियों की ओर चला गया था जो मैंने कुछ डरावनी फिल्मों से अपने दिमाग में बना ली थीं। जब हम छोटे थे तब ये फिल्में मेरे भाई ने मुझे दिखाई थीं। मैंने भयानक चीजों की कल्पना की। फिर मैंने एक गर्म कमरे में सूरज की रोशनी में खड़े पुराने फल की कल्पना की। मैं इस शब्द के साथ कुछ भी सुखद नहीं जोड़ सकी।

'"अपघटन,'' प्रोफेसर ने स्पष्टता से कहा। "अद्भुत, बहुत अद्भुत चीज है जब मैं टेलीविजन देखता हूं – और मैं इसे ज्यादा नहीं देखता हूं, तो मैं तुम्हें बता दूं – मैं कभी-कभी कुछ नए तकनीकी डूडैल विज्ञापनों को देखता हूँ जो संगीत बजाते हैं और तस्वीरें संग्रहीत करते हैं और बर्तन धुलते हैं और जो लाखों सालों तक टूटते नहीं हैं। यह वास्तव में बिल्कुल भी उच्च तकनीक नहीं है। इसमें से कुछ भी नहीं है। लेकिन हमें देखो" – उन्होंने अपनी बांह की चमड़ी पकड़ी और उस पर चुटकी काट ली – "हम सबसे बेहतर तकनीक वाली मशीन हैं और हम एक जटिल पर अच्छे से व्यवस्थित प्रणाली के अंदर हैं: एक महान लोकतांत्रिक प्रणाली जो हमारा ख्याल रखें, चाहे हम कोई भी हों और हमें और ज्यादा बीमा की जरूरत नहीं होगी। अमीरों के साथ गरीबों से बेहतर व्यवहार नहीं किया जाएगा। अपघटन,'' उन्होंने दोहराया। "क्या तुम इसके बारे में और जानना चाहोगी?"

'ईमानदारी से कहूं तो मैंने ऐसा नहीं किया। ज़्यादा से ज़्यादा, प्रोफ़ेसर के विश्वास दिलचस्प थे, लेकिन जब उनकी मौत की बात मेरे अपने डर के बहुत करीब आ गई तो मुझे यह सुंदर नहीं लगी। मुझे लगता है कि मैं भी ज्यादातर लोगों की तरह ही हूं। मैं इस बात से थोड़ा निराश हूं कि यह बाहरी आवरण, सभी अंग और हड्डियां जिनसे मैं बनी हूं, एक दिन विघटित हो जाएंगे। या जला दिए जाएंगे। क्या सचमुच इसमें कुछ सुंदरता थी?

'"मैं देख सकता हूं कि तुम झिझक रही हो,'' प्रोफेसर ने कहा। मैं उनके पास खड़ी थी और देख रही थी कि कैसे सूरज उनके सिर की त्वचा को झुलसा रहा है।

'"मैं मौत के साथ इतनी ईमानदारी से नहीं जुड़ सकती,'' मैंने जवाब दिया।

'"ठीक है, मेरे पास अपनी वजहें हैं। हम शायद खेल के बारे में या किसी और चीज़ के बारे में बात कर सकते हैं।"

'"आप किसी भी विषय पर मुझसे बात कर सकते हैं। लेकिन बस मेरी संवेदनाओं का ध्यान रखें।''

'"ज़रूर,'' उन्होंने जवाब दिया। "हमारे लिए इस तथ्य के साथ सामंजस्य बैठाना कठिन है कि हम पदार्थ हैं। मामला हमेशा कुछ और होता है, क्योंकि हम शानदार हैं। हम दौड़ते हैं, खाते हैं, हंसते हैं, सांस लेते हैं। लेकिन शायद हमें खुद को गिराने की बजाय बाकी सब चीजों को ऊपर उठाना चाहिए। हम सभी शानदार हैं, यहां तक कि मक्खी भी। मुझसे ब्लोफ्लाई मक्खी पर चर्चा शुरू न करें। ये चर्चा सारा दिन चल सकती है।"

'मैं ताजी हवा में सांस लेते हुए थोड़ी देर वहीं खड़ी रही, जब तक कि मैंने प्रोफेसर के चेहरे पर उम्मीद की झलक नहीं देखी और महसूस किया कि वह वास्तव में ब्लोफ्लाई मक्खी के बारे में बात करना चाहते थे। मैंने कभी किसी को मक्खी के बारे में बात करने की संभावना से इतना उत्साहित होते नहीं देखा। तो अंत में मैं मान गई और उनसे पूछा, "क्या आप मुझे ब्लोफ्लाई मक्खी के बारे में और बताएंगे?"

'"या कैलिफोरिडे मक्खी,'' उन्होंने जवाब दिया। "अब, विघटन के बारे में बात किए बिना ब्लोफ्लाई के बारे में बात करना मेरे लिए बहुत कठिन है।"

'"ठीक है,'' मैंने कहा।

'"तब शायद तुम्हें बात करते समय व्हीलचेयर को आगे धकेलना चाहिए।''

'और इस तरह हम चिलबिल के पेड़ों की कतार से आगे बढ़ने लगे, जिनके नीचे से हम कभी छाया में और छाया से बाहर, पहले भी गुजरे थे और प्रोफेसर जैस्पर ने मुझे ब्लोफ्लाई के बारे में बताया, जिसका उल्लेख द टेम्पेस्ट में किया गया था। और इस बारे में भी बताया कि वे कैसे मौत से प्यार करते हैं। प्रोफेसर ने कहा, "ब्लोफ्लाइज़ सड़े हुए मांस की ओर आकर्षित होती हैं," और इसलिए मृत्यु उनके लिए जीवन है – वे खाती हैं और अंडे देती हैं। हम इन चमकती हुई रचनाओं के लिए खाना बन जाते हैं। यह बैक्टीरिया के काम करने के बाद होता है। मुझे यह जानने के लिए तुम्हारी ओर देखने की ज़रूरत नहीं है कि तुम मुंह बना रही हो। मेरी बात पर ध्यान दो। यह एक अद्भुत प्रक्रिया है। अगर किसी मृत शरीर को बाहर छोड़ दिया जाए, जैसा कि कुछ संस्कृतियों में होता है, तो दूसरे जानवर आ जाएंगे। यह इसके सड़ने की अवस्था है। मक्खियां यहां अंडे देती हैं और ये अंडे कीड़े बन जाते हैं। फिर'' – प्रोफेसर ने बिना पीछे मुड़े बात जारी रखी – "मुझे पता है कि तुम अपना मुंह बना रही हो। क्या ये छोटे जानवर घिनौने हैं? नहीं अगर तुम वास्तव में इसके बारे में सोचती हो। वे प्रकृति के छोटे सहायक हैं, इसलिए ये जरूरी हैं और ये बहुत मेहनती हैं। जरा सोचो – मैं, एक छोटा सा प्रोफेसर जैस्पर, जब मैं मर जाऊँगा, तो मैं एक दावत बन जाऊंगा। जब तक मैं जिंदा हूं, मैं कुछ लोगों के लिए एक दावत हूं – या मैं यह सोचता हूं कि मैं ऐसा हूं... कम से कम, मेरी दिवंगत पत्नी मार्था ने मुझसे यही कहा था – लेकिन मृत्यु के बाद मैं फिर से इस चक्र का हिस्सा हूं। मैं वांछित हूं।"

'"बहुत से लोग आपको चाहते हैं,'' मैंने कहा, क्योंकि मुझे लगा कि प्रोफेसर शायद अपना अकेलापन व्यक्त कर रहे हैं।

'"मुझे यही लगता है। लेकिन गहरे स्तर पर मैं खुद को वांछित, जीवन के उस खूबसूरत और सुरुचिपूर्ण दायरे में वांछित के रूप में सोचना पसंद करता हूं। मैं नहीं जानता कि ज्यादा लोग मेरे जैसा क्यों नहीं चाहते। हम इस चक्र की सुंदरता से क्यों भागते हैं या इसे अनदेखा करते हैं?"

'"क्योंकि यह कठिन है।''

'उन्होंने एक आह भरी। "मुझे लगता है यह है। मुझे गलत मत समझो। मुझे मौत से नफरत है। मुझे इसे सही से कहना चाहिए। मुझे किसी इंसान को खोने से नफरत है। मुझे शोक से नफरत है और भगवान जानता है कि मुझे इसमें मेरा हिस्सा मिला है। लेकिन, अगर हम जीना चाहते हैं तो हमें मृत्यु के विचार को अपनाना होगा। हम कौन हैं इसका पता लगाना बहुत जरूरी है। चलो आगे चलते हैं।"

'वह हमेशा कहते "चलो चलें", भले ही मैं अकेली चलने वाली होती, इसलिए मैंने उन्हें और आगे की ओर धकेल दिया, उनकी पसंदीदा जगहों में से एक की ओर – एक साफ़ जगह जहां से, अगर मैं व्हीलचेयर को फुटपाथ पर कुछ फीट दूर धकेल देती, तो हम नीचे शहर को देख सकते थे। कुछ बड़ी इमारतों की आयताकार खिड़कियों से सूरज चमक रहा था और मैं मुख्य सड़कों में से एक पर पीछे खड़ी कारों को देख रही थी। हम रुक गए और बहुत देर तक चुप बैठे रहे। वह रुक गए। उनके हाथ उनकी गोद में थे और वे बस शहर को घूर रहे थे। मैंने देखा कि हमारी सैर के दौरान कुछ जगहों पर मैं प्रोफेसर की शांति से मेल खाने लगी थी। आमतौर पर, मेरे दिमाग में विचारों का चक्र चलता रहता था और मेरा शरीर हमेशा एक साथ दो दिशाओं में घूमता हुआ प्रतीत होता था। लेकिन कभी-कभी प्रोफेसर के साथ मैं अपने मन को साफ़ कर देती। जैसे ही मैं वहां बैठी, मैंने एक पेड़ पर पत्तों की सरसराहट सुनी, जिसके बारे में उन्होंने मुझे बताया कि यह ओक का पेड़ है। इस शांति का मुझ पर असर पड़ा।

ऐसा लग रहा था कि दुनिया सहज गति से आगे बढ़ रही है और मैं इसके प्रति अधिक ग्रहणशील हो गई थी।

'आखिरकार, प्रोफेसर ने कहा। "हमारा शरीर एक विशाल शहर है। हम जो भी हैं, उन सभी छोटे-छोटे हिस्सों के कारण हैं, जो एक-दूसरे से जुड़े हुए हैं। मृत्यु के नियंत्रित प्रयोग के कारण ही हम जीवित रहे हैं। कोशिकाएं हर समय मर रही हैं। उन्हें मरना होगा। इसे समन्वित किया गया है ताकि बड़े पैमाने पर जीवन अस्तित्व में रह सके।"

'उन्होंने अपना हाथ ऊपर उठाया। "मेरी त्वचा की कोशिकाओं का जीवन चक्र लगभग एक महीने का होता है। हमारा एक हिस्सा – वह हिस्सा जिसे बाकी दुनिया देखती है – महीने भर में ख़त्म हो रहा है। यही मेरी अंतिम सीमा है। यह त्वचा वह है जहां मैं समाप्त होता हूं। तो शायद यह समझ में आता है कि मुझे इसे इतनी बार नया करना होगा। जब तुम इसके बारे में इस तरह सोचती हो, सारा, तो मृत्यु एक रचनात्मक शक्ति में बदल जाती है। जबकि अक्सर इसे विनाशकारी ही माना जाता है। कला, फ़िल्म, उपन्यास और यहां तक कि धर्म की भाषा भी मृत्यु को एक अंत के रूप में देखती है, लेकिन यह कितनी उपेक्षा है। जो लोग मौत को अंत मानते हैं वे अपनी त्वचा की उपेक्षा कर रहे हैं। मुझे इसका एक स्टिकर बनाना चाहिए। मुमकिन है कि मैं दोबारा कभी गाड़ी चलाऊं। शायद तुम इसे व्हीलचेयर के पीछे रख सको।

'कभी-कभी जब हम अपने रास्ते पर चल रहे होते थे, तो प्रोफेसर खुशी के बारे में बात करते। उन्होंने कहा कि वे उन दिनों में सबसे ज्यादा खुश थे जब वे अपनी पत्नी के साथ जंगलों में घूमते थे। उन दिनों, वह खुशी और पैसे के बीच के झूठे संबंध पर मोहित थे। "लोग पैसे और ताकत से मंत्रमुग्ध हो जाते हैं, यह सोचकर कि ये चीजें उन्हें बहुत खुशी देंगी।

लेकिन अगर आप पैसे के पीछे भागते हैं, तो इससे आपको केवल क्षणिक ख़ुशी ही मिलेगी।"

'"मैं अभी भी काफी पैसा चाहती हूं,'' मैंने उनकी चेयर को धकेलते हुए कहा। "अगर हम पूरी तरह से ईमानदार रहें, तो मुझे लगता है कि पैसा मुझे खुशी देगा।"

'"ज़रूर,'' प्रोफेसर जैस्पर ने जवाब दिया। "लेकिन इस शुरुआती उत्साह के खत्म होने के बाद, मानव मन और ज्यादा की तलाश करना शुरू कर देता है। ये तलाश कभी ख़त्म नहीं होती। वास्तव में यह केवल उन लोगों के लिए खत्म होती है जो कभी भी संतुष्ट न होने वाले लालच के जाल में फंसने के बजाय सीधे खुशी पाते हैं।"

'"करने से कहना ज्यादा आसान होता है।"

'"खुशी की तलाश सीधे क्यों नहीं की जाती, सारा?''

'"क्योंकि मुझे लगता है कि ज्यादातर लोगों को मालूम नहीं है कि सच्ची खुशी क्या है।''

'"सच्ची ख़ुशी, जो हमें पूरी तरह से संतुष्ट करेगी? जिससे हमें पूरा आनंद मिलेगा? मुझे इसका जवाब मिल गया है।"

'"आप जानते हैं?"

'प्रोफेसर जैस्पर हंसे और अपनी व्हीलचेयर के आर्मरेस्ट पर हाथ मारा। "बिल्कुल नहीं! दुर्भाग्य से, किसी के पास कोई ठोस जवाब नहीं है। यह जीवन जितना ही बड़ा रहस्य है। मैं बस इतना जानता हूं कि खुशी का सबसे जरूरी रास्ता प्यार से होकर गुजरता है। प्यार ही हमें बहुत ज्यादा खुशी और आनंद की ऊंचाइयों तक पहुंचा सकता है। लेकिन प्रेम हम पैदा नहीं कर सकते; हमें इसे पाना होगा। दूसरी सभी भावनाओं की तरह, प्रेम भी ईश्वर की रचना है।"

'"तो, इसका मतलब, बस प्यार में पड़ जाओ।''

'"मैं पूरी तरह से इसका समर्थन करूंगा।''

'"ठीक है, जब मैं वहां पहुंचूंगा तो तुम्हें बता दूंगा।''

'प्रोफेसर ने आगे कहा। "मैं उस तरह के प्यार के बारे में बात कर रहा हूं जो किसी के अस्तित्व की गहराई से निकलता है और शरीर, मन और आत्मा को सच्ची खुशी से भर देता है। इन भरमाने वाली धारणाओं को मिटाना बेहद जरूरी है कि खुशी पैसा, भौतिक वस्तुओं, वासना और शक्ति पर निर्भर करती है। हमें इन झूठे भ्रमों के पीछे भागकर अपना कीमती जीवन बर्बाद करना बंद करना होगा। इसे इतना सरल बनाने के लिए माफ करना, सारा, लेकिन प्यार ही खुशियों का एकमात्र रास्ता है।"

'"आपने कभी प्यार किया है?" मैंने उनसे पूछा।

'"मैंने एक ऐसे प्यार को जाना है जो इतना सुंदर, इतना भव्य, इतना उदार है कि बाकी दुनिया उसकी तुलना में फीकी है।''

'"क्या आप अपनी पत्नी के बारे में बात कर रहे हैं?''

'प्रोफेसर ने सिर हिलाया। फिर वह चुप हो गए और फिर बहुत कम बात की, जब मैं उन्हे घर ले गई। तो प्रोफ़ेसर जैस्पर ने मुझसे मौत के बारे में बहुत सारी बातें कीं, लेकिन उन्होंने अपनी पत्नी की मौत के बारे में बहुत कम बात की।

'एक दिन, मैं उनकी व्हीलचेयर को एक शाबलूत के पेड़ के पास ले गई। तब गर्मियां खत्म होने के करीब थीं और प्रोफेसर ठंडी में दिखाई देने वाले शाबलूत के फल के बारे में बात कर रहे थे। उन्होंने शाबलूत की लकड़ी के बारे में बात की, जो इतनी टिकाऊ है कि यह नाव बनाने के लिए सबसे अच्छे विकल्पों में से एक है। मैंने उनसे कहा कि मैं निकट भविष्य में कोई नाव नहीं बनाने जा रही हूं और उन्होंने जवाब दिया, "बस ज़रुरत पड़ने पर।" मुझे लगा कि मुझे तब तक प्रोफेसर की मनोदशा का पता चल गया

था, इसलिए, कुछ शाबलूत के पत्ते इकट्ठा करने के बाद, मैंने मौका देखा और उनसे पूछा कि उनकी पत्नी की मृत्यु कैसे हुई।

'उन्होंने बताया, "अचानक से। बिना किसी चेतावनी के। मुझे ठीक से अलविदा कहे बिना। मैं जीवन के चक्र के बारे में जानता हूं।" उन्होंने मुझसे शाबलूत के पत्तों में से एक ले लिया। "मैं जीवन चक्र का विद्यार्थी रहा हूं, लेकिन यह इनमें से किसी भी क्षण को आसान नहीं बनाता। हम मृत्यु का अध्ययन कर सकते हैं, हम मृत्यु का जश्न मना सकते हैं, लेकिन इसके परिणाम ऐसे असाधारण तरीकों, ऐसे प्रभावशाली तरीकों से चोट पहुंचाते हैं। कार दुर्घटना के बाद मुझसे मेरी पत्नी के शव की पहचान करने के लिए कहा गया। हालांकि मुझे पता था कि उसके शरीर को बनाने वाले परमाणु ब्रह्मांड के महान प्रवाह में फिर से शामिल हो जाएंगे, लेकिन मैं उसे वहां देखकर टूट गया और गुस्सा हो गया। मेरा दिमाग चकरा गया और उसके बाद काफी समय तक मुझे उसकी मौत के बारे में कुछ भी सकारात्मक नजर नहीं आया। हालांकि, अब मुझे उसके परमाणुओं के बारे में सोचकर अच्छा लगता है। उसे एक पर्यावरण-अनुकूल ताबूत में दफनाया गया था और इन सालों में वह फिर से धरती का हिस्सा बन गई है। इस धरती का एक हिस्सा जिसे मैं बहुत प्यार करता हूं। धरती से प्यार करके – यहां तक कि वहां के उस पेड़ से भी – मुझे लगता है कि कुछ मायनों में वह अभी भी मेरे जीवन में है। लेकिन अब मुझे लगता है कि तुम्हें मुझको घर ले जाना चाहिए। ये सब बातें मुझे अब भी प्रभावित करती है।"

'मुझे अभी भी हमारी आखरी सैर याद है, जो मेरे विश्वविद्यालय वापस जाने से एक दिन पहले हुई थी। यह अगस्त के आखरी हफ़्ते का सितंबर जैसा एक शानदार दिन था। प्रोफेसर अपनी व्हीलचेयर में इंतज़ार कर रहे थे और जब मैं उन्हें फुटपाथ से नीचे लेकर आने लगी, उन्होंने मुझे एक

किताब दी। मैंने व्हीलचेयर रोकी और *नेटिव ब्रिटिश ट्रीज़* का संस्करण उनसे ले लिया। उन्होंने कहा, "यह मेरे लिए बहुत ही खास गर्मी रही थी।"

'उस दिन वह खासतौर से दार्शनिक मूड में थे। एक बार उन्होंने अचानक से कहा, "इस सवाल ने मुझे पूरी जिंदगी परेशान किया है।"

'"किस सवाल ने?"

'"ओह, उसी सवाल ने। यह ब्रह्माण्ड क्या है? मैंने कल रात तारों को देखा और मुझे काफी छोटा महसूस हुआ। तुम जानती हो, मैंने अपने बचपन के ज्यादातर दिन खेल-कूद में बिताए हैं। अब तुम मुझे देखकर शायद विश्वास न करो, लेकिन मैं खेल में बहुत अच्छा था। मैं टेबल टेनिस में बहुत बढ़िया था। बोर्डिंग स्कूल में मैं पूरे दिन अपना सिर झुकाए हुए खेलता रहता था, लेकिन रात में मैं आकाश की ओर देखता था और मैं बार-बार खुद को ये सोचने से नहीं रोक पाता था, 'इसे कैसे बनाया गया?' कभी-कभी, दोपहर के खाने के समय, दोपहर में, मैं सूर्य की ओर देखता और उसकी पूर्णता को देखकर आश्चर्यचकित हो जाता। यह अभी तक चमक रहा है।"

'"मुझे लगता है कि हम सभी जानते हैं कि सूरज कितना गर्म है,'' मैंने कहा।

'"लेकिन जिस बात ने मुझे चकित किया वह थी इसकी निरंतरता। ऐसा लग रहा था मानो यह हमेशा के लिए जलता रह सकता है। आखिरकार सूरज भी मर जाएगा। यह शानदार है जब आप वास्तव में जागरूक होने लगते हैं कि आप कितने महत्वहीन हैं। मेरे बचपन के दौरान मुझे बताया गया कि मैं खास हूं। मेरे परिवार में भी मुझे सम्मान से संबोधित किया जाता था। मेरी मां को लगता था कि मैं एक खास बच्चा हूं, जो एक महान उद्देश्य के साथ पैदा हुआ था। मैं एक प्रोफेसर रहा हूं – क्या उपाधि है! लेकिन ऐसे क्षण भी आते हैं, जिनकी शुरुआत स्कूल से होती है, जब मुझे अक्सर

एहसास होता है कि मैं कितना अद्भुत व्यक्ति हूं, वास्तव में एक उत्कृष्ट छोटी सी जगह, एक कोशिका, अनंत जंगल में एक पेड़। यह अद्भुत है।"

'"वैसे, मुझे बहुत खुशी है कि मैं इस अनंत जंगल में आपसे मिली।''

'"मुझे भी,'' उन्होंने जवाब दिया और हम आगे चल दिए।

'"मैं कभी-कभी उस पूरे परिवार के बारे में सोचती हूं जो मुझसे पहले आया और जो बाद में आएगा। यह मेरे जीवित रहने का समय है, लेकिन मैं जानती हूं कि यह बहुत कम है।"

'"मैं अपनी घड़ी की टिक-टिक के बारे में सोचता हूं। मेरे मन में एक उम्र है – मुझे उम्मीद है कि तुम्हें ये कोई पागलपन नहीं लगेगा। मैं कल्पना करता हूं कि मेरी मौत 75 साल की उम्र में होगी क्योंकि मेरे पिता की मृत्यु 74 साल की उम्र में हुई थी। लोग कहते हैं, कम से कम अपने आपको 85 साल तक का समय दो, लेकिन इससे क्या बदलेगा? हमारे प्रवास की अवधि नहीं है, बल्कि हम जो जीवन जीते हैं उसकी गुणवत्ता है। मैं जानता हूं कि मुझे वह समय अच्छे से भरना होगा। मेरे पास देखने के लिए और भी बहुत सारे पेड़ हैं।"

'हम उनके घर के करीब पहुंच गए थे। मैंने कहा, "मैं चाहती हूं कि आप 95 साल तक जीवित रहें। या कम से कम इतनी देर कि मैं अगली गर्मियों में आपसे मिल सकूं।"

'प्रोफेसर हंसे। "मुझे लगता है कि मैं ऐसा कर सकता हूं। वहां एक सुंदर भोज वृक्ष है जिसे मैं तुमको अगली गर्मियों में दिखाना चाहता हूं। उसे देख तुम्हें अपनी आंखों पर विश्वास नहीं होगा।''

22

अच्छा जीवन कैसे जिएं

इन कहानियों को सुनने के बाद, मुझे लगता है कि मैं जीवन के बड़े सवालों का जवाब दे सकता हूं। लेकिन हम अच्छे से कैसे जिएं? यह वास्तव में आसान है: जब भी संभव हो सब्जियां खाएं; 60 की उम्र में गिटार सीखें; एक अच्छा स्कार्फ पहनें; अगर आप आध्यात्मिकता की ओर आकर्षित हैं तो डरे नहीं; ऐसे सच्चे मित्रों की तलाश करें, जो आपकी कद्र करें, चाहे आप कुछ भी हों; अपने पति या पत्नी या साथी के साथ हंसें; उदारतापूर्वक रहें; कला को सराहें; ध्यान से सुनें; सोने से पहले गहरी सांस लें; किसी शहर के रचना की तारीफ करें; फूल की पंखुड़ी की सराहना करें; दूसरों की मान्यताओं का सम्मान करें; ध्यान करें; सिनेमाघर में फिल्में देखें; अपने पछतावे को फिर से ना याद करें; तर्क न करें; जब भी संभव हो यात्रा करें और बाहर निकलते समय अपना पासपोर्ट रखना न भूलें; किसी पेंटिंग को पांच मिनट से ज्यादा वक्त तक देखें; पलकें झपकाना न भूलें; सांस लेना न भूलें; अपने दोस्तों के जन्मदिन न भूलें; प्रशंसकों को खत भेजें; अपनी सेहत का ख्याल रखें; नाचें; एक नया हेयर स्टाइल करें; स्वीकार करें कि

आप एक जटिल व्यक्ति हैं जो परस्पर विरोधी हिस्सों में बंटा हुआ है जो कभी-कभी एक दूसरे के खिलाफ काम करता है; अनावश्यक चिंता में बहुत ज्यादा न उलझें; बादलों को देखें; लहरों को देखें; अपने पड़ोसी के साथ वैसा ही व्यवहार करें जैसा आप खुद के लिए चाहते हैं; अपने घुटनों के जोड़ों का ख्याल रखें; अपने बच्चों के लिए कहानियां पढ़ें; आत्म-धार्मिकता को हावी न होने दें; आप अपने आस-पास जो कुछ भी देखते हैं उसमें अर्थ की तलाश करें और जब आपको कुछ ऐसा मिलता है जो अर्थ से मिलता-जुलता है – जैसे कि जब आप सड़क पर चल रहे हों तो अनुभूति का एक शांत क्षण – इसे चिह्नित करें और जीवित होने पर खुशी महसूस करें; पक्षियों को खिलाएं; ऐसी बातचीत करें जो घंटों तक चले; यह महसूस करें कि आपकी हमेशा अतार्किक इच्छाएं होंगी और वे मानव होने का हिस्सा हैं – अगर इनमें से कोई भी इच्छा पूरी हो जाती है तो अपने आप पर अनावश्यक रूप से क्रोधित न हों; जिन्हें आप नौकरी पर रखते हैं उनके प्रति निष्पक्ष रहें; अपने पारिवारिक इतिहास के बारे में जानें; अपने अतीत के कुछ किस्सों के बारे में जानें, सालों पुरानी किसी शिकायत को वर्तमान में रहने न दें और इससे अपने कामों को प्रभावित न होने दें; स्थिर जीवन को चित्रित करना सीखें; उस नमकदानी के बारे में सोचें जो कांटे से चाकू की ओर बढ़ रही है; आध्यात्मिक विकास के क्षणों के प्रति जीवंत रहें, खासकर अगर आप इतने भाग्यशाली हैं कि आप जीवन में उन लोगों से मिल सकें जिन्होंने गहन आध्यात्मिक यात्राएँ की हैं; ज़्यादा मुस्कुराएं; जितना संभव हो उतना पढ़ें; रिश्ते बनाएं क्योंकि संबंध हमें कायम रखते हैं; और सबसे जरूरी, अपना जीवन कृतज्ञता से जिएं, हर पल, हर सांस के लिए आभारी रहें। याद रखें कि हमारे जीवन में जो कुछ भी घटित होता है उसका कोई न कोई कारण होता है। अपना जीवन स्वीकृति, संतुलन और कृतज्ञता में जिएं।

23

अंतिम तैयारी

क्या यह अद्भुत नहीं होगा अगर आप इस किताब के अंतिम अध्याय की ओर मुड़ सकें और कैसे जीना है और मृत्यु का सामना कैसे करना है, इस पर निश्चित जवाबों की एक श्रृंखला पा सकें? अगर मैं ऐसी कोई लिस्ट दे सकूं, तो मुझे यकीन है कि यह किताब बिक्री चार्ट पर डैन ब्राउन और जे.के. राउलिंग से आगे निकल जाएगी। इसे हर जन्मदिन, शादी और गोद-भराई पर दिया जाएगा।

हालांकि, मुझे उम्मीद है कि मैंने इस किताब में जो दिखाया है वह यह है कि इसका कोई एक सटीक जवाब नहीं है। दूसरों के अनुभवों में सामर्थ्य खोजने के कई तरीके हैं। हमें उन लोगों के शब्दों में धीरज और सांत्वना मिलता है, जो उस दौर से गुज़रे हैं जिसका हमने अभी तक सामना नहीं किया है। हम उनसे सीख सकते हैं और उनके अनुभवों का इस्तेमाल अपने जीवन को रोशन करने में कर सकते हैं। यह कभी-कभार ही होता है कि हमें रुकने और इस पर सोचने का मौका दिया जाए कि हम अपने दैनिक

जीवन से कैसे आगे बढ़ते हैं – हम ईश्वर के करीब कैसे जाते हैं या जो कुछ भी हम महसूस करते हैं वह मरने के बाद भी मौजूद होता है।

हममें से अधिकांश लोग इस नेटवर्क, इस भ्रमजाल में इस कदर फंस गए हैं कि हम खुद को आजाद करने का मौका खो देते हैं। हम अपने दैनिक जीवन के बंधनों, काम-धंधों से अस्थायी खुशी की खोज में उलझे हुए हैं। हमारा जीवन लगातार आगे बढ़ रहा है, लेकिन खाली दिमाग से आगे बढ़ने के बजाय, अपने कामों के प्रति जागरूक रहें – सचेत रहें कि आप अपने भाग्य के मालिक हैं। यह जीवन है जहां आप पीछे नहीं लौट सकते।

मुझे उम्मीद है कि इस किताब ने चेतावनियों की एक कड़ी आपके सामने खोल दी है। जीवन में धन और माया के अलावा भी बहुत कुछ है। हम सब मरने के लिए ही पैदा हुए हैं। हमारे पास जो समय है वह बहुमूल्य है: हमें अतीत के पछतावे को भुला देना चाहिए और भविष्य की चिंता में खुद को नहीं लपेटना चाहिए। आइए हम यथासंभव सर्वोत्तम तरीके से जिएं। अगर आपने अच्छा जीवन जिया है, तो यह आपकी आत्मा का प्रतिबिंब है।

मेरा मानना है कि जब हम अपनी बाधाओं पर काबू पाने में विश्वास रखते हैं और अपने लक्ष्यों पर ध्यान केंद्रित करते हैं, जब लक्ष्य हासिल करने के लिए हमारा इरादा सच्चा और संकल्प अटूट होता है, तो अनपेक्षित मदद मिलती है। मेरे लिए, यह ऐसा है जैसे भगवान, एक अच्छे, समर्पित व्यक्ति की प्रार्थनाओं को पहचानकर, अन्य लोगों को दिव्य संदेश भेजते हैं, जो अप्रत्याशित रूप से इस लक्ष्य को प्राप्त करने में मदद के लिए आगे आते हैं। एक तरह से, जब हम सकारात्मक ऊर्जा इकट्ठा करते हैं और किसी खास चीज़ पर ध्यान केंद्रित करते हैं, तो पूरा ब्रह्मांड हमारी मदद करने के लिए आगे आ जाता है।

इसके विपरीत, अगर हमने दूसरों को धोखा दिया है – भले ही केवल हम ही इसके बारे में जानते हों – हमारे विवेक पर एक धब्बा रह जाता है, जो हमें रोकता है। मेरी नज़र में किसी को धोखा देने से धोखा खाना बेहतर है; लूटने से लुट जाना बेहतर है।

इस किताब में आपने उन लोगों की कुछ बातें सुनी हैं जो आगे आए और अपने अनुभवों से हमारी मदद की और निश्चित रूप से आपने मेरी खुद की बात सुनी है, जो आपसे अपने जीवन के बारे में पूरी तरह से जागरूक होने का आग्रह करती है।

जिस तरह से एक ओलंपिक खिलाड़ी बेहतर तैयारी के बिना कभी नहीं जीत सकता, उसी तरह हम शांतिपूर्ण अंतिम प्रस्थान के लक्ष्य को तब तक हासिल नहीं कर सकते, जब तक हम तैयार न हों। सालों की तैयारी के बाद, खिलाड़ी खेल का इंतजार करता है। हम भी वास्तव में बिना किसी डर के आखरी रास्ते का इंतजार कर सकते हैं – वास्तव में, प्रत्याशा और पूर्ण संतुष्टि के साथ। लेकिन केवल तभी जब हमने खुद को इसके लिए तैयार किया हो। शुरुआत करने के लिए कभी देर नहीं होती। तैयार रहने की कीमत और महत्व को पहचानें: अच्छे कामों से भरा जीवन जीकर, अपनी जिम्मेदारियों को पूरा करके, खुद को सांसारिक भ्रम जाल से ऊपर उठाकर, एक उच्च स्तर की ओर बढ़ें। ऐसा व्यक्ति बिना किसी डर के मौत का सामना करने के लिए तैयार रहता है। यहां एक व्यक्ति सुख और शांति के साथ एक नई दुनिया में प्रवेश करने के अवसर को अपनाने के लिए तैयार रहता है। यहां जो शख्स होगा वह पूरी तरह से मौत से प्यार करता है।

लेखक के बारे में

सतीश मोदी मोदी ग्लोबल एंटरप्राइजेज के अध्यक्ष हैं। वह परोपकारिता, शैक्षणिक संस्थानों और कला की एक विस्तृत श्रृंखला की मदद करते हैं और एम्बेस्डर फार फिलेन्थ्रोफ़ी के एक प्रमुख सदस्य हैं।

अनुवादक के बारे में

पारिजात, पिछले 10 सालों से विभिन्न हिंदी प्रकाशनों के लिए अनुवाद कर रहे हैं।